REGINE SEEMANN

Elbleichen

BETRETEN VERBOTEN Die Insel Neßsand ist ein einzigartiges Naturschutzgebiet vor den Toren Hamburgs. Nur einmal im Jahr dürfen Interessierte die langen Sandstrände betreten, um die seltenen Pflanzen und die artenreiche Tierwelt zu bewundern. Im August 2012 finden die Teilnehmer der Exkursion darüber hinaus zwei stark verweste Leichen. Die Hamburger Kommissarinnen Banu Kurtoğlu und Stella Brandes glauben zunächst an eine Beziehungstat. Doch als die Identität der Toten feststeht, bekommen ihre Ermittlungen im wohlhabenden Stadtteil Blankenese eine völlig neue Wendung. Ein Zeuge ist sich sicher, die ermordete Frau nach ihrem Ableben gesehen zu haben. Und von dem kleinen Sohn der Mordopfer fehlt jede Spur. Als ein weiterer Mord geschieht, führen die wenigen Indizien zum ehemaligen jüdischen Kinderheim, der Warburg-Villa. Es verdichten sich die Hinweise, dass die Herkunft der Toten etwas mit dem Mord zu tun haben könnte. Banu und Stella bleibt nicht viel Zeit, die Puzzleteile der Vergangenheit zusammenzufügen.

Regine Seemann, geb. 1968, wohnt seit ihrer Kindheit am Rande der Fischbeker Heide und ist Schulleiterin einer Hamburger Grundschule. Ihr Debüt »Falkenberg« erschien im Frühjahr 2018 im Gmeiner-Verlag. In ihren Büchern spielen Gegenwart und Vergangenheit eine tragende Rolle – so auch in »Elbleichen«.

www.regine-seemann.de

Bisherige Veröffentlichungen im Gmeiner-Verlag:
Falkenberg (2018)

REGINE SEEMANN

Elbleichen

Kriminalroman

GMEINER SPANNUNG

Personen und Handlung sind frei erfunden.
Ähnlichkeiten mit lebenden oder toten Personen
sind rein zufällig und nicht beabsichtigt.

Im Ehnried 5, 88605 Meßkirch
Telefon 07575/2095-0
info@gmeiner-verlag.de

1. Auflage 2019

Lektorat: Sven Lang
Herstellung: Julia Franze
Umschlaggestaltung: U.O.R.G. Lutz Eberle, Stuttgart
unter Verwendung eines Fotos von: © Christian Horz / stock.adobe.com
Druck: CPI books GmbH, Leck
Printed in Germany
ISBN 978-3-8392-2526-4

Für Flora und Fauna, die gemeinsam gekommen
und gemeinsam gegangen sind.

»Erst wenn einer strahlenden Maid es gelingt,
Die Lippen des Sünders zum Beten sie bringt –
Die einst stumme Glocke ertönt.
Das Kinderaug' längst keine Trän' mehr vergießt,
Der Mandelbaum, tot zwar, voll Leben ersprießt –
Dann sind alle versöhnt.
Dann ist's im Schlosse endlich still,
Und Friede herrscht auf Canterville.«

Die Prophezeiung
»Das Gespenst von Canterville«
Bühnenfassung von Markus Wiegand nach der Novelle
von Oscar Wilde »The Canterville Ghost«

PROLOG

KONZENTRATIONSLAGER BERGEN-BELSEN, AUGUST 1945

Die sterbende junge Frau war ein trauriger Anblick. Ihr lief Speichel aus dem linken Mundwinkel und ihr rechtes Augenlid zuckte. Anna Witting beugte sich zu ihr herunter und wischte ihr mit dem einzig sauberen Taschentuch, das sie noch besaß, über die schweißverklebte Stirn. Das Mädchen glühte. Sie musste mehr als vierzig Grad Fieber haben.

Der Krieg war vorbei und das Lager überfüllt. Diese namenlose Frau war nur eine von vielen, die dem Typhus zum Opfer fallen würden. Anna hatte schon viele Menschen an dieser Krankheit sterben sehen. Sie wusste, dass ihr nur noch wenig Zeit blieb. Als sie den zerschlissenen Mantel hochzog, der dem Mädchen als Decke diente, sah sie, dass sich ein kleines Kind dicht an den Körper der Sterbenden schmiegte. Anna wollte das Kind greifen und wegziehen, aber die Kleine klammerte sich wie ein Äffchen an dem Bein des kranken Mädchens fest und kreischte.

Anna blinzelte verwundert. Die Sterbende war noch ein Mädchen, höchstens sechzehn Jahre alt, gerade an der Grenze zur Frau. Aber das Kind hatte sie eben »Mutter« genannt.

»Keiner tut dir etwas, mein Schatz. Die Frau ist hier, um zu helfen.« Das Mädchen strich dem Kind, ihrer Tochter, über das Haar. Sie strahlte dabei eine entrückte Gelassenheit aus, wie Anna sie bisher nur bei Sterbenden gesehen hatte. Sie hatte sich damit abgefunden, dass die jenseitige Welt auf sie wartete und es kein Zurück mehr gab. Ihre Bewegungen waren langsam und mühevoll.

Das kleine Mädchen musste ungefähr zwei Jahre alt sein. Die ganze Gestalt war von oben bis unten mit Dreck verklebt. Das fettige Haar stand in borstigen Strähnen vom Kopf ab. Anna vermochte nicht zu sagen, welche Haarfarbe das Kind hatte. Aber es schien gesund zu sein, wenn auch sehr abgemagert.

Sie warf einen Blick aus dem Loch in der Barackenwand, das so groß war wie ein mittleres Fenster. Wahrscheinlich würde die junge Frau in wenigen Stunden tot sein. Anna konnte das kleine Mädchen in Obhut nehmen. Es würde wohl noch Wochen dauern, bis die Entscheidung kam, wohin die unzähligen Waisenkinder umgesiedelt würden. Bis dahin konnte sich die Organisation um das Kind kümmern. Es wäre unmenschlich, sie hier zwischen den Bergen von Leichen und Kranken zu lassen.

Anna spürte ein zaghaftes Zupfen am Ärmel.

»Würden Sie sich meiner Kleinen annehmen? Es gibt hier sonst keinen, den ich fragen kann.« Anna drückte die kalte Hand der Sterbenden und nickte. »Bitte nehmen Sie sie jetzt gleich mit. Sie soll nicht sehen, wie ihre Mutter stirbt.« Sie wandte sich an ihre Tochter und sprach beruhigend auf sie ein. Anna konnte die Worte nicht verstehen, aber das Kind wurde sehr ruhig. Dann ließ sie das Bein ihrer Mutter los, stand auf und schob ihre kleine Hand in die von Anna. Ohne ein weiteres Wort zu sagen, verließen die beiden die schäbige überfüllte Baracke und die sterbende junge Frau.

SAMSTAG, DEN 11. AUGUST 2012

Meike Liebermann legte den Arm um die Schultern ihres kleinen Sohnes Lukas. Die Elbe war heute glatt wie ein Spiegel. Lukas lehnte sich über die Reling und zeigte begeistert auf die Wasservögel, die offensichtlich eine Art Willkommensgruß für die Barkasse »Deichbraut« bildeten. »Mama, wie heißen die?«

»Vögel«, gab Meike leicht genervt zurück. Der Fachmann für gefiedertes Getier aller Art, Lukas' Vater, lag heute leider mit einer Magen-Darm-Grippe im Bett. Meike war in einer Hochhaussiedlung aufgewachsen und kannte sich mit der Natur nicht besonders gut aus. Sie konnte ein Rotkehlchen von einer Amsel unterscheiden, aber bei allem, was darüber hinausging, musste sie passen.

Timo war begeistert gewesen, als er den Flyer mit dem Programm zum »Langen Tag der Stadtnatur Hamburg« vor sie auf den Tisch gelegt hatte. »Es ist ein Highlight für jeden Ornithologen, sich die Vogelwelt auf Neßsand anzusehen.«

»Dann fahr doch mal am Wochenende dorthin«, hatte Meike vorgeschlagen.

Timo hatte aber heftig mit dem Kopf geschüttelt. »Neßsand ist Naturschutzgebiet und überhaupt nicht zugänglich. Nur an diesem Tag«, er zeigte mit dem Finger auf das Datum in der Ankündigung, »dürfen angemeldete Teilnehmer übersetzen und bekommen auch noch eine Führung vom Inselwart. Schatz, das wird toll für Lukas.«

Und Meike hatte gelächelt. Wenn er sich freute, war die Ähnlichkeit zwischen Timo und seinem Sohn noch deutlicher zu erkennen.

Meike holte die Sonnencreme aus ihrem Rucksack und rieb bereits zum zweiten Mal Lukas' Nacken ein. Er hatte die empfindliche helle Haut seines Vaters geerbt und neigte zu Sonnenbrand. Dann nahm sie die Hand ihres Sohnes und begab sich mit den anderen ungefähr zwanzig Ausflugsgästen zum Ausgang der Barkasse.

»Bitte vorsichtig!«, mahnte Arndt Sieck, der amtierende Inselwart, und half einer älteren Dame von dem leicht schwankenden Schiff. Meike fand, dass er aussah wie Robinson Crusoe, bärtig und braun gebrannt. So stellte sie sich einen Aussteiger vor, der dem Alltagstrott Lebewohl gesagt und auf Neßsand sein eigenes kleines Paradies gefunden hatte. Denn paradiesisch sah es hier aus. Lukas' kleine Füße hinterließen Spuren auf dem weißen Sandstrand und das Schilf wiegte sich sanft im warmen Sommerwind.

Auf die Frage, ob er hier auf der Insel wohnte, schüttelte der Inselwart jedoch den Kopf. »Ich bin nur an den Wochenenden auf Neßsand, um nach dem Rechten zu sehen und Leute wegzujagen, die das »Betreten Verboten«-Schild nicht akzeptieren. Vor allem im Sommer. Im Winter seltener. Ansonsten habe ich ein ganz normales bürokratisches Leben.« Er machte eine weit ausholende Bewegung. »Im Sommer ist das hier alles ein Traum. Man könnte meinen, man ist in der Karibik, aber im Winter kann man sich hier sehr verlassen fühlen.«

Ein dunkelhaariger Mann mittleren Alters, dem ein Fernglas um den Hals hing, meldete sich zu Wort. »Ich habe gelesen, dass einer Ihrer Amtsvorgänger mitsamt seiner Frau und seinem Sohn hier bei der Sturmflut von 1976 ertrunken ist.«

Arndt Sieck nickte. »Hans Fröhlich. Die Leichen wurden nie gefunden. Dafür ihr leeres Boot. Wahrscheinlich haben sie noch versucht, aufs Festland überzusetzen.« Er hob die Hand, als sei das Thema damit für ihn beendet. »Nun wollen wir uns aber der Inselnatur zuwenden. Wir gehen jetzt Richtung Auwald. Bitte verlassen Sie nicht die Wege und pflücken Sie auf gar keinen Fall etwas ab.«

Lukas hatte bereits das Interesse an den Erzählungen des großen Mannes verloren. Als er von den verschwundenen Toten gesprochen hatte, hatte sich der Fünfjährige ein wenig gegruselt. Es war nicht ganz so gruselig wie die Aufbahrung seiner Urgroßmutter gewesen, die wie eine verschrumpelte Puppe in ihrem offenen Sarg gelegen hatte, aber immerhin …

Nun allerdings ging es nur noch um seltene Pflanzen. Seine Mutter hatte Anschluss an eine Frau gefunden, mit der sie sich über Wanderschuhe unterhielt. Andere Kinder gab es keine.

Leicht mürrisch ließ Lukas sich ans Ende der Gruppe fallen. Seine Mutter schien das nicht zu bemerken. Das einzig Gute war, dass sein Vater ihm das Sandspielzeug in seinen kleinen Rucksack gepackt hatte. »Vielleicht kannst du ja ein bisschen im Sand buddeln und mir eine Muschel mitbringen«, hatte er Lukas heute zum Abschied gesagt.

Lukas hoffte, dass sie bald zum Strand zurückkehren würden, denn es war doch ziemlich langweilig hier. Außerdem pikte ihn gerade eine Baumwurzel in seine Fußsohle.

Seine Mutter hatte seine Schuhe in der Hand, doch sie war ja nun einige Meter weiter vorn. Er wusste nicht, ob sie am Strand noch Zeit genug haben würden, um das Sandspielzeug zu benutzen. Aber es war ganz neu. Und es war Batman drauf! Er wollte es heute unbedingt ausprobieren. Die Wurzel, die ihn eben gezwickt hatte, sah merkwürdig aus. Eher wie ein vertrockneter Ast, der aus dem Boden ragte. Oder eine ganz seltene Pflanze. Vielleicht hatte er in diesem Moment eine Pflanze gefunden, die noch niemand zuvor entdeckt hatte, und die würde man nach ihm benennen.

Lukas blieb stehen und packte Eimer und Schaufel aus. Die Erwachsenen waren schon ein ganzes Stück weit weg. Eifrig begann er, die Pflanze freizulegen, aber die steckte ziemlich tief im Boden. Schon nach wenigen Schaufelstichen verwarf er den Gedanken an eine Pflanze. Er hatte etwas viel Interessanteres ausgegraben. Etwas, das noch viel gruseliger war als seine tote Urgroßmutter.

»Mama«, schrie er, »ich habe was gefunden.«

Meike Liebermann erstarb der Satz auf den Lippen, als sie ihren Sohn schreien hörte. Wie hatte sie nur so unachtsam sein können. Sie drehte sich auf dem Absatz um und sprintete einige hundert Meter in die Richtung, aus der sie gekommen waren. Lukas kniete auf dem Waldboden und zeigte auf etwas, das er gerade freigelegt hatte. »Das sieht aus, als wäre es aus der Serie, die Papa immer guckt.«

Meike wusste sofort, von welcher Serie Lukas sprach. Auch sie erinnerte der gräuliche Schädel, an dem noch etwas verwestes Fleisch und ein Büschel Haare hingen, an »The Walking Dead«.

Kriminalkommissarin Stella Brandes drehte sich vor dem großen Spiegel in ihrem Schlafzimmer. Ihr gefiel, was sie sah. Der Ausschnitt des ansonsten eher sportiven Kleides war vielleicht ein wenig zu tief, aber der lavendelfarbene Baumwollstoff passte perfekt zu ihrer leicht gebräunten Haut. Die Hamburger hatten in diesem Jahr einen ungewöhnlich warmen Sommer erlebt, und Stella hatte ihre spärliche Freizeit fast ausschließlich auf ihrem Balkon oder beim Laufen in der Fischbeker Heide verbracht.

»Nippelgate am Millerntor?« Stellas beste Freundin Bounty, die neben sie getreten war, hob eine Augenbraue. »Mit Olivias Dekolleté kannst du sowieso nicht konkurrieren.« Stella streckte ihr die Zunge raus, musste jedoch zugeben, dass sie recht hatte. Olivia, ein mittlerweile ziemlich gefragtes Plus-Size-Model, zog meist alle Blicke auf sich. »Macht aber nichts, schließlich ist das ja auch ihr Tag.«

Stella klappte ihren Schuhschrank auf und zog zwei Paar Pumps heraus. »Die schwarzen oder die grauen?« Bounty schüttelte den Kopf und zeigte auf ein Paar bequeme Sneaker. »Wir gehen zum Fußball und nicht in die Oper. Man merkt, dass du völlig unbeleckt bist, was das angeht. Die echten St.-Pauli-Fans *stehen* im Stadion.«

Stellas Interesse für Fußball beschränkte sich darauf, bei der WM und EM die Spiele der deutschen Nationalmannschaft im Fernsehen zu verfolgen. Bounty und Olivia jedoch begeisterten sich sehr für den Hamburger Verein FC St. Pauli, der nach einem Jahr in der ersten Liga bereits in der vorletzten Saison wieder in die zweite abgestiegen war. Echten Fans schien das jedoch nichts auszumachen. Nun galt es, die Mannschaft beim Start in die neue Saison anzufeuern.

Stella musterte ihre Freundin, die knappe Shorts und ein schwarzes T-Shirt mit einer buckligen Katze und der Aufschrift »Kalte Muschi« trug. Dies war nicht der Name einer Bar auf Hamburgs sündiger Meile, der Reeperbahn, sondern das offizielle Kaltgetränk des FC St. Pauli, ein Kopfschmerzen verursachender Mix aus Rotwein und Cola.

Stella bückte sich und streichelte ihre beiden Kater Caveman und Shir Khan, die wie ein orange-weiß-schwarzes Knäuel zusammengerollt in dem Wäschekorb mit der frisch gewaschenen Wäsche lagen. Dann nahm sie die Autoschlüssel aus dem Schlüsselkasten. Sie hatte heute Bereitschaftsdienst und würde nichts trinken. Deshalb hatte sie sich angeboten, Olivia und ihre Freundinnen an ihrem Junggesellinnenabschied hin und her zu kutschieren. Immerhin war ihr Team seit Wochen nicht mehr während eines Bereitschaftsdienstes angefordert worden. Warum sollte es ausgerechnet heute so sein?

»Allzu spät darf es heute nicht werden«, sagte sie. »Ich bin supermüde.«

»Das Gute ist ja, dass selbst die späten Samstagsspiele in der zweiten Liga bereits um fünfzehn Uhr dreißig beginnen. Wir können also danach ganz in Ruhe zum Hafen schlendern und einen Abstecher in die Tower Bar machen, so wie wir es geplant haben. Olivia tritt morgen Vormittag vor den Altar, da ist sie bestimmt auch nicht scharf auf Augenringe.« Bounty zog die Wohnungstür ins Schloss.

Stella selbst hielt sich nicht für besonders strukturiert. Deshalb bewunderte sie Personen wie Olivia und Paul, ihren zukünftigen Mann, die alles genau durchtakten konnten. Dies bedeutete in diesem Fall: Samstagvormittag letzter Garderobencheck und Probeschminken, Samstagnachmittag bis abends Junggesellinnen- und Junggesellenabschied, Sonntagmorgen standesamtliche Trauung außerhalb von Hamburg im Familienkreis, Sonntagmittag kirchliche Trauung in der Hamburger Hauptkirche St. Michaelis. Sonntagnachmittag Empfang im neuen Eigenheim in Seevetal, vor den Toren Hamburgs. Zugegebenermaßen ein etwas ungewöhnlicher Ablauf. Einige Gäste hatten sich beschwert, dass es keine abendliche Hochzeitsfeier geben würde. Aber das Ehepaar war nun mal alles andere als gewöhnlich. Außerdem musste der Bräutigam am Montagmittag schon wieder in Mailand sein, wo er als Maskenbildner an einem Filmset gebraucht wurde. An den anderen Sommerwochenenden war die Terminlage wohl noch ungünstiger.

Stella freute sich besonders auf die Zeremonie im Michel. Eigentlich konnte man sich dort nur samstags trauen lassen, da Pauls Vater jedoch den Pastor gut kannte, wurde in diesem Fall eine Ausnahme gemacht und die Trauung konnte nach dem Gottesdienst um zwölf Uhr stattfinden.

Das Stadion des FC St. Pauli am Millerntor war ausverkauft. Olivia, Bounty und weitere fünf Freundinnen der Braut feuerten ihre Mannschaft lautstark an und Stella ließ sich mitziehen. Insgeheim bedankte sie sich bei Bounty für die Anmerkungen zur Auswahl ihres Schuhwerks, denn bereits in der Halbzeitpause taten ihre Füße weh. Olivia hatte in ihren High Heels weniger Probleme. Das Stöckeln über die Laufstege Europas hatte ihre Füße anscheinend schmerzunempfindlich gemacht. Stella fand sie unglaublich sexy. Ihr figurbetontes schulterfreies Wildseidenkleid in einem hellen Grünton war von der bekannten Hamburger Designerin Frieda Scolari maßgeschneidert und schmiegte sich eng an ihren kurvigen Körper. Die roten langen Haare fielen ihr in Wellen über die Schultern. Der knallrote Lippenstift und der breite Lidstrich unterstrichen die Aura der »verruchten Reinkarnation der Venus von Botticelli«, wie ein Modejournalist sie einmal genannt hatte.

»Darf ich Sie zu einem Drink einladen?« Ein blonder Mann um die dreißig tippte Olivia auf die Schulter und lächelte quasi in den Ausschnitt ihres Kleides hinein. Die anderen Frauen schien er zu übersehen.

»Bin ich froh, dass diejenigen überstimmt wurden, die wollten, dass Olivia heute Kondome auf der Reeperbahn verkauft«, flüsterte Bounty.

»Wieso? Dann wären wir jetzt reich«, gab Stella zurück. In diesem Moment klingelte ihr Diensthandy.

Es war nun schon einige Monate her, dass Banu während des Bereitschaftsdienstes zu einem Tatort gerufen wurde. Deshalb war klar, dass es sie in naher Zukunft mal wieder erwischen würde. Und es war natürlich wie immer ein unpassender Zeitpunkt. Aber heute war es besonders ungünstig. Banu hatte gerade den Pinsel in der Hand, um die allerletzte Wand zu streichen, als der Anruf von Thorsten Fock, ihrem Chef, kam. Tim war heute mit den Kindern auf dem Sommerfest seiner Firma und es fehlte wirklich nur noch diese eine Wand. Banu zuckte die Achseln und stellte den Pinsel in einen Becher mit Terpentin.

»Neßsand«, murmelte sie, langte nach ihrem Handy, das sie auf dem neuen Expedid-Regal von Ikea abgelegt hatte, und gab den Namen der Insel bei Google ein. »Noch nie gehört.«

»Ein bisschen wie in der Karibik«, sagte Stella, als sie neben Banu und ihrem Kollegen Armin Leitmeyr über den langen weißen Sandstrand ging. »Und wie man hört, sogar mit Zombies. Vielleicht finden hier ja auch Voodoo-Rituale statt.«

»Was das angeht, mache ich mir erst Sorgen, wenn wir ein geköpftes Huhn neben der Leiche finden«, gab ihr Kollege Gunnar Müller zurück, der sich die Schuhe ausgezogen hatte und wie ein Kind über den Strand hüpfte.

Thorsten Fock, der Leiter der Mordbereitschaft 5, hatte noch von seiner Wohnung aus die Kollegen von der Spurensicherung und die Rechtsmedizin informiert. Der Zustand des Leichenteils klang so interessant, dass er unbedingt einen Fachmann vor Ort haben wollte. Momentan schüttelte er nur missmutig den Kopf. »Der Staatsrat von der Behörde für Umwelt wird fuchsteufelswild sein, falls wir hier irgendwelche Leichen ausgraben müssen. Ist ja alles Naturschutzgebiet.«

Die Spurensicherung hatte den Fundort bereits mit rotweißem Flatterband abgesperrt. Eine junge dunkelhaarige Frau hielt ein Kind an sich gedrückt, offensichtlich um es abzuschirmen. Der kleine Junge linste jedoch unter ihrem Arm hindurch in Richtung der Absperrung und winkte den Polizisten zu. Er sah eher interessiert als verschreckt aus. Ganz anders der bärtige, braun gebrannte Mann daneben, der aussah wie ein Mitglied der Siebzigerjahre-Popgruppe Bee Gees. Er hatte die Arme um seinen Körper geschlungen, als würde er bei achtundzwanzig Grad im

Schatten frieren. Stella fielen seine geweiteten Pupillen auf. Zügigen Schrittes folgte sie ihren Kollegen, die bereits an den Rand der Absperrung getreten waren.

»Ich hatte mich schon gefragt, warum die Zentrale der Meinung war, dass der Tote einer für uns ist. Aber es sieht auf den ersten Blick tatsächlich nicht nach natürlicher Todesursache aus.« Banu zeigte auf den körperlosen Kopf, dessen linke Augenhöhle blicklos in die Abendsonne starrte. In der rechten Augenhöhle befand sich eine gallertartige Masse. Frau Dr. Tornquist, die Rechtsmedizinerin, drehte den Schädel hin und her und warf einen Blick in die Ohren und den offen stehenden Mund. Büschel strähnigen Haares hingen an Fetzen der teilweise abgeplatztzten Kopfhaut. Halb verwestes Fleisch gab den Blick auf den Oberkieferknochen frei. Der rechte Ast des Unterkieferknochens stach aus dem gräulichen Fleisch der Wangen heraus. Im knöchernen Hinterkopf des Schädels steckte etwas Metallisches, das in der Abendsonne glänzte. Alles in allem sah der körperlose Kopf aus wie ein gut gemachtes Requisit aus einem Horrorfilm.

»Haben Sie den Kopf gefunden?«, fragte Stella die dunkelhaarige Frau.

»Nein, das war ich. Ich heiße Lukas Liebermann und bin fünf Jahre alt.« Der kleine Junge freute sich offensichtlich, dass hier nun doch noch etwas passierte. Stella ging in die Hocke, um mit ihm auf Augenhöhe zu sein.

»Aber Sie stellen ihm jetzt keine schrecklichen Fragen, oder? Er wird schon so nächtelang nicht schlafen können.« Noch immer hielt die Mutter ihren Sohn umklammert.

Stella legte ihr beruhigend die Hand auf den Arm. »Nun erzähl mal, Lukas. Warum seid ihr denn heute überhaupt hier?«

Der kleine Junge entpuppte sich als äußerst sprachgewandt und erwähnte jedes noch so kleine Detail ihres Ausflugs. Er ließ auch nicht aus, dass sein Vater den ganzen Tag auf der Toilette verbracht und das Bett vollgespuckt hatte.

»Und du hast also gedacht, du würdest eine Pflanze ausgraben. Kannst du sagen, welcher Teil des Kopfes dir in den Fuß gepikt hat?«

Frau Liebermann rollte tadelnd mit den Augen, aber Lukas gab bereitwillig Antwort. »Es war der Knochen, der da so aus der Wange rausguckt. Der sah aus wie ein Ast.«

Stella sah Lukas direkt in die Augen. »Du musst keine Angst haben, Lukas. Der Kopf gehörte einmal zu einem lebenden Menschen. Es ist kein Geist oder so was.«

Lukas schnalzte missbilligend mit der Zunge. »Ich bin doch nicht blöd.« Dann wandte er sich einem für ihn anscheinend sehr interessanten Thema zu. »Ich dachte, Polizisten haben eine Uniform. Sie sehen gar nicht aus wie eine Kommissarin. Darf man denn bei der Polizei ein Kleid anhaben, bei dem man den Busen sehen kann?«

»Ich kann so gut wie gar nichts sagen.« Dr. Tornquist legte den Kopf aus der Hand und drehte sich zu Thorsten Fock um. »Einer vorsichtigen Schätzung nach handelt es sich um den Kopf einer Frau, denn der Knochenbogen über den Augenhöhlen ist nicht besonders ausgeprägt. Er könnte mit Gewalt vom Körper getrennt worden oder mit der Zeit einfach abgebrochen sein. Außerdem sehen Sie ja, dass ein

Projektil im Hinterkopf steckt. Das wäre schon eine sehr ungewöhnliche Stelle für einen Suizid.«

»An Selbstmord hatte ich bei einem Kopf ohne Körper spontan sowieso nicht gedacht«, sagte Thorsten und lachte über seine eigene Bemerkung.

Im Gesicht der Rechtsmedizinerin war jedoch keine Gefühlsregung zu sehen. Banu, die nur einen Schritt von ihrem Chef entfernt stand, bedauerte, dass ihr Lieblings-Rechtsmediziner, Dr. Thies Seligmann, heute keinen Dienst hatte.

»Wenn Sie jetzt von mir wissen wollen, wie lange der Kopf hier schon liegt, muss ich leider passen. Auf jeden Fall einige Jahre. Ob es nun zwei oder fünf Jahre sind, kann ich nicht sagen.«

Banu runzelte die Stirn. Sie kannte Dr. Tornquist vielleicht nicht als humorvollste, dafür aber als äußerst kompetente und genaue Medizinerin. So ratlos hatte sie sie bisher noch nicht erlebt.

»Ich muss mich erst über die Bodenverhältnisse auf der Insel informieren und einige Proben nehmen. Den Kopf nehme ich jetzt gleich mit in die Rechtsmedizin. Ich melde mich, wenn ich irgendetwas gefunden habe, das Sie weiterbringt.« Sie nickte Thorsten und Banu zum Abschied zu und ging in Richtung Strand, wo ein Boot der Wasserschutzpolizei auf sie wartete, um sie ans Festland zu bringen.

Thorsten schickte den Jungen und seine Mutter hinterher und informierte sie darüber, dass morgen eine Polizeipsychologin den Jungen besuchen würde, um noch mal mit ihm über das Erlebte zu reden. Dann winkte er einen Kollegen von der Spurensicherung zu sich. »Vielleicht taucht der Rest des Körpers noch auf. Das Terrain muss umgegraben werden.«

Banu sah, wie Stella und Gunnar mit dem bärtigen Mann sprachen. Möglicherweise hatte der ja eine Idee, um wen es sich bei der Toten handeln könnte. Schließlich war dieser abgelegene Flecken Erde sein Revier.

»Ein Polizeiboot. Das ist schon das zweite innerhalb einer halben Stunde.« Fritz Lühne saß am Küchenfenster und beobachtete das rege Treiben der Boote, die zwischen Neßsand und Teufelsbrück verkehrten. »Was ist denn heute da bloß los?«

Ohne sich umzudrehen, merkte er, wie Katherina, seine Frau, hinter ihm stutzte. Sie war wahrscheinlich verwundert darüber, dass er mehr als zwei zusammenhängende Sätze an sie richtete. Eigentlich hatte er auch nur mit seiner Tochter Linda sprechen wollen. Aber die war wohl aus dem Zimmer gegangen.

Katherina trat dichter hinter ihn und schob seinen Rollstuhl ein Stück zur Seite, damit sie auch etwas sehen konnte. Das Fenster war sehr klein.

Der ungewohnt rege Schiffsverkehr riss Fritz aus seiner Lethargie. Sommers wie winters saß er hier schon seit vielen Jahren und blickte zur Insel hinüber. Wenn es warm war, fixierte er sie von der Terrasse vor dem Haus aus. Wenn es kalt war und in dem Kaminofen in seinem Rücken das Feuer knisterte, dachte er an die Abende, die er mit Hans Fröhlich und Esther auf der kleinen Insel verbracht hatte. Vor allem an die Sommerabende, wenn sie zu dritt um das Lagerfeuer herumgesessen und Hans ihnen Lieder von Janis Joplin oder Bob Dylan vorgesungen und dazu auf der Gitarre gespielt hatte. Dieses eine Talent hatte Gott ihm in die Wiege gelegt. Ansonsten hatte er bei Hans leider eher gespart. Vor allem, was den Intellekt anging. Aber er war ein lieber Kerl gewesen. Lieb und naiv.

Anfangs war Katherina noch manchmal mit auf die Insel gefahren, irgendwann hatte sie immer häufiger vorgeschoben, die Bootsfahrt zur Insel nicht zu vertragen. Wahrscheinlich hatte sie damals schon gewusst, wie es um ihren Mann stand.

Fritz schüttelte die Hand seiner Frau ab, die sie ihm beruhigend auf die Schulter gelegt hatte. Er mochte keine Berührungen von ihr. Schon seit langer Zeit nicht mehr.

Nachdem Esther, Hans und ihr Baby vermisst wurden, hatten Katherina und er nie wieder einen Fuß auf die Insel gesetzt. Aber er hatte Neßsand so gut wie nie aus den Augen gelassen …

Katherina nahm Fritz' Ablehnung hin, ohne sie weiter zu thematisieren. Er würde sowieso nicht auf sie reagieren. Sie drehte sich weg vom Fenster und wandte sich an ihre Tochter, die ein Tablett mit drei Bechern und einer Kanne Tee aus der Küche geholt hatte. »Linda, googel doch mal im Internet, ob auf Neßsand etwas passiert ist.« Fritz bemerkte, dass sich in der letzten Zeit viele englische Ausdrücke in ihren Sprachgebrauch eingeschlichen hatten. Katherina hatte unendlich viel Zeit und sie liebte es, mit Linda zu telefonieren und sich von ihren »Meetings«, »Workshops«, »Kick-offs« und »Follow-up-Veranstaltungen« berichten zu lassen. Fritz fand es albern und unangemessen für eine alte Frau, so modern klingen zu wollen.

Für Linda hingegen waren diese Ausdrücke Teil ihrer Arbeit und sie gehörten wie selbstverständlich dazu. Fritz war wahnsinnig stolz auf seine Tochter, die einen hohen Posten bei einem großen Hamburger Versandhaus innehatte. Dass sein Sohn Thomas nur Erzieher war, »Kindergärtner«, wie er es abschätzig nannte, betrübte ihn jedoch. Das war kein Beruf für einen Mann!

»Das funktioniert nur, wenn schon irgendeine Nachrichtenagentur etwas dazu geschrieben hat, Mama. Ich fürchte, so schnell sind die nicht.«

Da Linda jedoch die Spannung wahrnahm, die den Raum geradezu aufzuladen schien, holte sie ihr Handy aus der Handtasche und rief die Nachrichtenseite des NDR auf. Doch die neueste Meldung war die, dass der FC St. Pauli gegen den FC Ingolstadt eins zu eins unentschieden gespielt hatte.

SONNTAG, DEN 12. AUGUST 2012

Unwillig machte Stella ein Auge auf, als ein tiefer Basston neben ihrem Ohr das Kopfkissen zum Vibrieren brachte. Leider war es nicht das Schnurren eines ihrer Kater oder das Schnarchen ihres Teilzeitbettgenossen Viktor, sondern ihr Diensthandy.

»Wir haben zwei!« Die Stimme ihrer Kollegin Banu klang gut gelaunt, aber Stella konnte mit der Information nichts anfangen.

»Wie zwei? Zwei Bonbons, zwei Ohrringe, zwei Paar Schuhe?«, fragte sie schlaftrunken.

»Zwei *Leichen*!« Banus Tonfall wurde ungeduldiger. »Ruf mich doch bitte zurück, wenn du einen Kaffee getrunken hast. Vorher kann man mit dir sowieso nichts anfangen.«

Stella konnte nicht umhin, ihrer Kollegin recht zu geben. Allerdings war sie gestern noch bis Mitternacht auf Neßsand gewesen und hatte zugesehen, wie die Spurensicherung im Auwald um den Fundort des Schädels herum gegraben hatte. Ihr Chef hatte noch einige Telefonate mit der Umweltbehörde führen müssen, denn den Hamburgern waren ihre Naturschutzgebiete heilig. Schließlich war man gütlich übereingekommen, dass ein Leichenfund Priorität hatte. Als der wahrscheinlich zum Schädel zugehörige Torso gefunden wurde, hatte Thorsten sie, in Absprache mit den anderen Ermittlern, nach Hause geschickt. Sie wussten, dass Stella heute auf der Hochzeit einer sehr guten Freundin sein würde, an deren Planung sie maßgeblich beteiligt war. Und dafür musste sie fit sein.

Während Stella mit der rechten Hand die Knöpfe ihrer Bluse zumachte, kippte sie mit der linken einen schwarzen Kaffee herunter und füllte danach ihren Coffee-to-go-Thermobecher. Die Mordbereitschaft 5 traf sich um neun Uhr im Polizeipräsidium.

Banu hatte einen Stick in ihren Computer gesteckt und ließ die Fotos vom Fundort durchlaufen.

»Ganz schön gruselig«, bemerkte Stella.

»Ja, so furchtbar lange können sie noch nicht tot sein. Es ist noch zu viel Fleisch an den Knochen. Insofern werden es wohl nicht die Leichen des vermissten Inselwarts und seiner Frau sein, denn die sind bei der Sturmflut 1976 verschwunden. Schade. Denn dann hätten wir jetzt nicht alle Vermisstenanzeigen der letzten Jahre durchkämmen müssen.«

Armin hob den Kopf und sah Banu fragend an. »Ich dachte, die große Sturmflut war 1962.«

»Da du aus Bayern kommst, weißt du natürlich nichts über die vielen Heimsuchungen, die Hamburg bereits durch die Elbe erfahren hat. Es gab hier schon diverse Sturmfluten. Bei den beiden Januarfluten von 1976 stieg das Wasser sogar höher als bei der großen Sturmflut von 1962. Aber dieses Mal hielten die Deiche.«

»Tja, ansonsten würde es so gut passen. Wobei ich nicht scharf drauf bin, einen Fall zu untersuchen, der schon so viele Jahre her ist. Das bringt ja meistens sowieso nichts«, murmelte Gunnar. Wie Stella bemerkte, sah auch er nicht gerade aus wie das blühende Leben.

Banu klickte auf das nächste Foto. »Eine wirklich sehr

interessante Sache habe ich noch nicht erzählt. Eine der Leichen hatte noch einen Regenmantel an und in dessen Innentasche haben die Kollegen von der Spurensicherung ein ziemlich verwittertes Foto mit einer kaum lesbaren Beschriftung auf der Rückseite gefunden. Glücklicherweise war die Innentasche mit einem Reißverschluss fast wasserdicht verschlossen. Die Frau hat anscheinend viel Wert auf qualitativ hochwertige Regenkleidung gelegt. Die Tinte ist zwar fast komplett verschwunden. Aber man kann einige Buchstaben anhand der Abdrücke auf dem Papier entschlüsseln.«

Auf dem Display erschien eine fragmentarische Reihe von Schriftzeichen.

»›B TT KO M FR T G U 16 UH UNS ER STEIN. I LIE   CH! L.‹«, lautierte Stella und runzelte die Stirn. »Der Satz am Ende soll ja auf jeden Fall ›Ich liebe dich!‹ heißen.

Und unterzeichnet ist er mit einem ›L.‹«, sagte Banu.

Gunnar zeigte auf den Anfang der Nachricht. »Und es ist eine Verabredung.«

Stella fragte: »Und was ist auf dem Foto zu sehen?«

Banu klickte weiter. Das Display zeigte einen verschwommenen Rahmen mit gezacktem Rand, der aus einer einzigen Aneinanderreihung aus Stockflecken zu bestehen schien. »Vielleicht kann das Labor da noch etwas machen. Aber ich erkenne darauf nichts.«

»Vielleicht hat der eine Tote, falls es ein Mann war, die Frau in den Wald bestellt, ihr ein Ultimatum gestellt, ihr dann in den Kopf geschossen, als sie nicht mitziehen wollte, und sich dann anschließend selber umgebracht. So was passiert immer wieder.«

Thorsten schüttelte nicht ganz überzeugt den Kopf. »Die Frage ist doch, wie sie unbemerkt nach Neßsand kommen konnten. Seit Mitte der Achtzigerjahre ist die Insel unter Beobachtung. Ich denke mal, wenn überhaupt, kann man dort nur nachts unbemerkt hin. Aber das Treffen hat wohl nachmittags stattgefunden. Außerdem wissen wir noch nicht, woran der zweite Tote gestorben ist.«

Thorsten nahm sich einen Edding aus dem Etui auf seinem Schreibtisch und ging zum Flipchart. Auf dem festgeklemmten Papierbogen stand bereits die Überschrift: »Tötungsdelikt Neßsand«. Energisch unterstrich er diese Überschrift doppelt.

»Frage eins: Wie lange liegen die Leichen schon dort?« In Stellas Blutbahn kreiste mittlerweile genug Koffein, dass sie die Gedankengänge ihrer Kollegen nachvollziehen konnte.

Armin, der bisher kaum etwas gesagt hatte, formulierte die zweite Frage. »Zweitens: Wie starb der zweite Tote?«

»Drittens: Wie kamen die beiden nach Neßsand?«, ergänzte Gunnar.

»Und viertens: Wurden die beiden vermisst?«

Thorsten machte einen dicken Strich unter die vier Fragen. »Ich denke mal, die ersten beiden Fragen kann die Obduktion uns beantworten. Ich werde morgen mit der Staatsanwältin sprechen, damit die möglichst schnell erfolgen kann.«

»Wenn wir wissen, wie lange die beiden ungefähr tot sind, können wir anfangen, die alten Vermisstenanzeigen durchzugehen.«

Stella setzte sich aufs Fensterbrett und schlug ihre Beine übereinander. »Das heißt doch wohl, dass heute hier nicht mehr allzu viel anliegt.« Sie hatte sich sehr darüber geärgert, dass sie versäumt hatte, an diesem Wochenende Urlaub zu nehmen. Das wäre aber eigentlich auch nicht nötig gewesen, denn die M4 hätte Bereitschaft gehabt. Und hätten sich nicht drei von fünf Ermittlern bei der Pensionierungsfeier ihres Chefs eine Salmonellenvergiftung zugezogen, säße Stella jetzt nicht hier, sondern in der Badewanne, ein Glas Sekt in der Hand, um sich ganz entspannt auf die nahenden Anstrengungen des Tages vorzubereiten.

Den anderen war sicher nicht entgangen, dass sie ständig auf die Wanduhr neben der Tür zum Vernehmungszimmer starrte. In zwei Stunden würde Olivia Paul im Michel das Ja-Wort geben. Mal ganz davon abgesehen, dass Stella unbedingt dabei sein wollte, hatte sie auch mehrere Plastiktüten mit Konfetti im Kofferraum, mit dem das Paar beim Verlassen der Kirche beworfen werden sollte. Es wäre schade, wenn dies ausfallen müsste.

Thorsten Fock stellte sich neben sie und schlug ihr mit einer seiner Pranken leicht auf die Schulter.

»Nun fahr schon los, Stella. Wir bleiben hier und puzzeln noch ein bisschen rum. So lange machen wir heute auch nicht. Die Leichen sind ja schon eine ganze Weile tot. Da brennt's nicht so.«

Stella warf ihren Kollegen eine Kusshand zu, hatte jedoch ein klitzekleines schlechtes Gewissen, da sie wusste, dass Banu und Tim gerade dabei waren, ihre Wohnung zu renovieren, und eigentlich am Wochenende damit fertig werden wollten. Andererseits fand sie aber auch, dass Banu ein kleines bisschen selbst schuld war. Sie erwähnte überhaupt nicht, dass sie eventuell woanders gerade eher gebraucht werden könnte. Hier gab es momentan wirklich nicht mehr viel zu tun. Aber Banu war immer so pflichtbewusst. Diese Einstellung nervte Stella zuweilen und damit verstärkte sie ihr schlechtes Gewissen.

Stella versuchte sich das Nummernschild des Menschen zu merken, der gerade direkt gegenüber der Hamburger St. Michaelis Kirche aus einer Parklücke fuhr, damit sie ihm später Blumen schicken konnte. Sie schaltete so temperamentvoll in den Rückwärtsgang, dass das Getriebe knirschte. Endlich konnte sie einparken, nachdem sie bereits zehn Minuten im Kreis gefahren war. Dann sprintete sie zum Kofferraum, schmiss ihre Turnschuhe auf die Gummimatte und schlüpfte in ihre High Heels. Bounty und Viktor waren neben ihr erschienen und griffen nach dem Konfetti. Im Hintergrund hörte sie bereits die Orgeltöne, die den Einmarsch des Brautpaars ankündigten.

»Im nächsten Leben wirst du Stripperin. Dann musst du wenigstens nicht sonntagvormittags arbeiten«, zischte Bounty ihr zu.

Olivia und Paul sahen aus wie zwei Dekofiguren, die gerade von ihrer eigenen Hochzeitstorte herabgestiegen waren. Stella dachte daran, wie Bounty und sie mit Olivia losgezogen waren, um ein Brautkleid für sie auszusuchen. Ein bisschen waren sie sich vorgekommen wie in amerikanischen Filmen, als sie kichernd vor unzähligen Umkleidekabinen gesessen und Sekt um Sekt getrunken hatten, während Olivia ein Kleid nach dem anderen anprobiert und dann wieder auf den Bügel gehängt hatte. Der Höhepunkt war am späten Nachmittag der große Auftritt im »Bride-Saloon« am Eppendorfer Baum gewesen. Leicht beschwipst hatten die drei Freundinnen das noble Geschäft betreten. Schon als sie den ersten Fuß über die Türschwelle gesetzt hatten, hatten sie gemerkt, wie die missbilligenden Blicke der mageren Verkäuferinnen in Size

Zero an ihnen hängen geblieben waren. Sofort war auch eine in abwehrender Haltung auf Olivia zugestöckelt. »In Ihrer Größe haben wir hier nichts. Wir führen nur Kleidung bis Größe 42.« Bei dieser Größenangabe hatte sie so angewidert geklungen, als ob Frauen, die Konfektionsgröße 42 trugen, in der Zeltabteilung einkaufen müssten. Aber Olivia hatte nur ihre rote Mähne geschüttelt und gelacht. Dann war sie an den Ständern mit den Kleidern vorbeigegangen und hatte zielsicher ein elfenbeinfarbenes Model im Meerjungfrauenschnitt mit viel Spitze in Größe 34 herausgegriffen. »Dann bestellen Sie mir das doch bitte in Größe 46.«

Die Verkäuferin bedachte sie mit einem herablassenden Lächeln. »Das würde Ihnen bei Ihrer Figur gar nicht stehen. Außerdem ist das eine Kreation von Frieda Scolari. Es kostet fünfzehntausend Euro. Können Sie sich das überhaupt leisten?« Sie hatte die Freundinnen in Sekundenschnelle von oben bis unten abgescannt. Besonders lange blieb ihr Blick an Bountys abgetragenen Jesuslatschen und dem oversized T-Shirt mit der Aufschrift »Game over« hängen, das Bounty zu ihrer Happy-Divorced-Party geschenkt bekommen hatte. Bounty hatte darauf bestanden, dass es Olivia für ihre Ehe Glück bringen würde, wenn sie es beim Aussuchen des Hochzeitskleids trüge.

Mit einer spöttisch hochgezogenen Augenbraue beantwortete die Verkäuferin ihre Frage selbst. »Das ist doch viel zu teuer für Sie. Außerdem gibt es das gar nicht in Ihrer Größe.«

Immer noch lächelnd, mittlerweile aber eher angriffslustig mit gefletschten Zähnen hatte Olivia aus ihrer Schultertasche die neueste Ausgabe der Zeitschrift »Hanseatic

Fashion« gezogen und einen Artikel mit vielen Fotos aufgeschlagen. Auf Seite einundzwanzig lächelte eine stark geschminkte Olivia in die Kamera, angezogen mit dem Objekt des Unfriedens, dem Meerjungfrauenkleid von Frieda Scolari. »Ich lese Ihnen einen Auszug aus dem Interview mit der Designerin vor. ›Olivia Majewski ist mittlerweile eins meiner meistgebuchten Models. Die Designer müssen umdenken und dem Wandel des Schönheitsideals von mager zu kurvig folgen, wenn sie erfolgreich im Geschäft bleiben wollen.‹«

Die Verkäuferin hatte eine Entschuldigung gestammelt, aber Olivia hatte ihr die Zeitschrift in die Hand gedrückt und triumphierend gesagt: »Vielleicht frage ich Frieda doch lieber selbst, ob ich ihr das Kleid abkaufen kann. In diesem Laden hier lasse ich jedenfalls keinen Cent.« Dann hatte sie ihre beiden Freundinnen untergehakt und war hocherhobenen Hauptes aus der Tür geschritten. Direkt vor der Eingangstür des »Bride-Saloons« hatten alle drei einen Lachanfall bekommen und beschlossen, die Flasche lauwarmen Champagner zu köpfen, die Bounty die ganze Zeit in ihrem Rucksack mit sich rumgetragen hatte.

Und nun schwebte Olivia in dem Kleid von Frieda Scolari wie eine XL-Version von Arielle, der Meerjungfrau, am Arm ihres Vaters vorbei, um einem sehr würdig dreinblickenden Paul im schwarzen Anzug das Ja-Wort zu geben. Stella heulte die ganze Zeremonie über und dachte über ihre eigene Beziehung nach.

Sie war nun mit Viktor seit zwei Jahren locker zusammen. Es war ihre erste Beziehung seit der Trennung von ihrem Ehemann Mirko. Viktor war also sozusagen ein Interimsmann. Sie sahen sich nicht jeden Tag, aber wenn sie sich sahen, bestanden ihre Abende meist aus folgenden Beschäftigungen: Sex, Essen gehen oder Cocktails trinken. Da die beiden letztgenannten Aktivitäten mit der Aufnahme zu vieler Kalorien verbunden waren, entschieden sie sich meistens nur für den Sex. Das war eine Zeit lang sehr aufregend gewesen und Stella hatte sich nach ihrem Ehefiasko endlich wieder begehrenswert gefühlt. Aber die sexuelle Anziehungskraft ließ zumindest auf ihrer Seite nun deutlich nach.

Viktor war für Stella nie ein umfassender und verständnisvoller Gesprächspartner gewesen. Dies hatte in ihrer Beziehung jedoch auch nie ganz oben auf der Prioritätenliste gestanden. In der letzten Zeit jedoch beschlich sie manchmal das Gefühl, dass es auch ganz schön wäre, mit seinem Partner mal eine Unterhaltung über politische Themen zu führen oder ein wenig Interesse bei ihm hervorzurufen, wenn sie mit ihm über ihre Arbeit sprechen wollte. Andererseits löste es bei ihr automatisch einen Gähnreflex aus, wenn er anfing zu erzählen, wie viele Fahrräder er an diesem Tag verkauft hatte oder wie mürrisch oder freundlich seine Kunden gewesen waren.

Sie wollte schon lange ein Gespräch mit ihm darüber führen, ob und wie er sich eine Zukunft mit ihr vorstellte. Aber da immer nur Sex, Essen und Trinken im Vordergrund standen, wenn sie sich trafen, war dafür irgendwie kein Platz.

Bounty hatte in der letzten Woche zu ihr gesagt, dass Viktor und sie überhaupt nicht mehr verliebt wirkten, wenn man sie zusammen sehen würde, sondern dass man auf den Gedanken kommen könnte, ein Vater mache mit seiner Tochter einen Ausflug. Viktor war ein ganzes Stück älter als Stella.

Rein äußerlich wirkten sie heute allerdings wie ein Paar aus dem Bilderbuch. Stella hatte morgens noch bei Viktor angerufen und ihm gesagt, dass sie sich für das maritime Kleid entschieden hatte und er auf keinen Fall den braunen Anzug, sondern den marineblauen anziehen sollte. Doch innerlich merkte sie, dass sie immer mehr auf Distanz zu ihm ging.

Nachdem das Konfetti geworfen und der Crémant vor dem Michel getrunken war, machte die Hochzeitsgesellschaft sich auf, um im neuen Heim des Brautpaares weiterzufeiern.

Stellas Kopf war schon reichlich benebelt von zu viel Sekt, als Olivia den Brautstrauß werfen wollte. Eigentlich hatte Stella vor, nicht mitzumachen, aber Olivia schubste sie zu den anderen unverheirateten Frauen, bevor sie das Double ihres herrlichen Straußes aus weißen Lilien und rosa Rosen in die Menge warf.

»Hast du versucht, dir deine Beziehung schön zu trinken?«, flüsterte Bounty ihr zu, die vor ihr im Kreis um den Stuhl herumlief, auf dem Olivia mit geschlossenen Augen stand.

»Dafür reichen die paar Gläser Sekt nicht mehr«, gab Stella zurück. Sie hatte natürlich mit ihrer besten Freundin bereits über Viktor gesprochen.

Ironischerweise war es dann auch Stella, die den Strauß fing. Bounty grinste sie unverschämt an, während Annelie, eine frühere Schulfreundin von ihr, sogar so dreist war, ein Herz mit den Buchstaben »S« und »V« in die Luft zu malen.

Nach dieser wirklich peinlichen Situation fand Stella, dass es endlich Zeit für etwas zu essen war. Sie sah zu Viktor, der etwas weiter abseits stand und sich mit dem Bräutigam unterhielt. Er hatte sich wohl schon am Buffet bedient. Das »Hanseatische Buffet mit einem Hauch Cross-Over-Kitchen«, das Bounty, Stella und Olivia gemeinsam ausgesucht hatten, hatte einiges zu bieten.

Stella lief das Wasser im Mund zusammen, als sie die Berge von rosa gebratenem Roastbeef sah. Sie bemerkte aus den Augenwinkeln, dass sich jemand neben sie stellte.

»Ich suche etwas Vegetarisches. Aber davon scheint es hier nicht viel zu geben.«

Stella drehte sich um und musterte den Mann. Sie schätzte ihn einen halben Kopf größer als sie es war, war jedoch mit ihren hohen Absätzen mit ihm auf Augenhöhe. Was sie sah, gefiel ihr. Er hatte rotbraunes welliges Haar, das er mit einem Haarband zurückgebunden hatte, und dunkelgrüne Augen. Im linken Ohr hatte er einen Ohrstecker in Form einer kleinen Blume. »Könnten Sie mir vielleicht den Teller mit den Antipasti reichen? Sie kommen da besser ran.« Er sprach mit einem deutlichen Akzent, grammatikalisch jedoch einwandfrei. Insgesamt eine erfreuliche Erscheinung. Dennoch schob Stella die Schublade mit der Aufschrift »attraktive Männer« in ihrem Kopf gleich wieder zu. Wenn sie an Männer dachte, tat sie es häufig mit einem in Teilen zugegebenermaßen atavistischen Blick. Das Bild, das ihr spontan immer in den Kopf schoss, wenn das Reizwort »Mann« fiel, war ein Kerl, der am Grill stand und mit der Zange ein bluttriefendes Steak wendete, während er herzhaft in eine Wurst biss. Und die war sicher nicht aus Tofu! Männer, die kein Fleisch aßen, waren für sie irgendwie keine Männer.

Ihr Gegenüber hatte das Schließen der Schublade jedoch

wohl nicht wahrgenommen. »Darf ich mich vorstellen? Mein Name ist Jupiter Jones.« Wollte er sie jetzt tatsächlich anbaggern? Stella erinnerte sich an eine deutsche Band mit diesem Namen, und wie ihr dann einfiel, hieß auch einer der Jungs in der englischen Version von den »Die drei ???« Jupiter Jones. Aber ob es besonders sexy war, sich ausgerechnet den Namen des langweiligen Oberdetektivs aus einem Kinderkrimi zu geben, sei nun dahingestellt.

»Und ich bin Emma Peel«, gab sie, wie sie fand, sehr schlagfertig zurück. Er schüttelte allerdings ohne die Spur eines Lächelns den Kopf. »Das kann nicht sein, Emma Peel ist dunkelhaarig.« An der Art, wie er den Namen aussprach, erkannte Stella, dass der Mann aus dem englischsprachigen Raum kommen musste.

In diesem Moment tauchte Viktor am Horizont auf und winkte ihr zu. »Ich glaube, Ihr Freund sucht Sie«, sagte der Unbekannte.

Sie korrigierte ihn sofort, ohne nachzudenken: »Das ist nicht *mein* Freund, sondern nur *ein* Freund.«

Stella stellte ihre Handtasche im Flur ab, streifte ihre hohen Schuhe von den Füßen und humpelte in Richtung Sofa, wobei sie einen kleinen Abstecher zum Kühlschrank machte, um sich eine Flasche Prosecco herauszunehmen.

Nun war es nicht gerade so, dass sie heute bisher nüchtern geblieben wäre. Es hatte Crémant vor dem Michel gegeben, Champagner beim Empfang auf dem parkähnlichen Grundstück, das Olivias neues Eigenheim umgab, und natürlich zum Essen den allerbesten Rotwein vom Lieblingsweingut des Brautpaares in der Nähe von Bordeaux.

Aber es war an der Zeit, ernsthaft über etwas nachzudenken. Und kaum etwas anderes brachte Stellas Gehirnzellen so auf Trab wie das alkoholische Sprudelwasser. Betrinken wollte sie sich nicht. Sie hatte den morgigen Tag zwar offiziell freigenommen, würde angesichts der Leichenfunde jedoch am späten Vormittag mal im Präsidium vorbeischauen und so einen kleinen Ausgleich für ihr schlechtes Gewissen schaffen.

Ihr schwarz-weißer Kater Caveman machte nur sehr widerwillig die Ecke des Sofas frei, fing jedoch sofort an zu schnurren, als Stella ihm den Bauch streichelte. »Wir müssen heute Abend mal über Männer sprechen«, flüsterte sie ihm zu. Stella hatte nämlich eine Entscheidung getroffen. Da sie dem Mann am Buffet praktisch erzählt hatte, dass sie Single war, hatte sie die Liebesbeziehung zwischen Viktor und ihr so gut wie beendet. Sie musste nur noch den richtigen Moment abpassen, um es ihm zu sagen. Und gewappnet gegen etwaige Gefühlsausbrüche von seiner Seite sein. Denn sie war sicher, dass er ihre Beziehung völlig anders sah.

MONTAG, DEN 13. AUGUST 2012

Banu legte eine Kapsel in die Kaffeemaschine und drückte auf die »Lungo«-Taste. Dann fügte sie der Spalte mit ihrem Namen einen weiteren Strich hinzu.

»Denk daran, dass die Kapseln teurer geworden sind«, hörte sie ihren Kollegen Gunnar im Hintergrund sagen. »Du hast jetzt schon siebenundzwanzig Striche. Das bedeutet vierzehn Euro und vier Cent Schulden bei der Kaffeekasse.«

»Danke für den Hinweis«, sagte sie betont honigsüß. »Und wie schön, dass du so gut im Kopfrechnen bist.« Dann nahm sie ihren Kaffeebecher und schloss sich Thorsten Fock an, der gerade die Tür zum Besprechungsraum öffnete. An den Wänden und dem Flipchart waren die Erträge ihrer gestrigen Arbeit zu sehen. Viele der Fotos vom Fundort der Leichen waren ausgedruckt worden und hingen nun nach Oberbegriffen geclustert links und rechts vom Whiteboard an der Wand.

Thorsten ging zum Flipchart und begann die Aufträge für den heutigen Tag zu notieren. Er war ein sehr visueller Typ, der gern alles schwarz auf weiß hatte.

»Der Ablaufplan für heute sieht folgendermaßen aus: Gunnar und Armin fahren noch mal auf die Insel.« Banu sah, wie Armin die Stirn runzelte. Der erst vor wenigen Jahren aus Bayern zugezogene Kollege war nicht besonders seefest. Am Samstag war die Elbe glatt wie ein Spiegel gewesen und trotzdem hatte Banu bemerkt, wie Armin sich mit beiden Händen an der Reling festgehalten hatte. Seit heute Morgen hatte der ruhige Hochsommer in Hamburg nun ein jähes Ende gefunden. Graue Wolken zogen in einem rasanten Tempo über den Himmel und selbst auf der Außenalster waren Schaumkronen zu sehen gewesen. Sie bedauerte ihren Kollegen jetzt schon.

»Und dann folgende Info: Die Obduktion ist für heute Mittag zwölf Uhr angesetzt. Banu, es wäre gut, wenn du hingehen würdest. Ich habe einen Termin mit dem Pressesprecher. Und Stella hat ja heute frei.«

Banu nickte und nahm einen Schluck aus ihrem Kaffeebecher. Sehr dramatisch würde die Obduktion wohl nicht werden. Es war schließlich nicht mehr allzu viel Fleisch an den Leichen. Die Todesursache zumindest bei der weiblichen Toten war auch relativ eindeutig.

»Die Obduktion wird von Thies Seligmann durchgeführt. Wichtig ist, dass du ihn auf eine einigermaßen eingeschränkte Zeitspanne festnagelst, Banu. Nur wenn wir wissen, wann die beiden gestorben sind, können wir sinnvoll in die Ermittlungen einsteigen. Um fünfzehn Uhr treffen wir uns wieder hier.«

Nachdem die Kurzbesprechung vorbei war, beschloss Banu erst mal, ihr Frühstücksbrot zu essen. Da sie mittags in der Rechtsmedizin zu sein hatte, würde wahrscheinlich nicht genug Zeit für ein Mittagessen sein. Sie warf einen Blick auf ihr Handy und sah, dass jemand auf die Mailbox gesprochen hatte. Es war ihre Tochter Merve. »Kann ich heute nach der Schule mit zu Ayse? Wir wollen unser Bioreferat fertig machen.« Banu schickte ihre Zustimmung per SMS und informierte danach ihren Mann auf demselben Wege. So würde Tim, der montags immer nur einen halben Tag arbeitete, sich keine Sorgen machen, wo Merve blieb. Praktischer wäre es natürlich gewesen, wenn Merve gleich ihren Vater angerufen hätte, aber sie wusste so gut wie Banu, dass er sein Handy nur sehr selten anhatte.

»Moin, moin! Mit mir habt ihr nicht gerechnet, oder?« Die Tür ging auf und eine sichtlich gut gelaunte und anscheinend nicht verkaterte Stella betrat das Büro. »Ich war so früh wach und da habe ich gedacht, ich komme doch mal vorbei und löse den Fall für euch.«

Armins Miene hellte sich auf. »Was kann ich dir geben, damit du für mich mit Gunnar nach Neßsand fährst?«

Stella erwiderte: »Dafür nehme ich nichts. Ich bin eine Hamburger Deern und natürlich liebe ich das Wasser und jedes Boot. Klar komme ich mit auf die Insel.«

»Neptun sei Dank!«, seufzte Armin.

Der Tee war ziemlich stark geraten. Sara Huber verzog den Mund und gab drei Löffel Zucker in die schwarze Flüssigkeit. Das Teetrinken hatte sie sich angewöhnt, nachdem sie vor zehn Jahren aus Süddeutschland nach Hamburg gezogen war. Ihr Sohn Damian hatte zwar immer behauptet, dass sie irgendwann Probleme mit ihrem Blutdruck bekommen würde, da auch schwarzer Tee eine Menge Koffein enthielt, aber bisher hatte noch kein Arzt etwas gesagt. Sie blickte auf das Foto, das ihre beiden Männer vor dem Richard-Wagner-Festspielhaus in Bayreuth zeigte. Damian hielt seine Geige in der rechten Hand und hatte den linken Arm um die Schultern seines Vaters gelegt. Beide lächelten in die Kamera. Man konnte Gustav ansehen, wie stolz er auf seinen Sohn war. Das Foto war 1998 aufgenommen worden. Sara stellte sich auf die Zehenspitzen und nahm den Glasreiniger aus dem Küchenschrank. Anscheinend war ihre Putzfrau nachlässig gewesen. Energisch sprühte sie das Glas des Fotorahmens ein und polierte mit einem Geschirrhandtuch nach. Sie wollte einen klaren Blick auf Damian und Gustav haben, da sie sie nun nicht mehr ständig um sich hatte. Ihr Sohn hatte vor dreizehn Jahren ein Engagement im Cairo Opera House in Ägypten angenommen. Sie hatte ihn dort nur einmal besucht.

Und Gustav hatte vor einigen Jahren einen schlimmen Schlaganfall erlitten. Zunächst hatte sie ihn unbedingt zu Hause pflegen wollen, aber ihr Haus im Blankeneser Treppenviertel war alles andere als barrierefrei und an die schmale Stiege, die zum Schlafzimmer in der ersten Etage führte, konnte kein Treppenlift angebracht werden. So hatte sie sich nach einem halben Jahr, als Gustav seine Fähigkeit zu sprechen nicht wiedererlangt hatte, doch entschlossen, ihn in die Pflegestation eines Seniorenheims zu geben – nur wenige hundert Meter von ihrem Haus entfernt.

Sie besuchte ihren Mann sechsmal in der Woche. Nur montags nahm sie sich frei, um Besorgungen zu machen und der Putzfrau auf die Finger zu schauen.

Sara schlug sich ein Tuch um die Schultern, zog ihre Gummistiefel an und durchquerte ihren leicht verwilderten Garten. Obwohl die Sonne sich hinter grauen Wolken versteckt hatte und es leicht nieselte, fing sie bereits nach wenigen Schritten an zu schwitzen. Sie hatte ungefähr vierzig Kilo Übergewicht, was ihr manchmal zu schaffen machte. Aber sie mochte sich so leiden, wie sie war. Es musste ja nicht jeder ein Hungerhaken sein.

Sara hatte gesehen, dass bei ihrer Nachbarin Gesa der obere Teil der Klönschnacktür offen stand. Sie musste also zu Hause sein.

Bruno, der große Berner Sennenhund, begrüßte sie mit seinem tiefen Bellen, das sogar die Fensterscheiben der Nachbarhäuser noch vibrieren ließ. Sara hatte nie verstanden, warum die Reimanns sich ausgerechnet so ein Riesenvieh anschaffen mussten, denn ihr Haus war, wie die vielen alten Fischerhäuser im Treppenviertel, winzig klein.

»Aus, Bruno«, rief eine helle Frauenstimme aus dem Inneren des Häuschens und Gesas dunkler Lockenkopf erschien im Türrahmen. »Moin, Sara! Willst du einen Tee? Komm doch rein.«

Sara schüttelte den Kopf. »Ich habe nicht viel Zeit. Jadwiga kommt gleich zum Putzen. Und dieses Mal passe ich genau auf, damit sie nicht wieder vergisst, hinter der Heizung zu wischen. Ich wollte nur wissen, wie viele heute Abend kommen, damit ich genügend Kuchen backe.«

Gesa zog einen kleinen Block aus der Tasche ihrer Strickjacke. »Zugesagt haben siebzehn, aber du weißt ja, dass Friedjof sehr unzuverlässig ist.«

»Ach nein, er muss dieses Mal unbedingt dabei sein. Zur Not hole ich ihn ab.« Sara winkte Gesa zum Abschied zu und bückte sich, um Bruno über den Kopf zu streicheln. Als sie sah, dass ihre Putzfrau bereits den Schlüssel ins Schloss gesteckt hatte, beschleunigte sie ihre Schritte.

Das Skalpell in der Hand von Dr. Seligmann wirkte auf Banu alles andere als bedrohlich, obwohl er gerade durch das wächserne Fleisch des weiblichen Körpers schnitt, der auf Neßsand gefunden worden war. Banu überlegte, wie oft sie dem Rechtsmediziner schon bei seiner Arbeit zugesehen hatte. Meist schickte ihr Chef sie zu den Obduktionen, da sie einen ziemlich stabilen Magen hatte und er wusste, dass sie es sogar interessant fand, Seligmann über die Schulter zu schauen, wenn er jedes Organ bei seinem lateinischen Namen nannte, wog und auf eventuelle Abweichungen von der Norm hin betrachtete. Kein Mensch war gleich, weder von außen noch von innen.

»Du hast Glück, dass wir so ein Sommerloch haben«, sagte Thies Seligmann. »Wenn wir hier noch frischere Leichen rumliegen hätten, hättest du dich anstellen müssen.«

Die zweite zuständige Medizinerin für die Sektion war heute eine ziemlich junge Kollegin, die ihr Namensschild als Dr. Frederike Ehlich auswies.

Schon die äußere Leichenschau hatte sich, wie vermutet, als sehr ergiebig erwiesen. Natürlich hatte der Mediziner sofort auf das Projektil im Hinterkopf gezeigt. »Damit ist für mich die Todesursache klar. Mit dieser Verletzung wäre sie nie mit dem Leben davongekommen.« Und er hatte Banu auf noch etwas aufmerksam gemacht. »Die Tote hat hier auf dem linken Oberarm eine Tätowierung. Wohl eine Zahlenreihe. Die Haut ist zum Teil abgeplatzt, deshalb sind nur noch die letzten vier Ziffern zu erkennen.«

Banu konnte tatsächlich die Ziffern »7637« lesen. »Das könnte ein Hinweis für die Identifizierung sein. Von den Zähnen ist ja nicht allzu viel übrig.«

Der Assistent rollte die zweite Leiche in den Sektionssaal. Der Tote war männlich. Obwohl er an vielen Stellen deutlich stärker verwest war als die Frau, war noch ein Teil des Hodensacks vorhanden. Der lippenlose Mund war zu einem grotesken Grinsen verzogen. Das Gebiss war jedoch noch relativ vollständig. Banu musste an die Exponate der Ausstellung »Körperwelten« von Gunther von Hagens denken, die sie mehrfach besucht hatte. Für diese Leidenschaft hatte ihr Mann Tim nur ein Kopfschütteln übrig. Er konnte nicht verstehen, warum seine Frau, die nun beruflich schon so viel mit Toten zu tun hatte, diese auch noch in ihrer Freizeit hatte ansehen wollen. Und dies für einen nicht allzu geringen Eintrittspreis. Can, ihr damals fünfjähriger Sohn, hatte den Ausstellungskatalog unter dem Couchtisch gefunden und eine Zeit lang nur noch Tote gemalt, was seinen Eltern einige lange Gespräche mit den Erziehern im Kindergarten eingebracht hatte.

Thies Seligmann beschrieb die Äußerlichkeiten für das Protokoll, was später angefertigt werden würde, und fing dann an zu schneiden. Wie immer gab es einen Schwall Fachbegriffe und medizinischer Anmerkungen zu den einzelnen Organen.

Thies schien mit diesem Toten allerdings nicht so recht zufrieden zu sein. Mehrfach runzelte er die Stirn und verbrachte auffällig lange Zeit damit, die Körperhöhle zu untersuchen. Dann richtete er sich auf und seufzte. »Ich finde hier rein gar nichts, was auf die Todesursache hinweisen könnte. Die Organe sind alle durch die Verwesung in Mitleidenschaft gezogen worden, aber woran der Gute gestorben ist …« Er zuckte mit den Schultern und wandte sich an Dr. Ehlich. »Wir werden eine CT-Autopsie machen und den Scan später auswerten.«

Die zweite Rechtsmedizinerin verließ den Saal, um den Assistenten zu holen. Banu war ein wenig enttäuscht, keine unmittelbare Auskunft zu bekommen. »Und wann kriegen wir die Ergebnisse?«

»Das dauert nicht lange. Die Autopsie selbst wahrscheinlich nur eine halbe Stunde und die Auswertung dann je nachdem.« Ungern erinnerte sich Banu an den letzten Toten, dessen Todesursache anhand einer CT-Untersuchung aufgeklärt werden konnte. Die Autopsie wurde an der Leiche eines Säuglings durchgeführt. Im CT waren klare cerebrale Blutungen zu sehen gewesen. Das Kind war zu Tode geschüttelt worden. Nachdem Banu dies den Eltern klar ins Gesicht gesagt hatte, war die Mutter zusammengebrochen und hatte gegen ihren Mann ausgesagt. Sie selbst hatte die Tat mit angesehen, ihrem kleinen Sohn jedoch nicht geholfen.

»Wie schön, dass Hamburg eine der vier Städte ist, die sich für zweihundertfünfzigtausend Euro so ein Gerät geleistet haben. Der Tote wird gleich in die Röhre geschoben.«

»Ich wäre an deiner Stelle nicht so froh darüber, Thies. Vielleicht ersetzt die Untersuchung durch deine Wundermaschine ja bald die klassische Autopsie und die Zahl der Rechtsmediziner wird drastisch reduziert. Möglicherweise ist dann auch dein Arbeitsplatz in Gefahr.«

Thies Seligmann klopfte Banu auf die Schulter. »Bis das so weit kommt, sind wir alle hoffentlich an Altersschwäche gestorben.«

»Und nun kommen wir mal zum interessanten Teil. Wie lange sind die beiden schon tot?« Banu erinnerte sich sehr genau an den Auftrag, den ihr Chef ihr gegeben hatte.

Der Rechtsmediziner lächelte sie an. »Das ist allerdings wirklich interessant. Ich glaube, ich habe da eine Neuigkeit für dich.«

»Heute hat das hier alles nichts mehr von Hawaii«, sagte Gunnar und wischte sich den Schweiß von der Stirn. Das Polizeiboot, das die beiden Ermittler auf die Insel Neßsand gebracht hatte, hatte auf der Elbe getanzt wie eine Nussschale. Die Wellen brandeten an den kleinen Strand und kreischende Seevögel standen in der Luft, angehalten von der unsichtbaren Macht des Gegenwindes.

Stella schloss den Reißverschluss ihrer Regenjacke und setzte ihre Kapuze auf. Dann stapften Gunnar und sie durch das nasse Schilf in Richtung Auwald.

Am Fundort der Leichen zeugten noch einige Löcher im Boden von den Ausgrabungsarbeiten. Da es jedoch heute Morgen stark geregnet hatte, waren sie zum Teil mit Wasser gefüllt und unterschieden sich kaum von Pfützen. Hätte man nicht gewusst, dass hier vor eineinhalb Tagen einige Polizisten den Boden durchgepflügt hatten, hätte man dies auch alles der heutigen Sturmflut ankreiden können.

»Ich habe mich ein wenig über die Insel schlaugemacht.« Gunnar holte eine Digitalkamera aus der Tasche und machte ein paar Fotos. »Entstanden ist sie erst in den Vierzigerjahren, als das Mühlenberger Loch ausgebaggert wurde. 1952 wurde sie Naturschutzgebiet. Der frühere Inselwart Hans Fröhlich hat das ganze Jahr über hier gewohnt. Der jetzige sieht im Sommer nur am Wochenende nach dem Rechten. Im Winter noch seltener.« Er fasste in seine Tasche und klimperte mit einem metallenen Gegenstand. »Und ich habe den Schlüssel zu seiner Behausung. Du weißt ja: Anfangs sind immer alle verdächtig. Der Inselwart hat nichts dagegen, dass wir uns in seiner Abwesenheit ein wenig umsehen.«

Stella lächelte ihn an. »Ich hatte mich schon gefragt, warum wir heute gleich noch mal herfahren sollen. Denn der Tatort ist nun nicht mehr so frisch, dass man noch irgendwelche Spuren erwarten könnte. Aber sich das Haus anzusehen, macht Sinn.« Sie schnappte Gunnar den Schlüssel aus der Hand und fing an zu rennen. Mitten in einer Großstadt und doch so weit ab vom Schuss musste man sich einfach kindisch benehmen. Aus den immer leiser werdenden Atemgeräuschen hinter ihr schloss sie, dass Gunnar sich nicht gerade auf dem Gipfel der körperlichen Fitness befand.

Das kleine rote Holzhaus stand auf einer Warft, die es vor den Überschwemmungen bei einer Sturmflut schützen sollte. Eine schmale Holztreppe führte den Hügel hoch bis zur Haustür.

Das Erdgeschoss bestand nur aus einem einzigen, aufgeräumten Raum. »Wenn man von der benutzten Kaffeetasse in der Spüle mal absieht, kommt man sich fast vor wie in einem Museum.« Gunnar fuhr mit der Hand über den alten Holztisch. »Blitzeblank.«

»Museum trifft es«, sagte Stella. »Die ganzen Möbel stammen doch bestimmt noch aus der Zeit vor Hans Fröhlich. Vielleicht komme ich nachts noch mal her und tausche diesen super erhaltenen Nierentisch heimlich gegen meinen von Ikea. Das fällt doch bestimmt keinem auf.«

Von Gunnar waren nur noch die Beine zu sehen. Er war die wacklig aussehende Stiege nach oben geklettert. »Hier ist noch ein Schlafboden. Betten sind frisch bezogen. Nichts riecht muffig.«

Stella dachte daran, dass in diesem Puppenhäuschen aus der Zeit des Wirtschaftswunders vor mehr als vierzig Jahren eine kleine Familie gelebt hatte. Sie schloss die Augen und stellte sich Esther Fröhlich am Herd vor, die Schürze um die weiblichen Hüften geschnürt, einen Pfannenwender in der Hand. Zu ihren Füßen krabbelte der kleine Stefan und brabbelte unverständliches Zeug. Hans Fröhlich saß in dem mit sandgelbem Stoff bezogenen Cocktailsessel und las Zeitung. Sie war von vorgestern, da sie nicht jeden Tag aufs Festland fuhren. Was für ein Idyll!

»Merkwürdig, dass man die Leichen nie gefunden hat. Angeblich hatte der Sturm Teile des Dachs abgedeckt und das Wasser stieg bis an die Haustür. Sie haben wohl versucht, mit dem Boot ans Festland zu kommen.«

Stella war tief beeindruckt darüber, dass Gunnar sich so umfassend über Neßsand und seine Geschichte informiert hatte. Und das, obwohl die Leichen, die im Auwald gelegen hatten, auf keinen Fall die von Hans und Esther Fröhlich sein konnten. »Wenn es so stürmisch war, sind sie bestimmt ziemlich schnell in die Nordsee getrieben worden.«

Über dem Schreibtisch aus furniertem Holz hing eine gerahmte Fotografie. Sie zeigte einen schmächtigen Mann mit hoher Stirn, der einen Arm um die Taille einer Frau gelegt hatte, die mindestens einen halben Kopf größer war als er. Sie hatte ein ziemlich gewöhnliches Gesicht. Der Mund war ein wenig zu breit und die Nase ein bisschen zu spitz. Einzig ein großes Muttermal neben dem linken Nasenflügel verlieh den Zügen etwas Individuelles. Alles in allem nicht unattraktiv, aber auch kein unmittelbarer Hingucker.

Das Foto war schwarz-weiß. Auch ohne die grellen Farben, die für diese Zeit typisch waren, konnte Stella das Bild anhand des Kleides mit dem Prilblumenmuster mühelos auf die Siebzigerjahre datieren. Ihre Mutter hatte ein fast identisches besessen. Der kleine Junge im Matrosenanzug mit riesigem Kragen, den die Frau auf dem Arm hatte, mochte etwa zwei Jahre alt sein. »Das sind bestimmt die Fröhlichs. Eigentlich müssten sie die Traurigs heißen«, sagte Gunnar.

Stella rollte mit den Augen, aber sagte nichts. Obwohl sie ihren Kollegen sehr mochte, fand sie seine Sprüche manchmal ziemlich daneben.

Gunnar zog eine Schublade auf. Da sie wohl lange nicht geöffnet worden war, hakte sie ein wenig. In der hintersten Ecke sah Stella einen länglichen Gegenstand. Sie zog ihn heraus und musterte ihn im Zwielicht der leicht flackernden Deckenlampe. »Eine Taufkerze. Von Stefan Fröhlich«, stellte Gunnar fest.

»Wie eigenartig«, sagte Stella, »Stefan hat auch am dreiundzwanzigsten Januar Geburtstag, so wie ich. Nur ist er drei Jahre vor mir geboren. Und als ich auf die Welt kam, war er schon tot.« Sie strich mit den Fingern über die wächserne Inschrift. »Lasset die Kinderlein zu mir kommen.«

Außer dem Foto und der Kerze waren keine persönlichen Gegenstände mehr zu sehen. In den anderen Schubladen befand sich Kartenmaterial und im Küchenschrank mehrere Dosen Ravioli und Instantkaffee. Auf der Fensterbank stand ein trauriger Gummibaum, dem Gunnar noch ein wenig Wasser gönnte. »Nichts, was irgendwie auf unsere Leichen hinweist. Ich hätte aber auch nicht damit gerechnet.«

Schweigend traten sie den Weg zum wartenden Boot an. Eine Familie hatte hier gelebt und war hier gestorben.

Und ein Mann und eine Frau hatten, ebenfalls an diesem Ort, grausam den Tod gefunden. Offensichtlich war Neßsand, die kleine, fast geheime Insel in der Elbe, der Schauplatz von gleich zwei Tragödien geworden.

»Ich nehme mein Essen mit auf mein Zimmer, *anne*!«

Banu lächelte ihre Tochter an und nickte. Obwohl sie durch den Besuch einer Schule mit bilingualem Zweig fließend Türkisch sprach, hatte Merve sich entschieden, zu Hause nur Deutsch zu sprechen. »Anne«, der Begriff für Mutter, war das einzige türkische Wort, das sie innerhalb ihrer Wohnung benutzte.

»Aber räume das dreckige Geschirr bitte später in die Küche.«

Merve nahm Käse, Geflügelwurst und Kartoffelsalat aus dem Kühlschrank und schmierte sich zwei Toastbrote. Dann schenkte sie sich einen Becher Milch ein und stellte alles auf ein Tablett. »Ich bin dann weg«, sagte sie.

»Wie war es denn in der Schule?«, fragte Banu. Aus dem Flur kam ein »Ach, ganz gut!« und dann das Geräusch einer sich schließenden Tür.

Es war sehr untypisch, dass Banu schon um achtzehn Uhr zu Hause war. Aber nach den fast schon sensationellen Neuigkeiten, die sie von der Obduktion mitbrachte, hatte ihr Chef für heute den Feierabend ausgerufen. Sie müssten ihre Gedanken zum Fall nun sowieso neu sortieren und würden gleich morgen früh damit anfangen. Banu war nicht gerade undankbar über diese Entscheidung, denn sie wollte die neue Vitrine im Esszimmer noch aufbauen und einräumen. Tim hatte im letzten Jahr seine Arbeitsstunden mit ihrem Einverständnis deutlich aufgestockt. Deshalb war auch mal Geld da, um die zum Teil altersschwachen Möbel zu ersetzen und sich sogar manche Extravaganz wie zum Beispiel den neuen riesigen Flachbildfernseher zu leisten. Auch ihrer Beziehung hatte es Auftrieb gegeben, denn Tim war nun als Teilzeit-Chemielaborant deutlich ausgeglichener als er es als Vollzeithausmann gewesen war.

Das Geräusch des sich drehenden Schlüssels in der Wohnungstür kündigte die Ankunft ihres Ehemanns an, der vom Einkaufen kam. »Ich habe unten bereits dein Auto gesehen. Was machst du denn schon hier?«

»Na, das klingt ja begeistert«, gab Banu zurück.

Tim drückte ihr einen Kuss auf den Nacken. »Dann muss ich meiner Geliebten wohl für heute absagen. Die Blumen hier waren eigentlich für sie, aber dann kriegst du sie jetzt.« Er streckte Banu einen Strauß bunter Sommerblumen entgegen.

»Das tut mir leid für deine Maitresse. Die sind wirklich schön.« Banu warf Tim eine Kusshand zu und stellte die Blumen in die große blaue Glasvase.

»Wo sind die Kinder?«

»Madame speist in ihren Gemächern und Can sitzt mal wieder vor dem Computer.« Banu seufzte. Ihr neunjähriger Sohn weigerte sich, ein Buch in die Hand zu nehmen, und verließ nur unter Androhung von Strafe seinen Platz vor dem PC. Dementsprechend sahen leider auch seine Schulnoten aus. Dabei hatte er den Computer eigentlich unter der Voraussetzung bekommen, dass er vor allem für die Schule genutzt wurde. Schließlich stand demnächst der Übergang in die weiterführende Schule an. Da Banu und in letzter Zeit auch Tim seltener zu Hause waren, hatten sie leider so ziemlich die Kontrolle darüber verloren, was Can sich alles aus dem Internet herunterlud. Er beteuerte selbstverständlich, dass er nichts spielte, was nicht für sein Alter gedacht war. Doch wenn man mal ehrlich war, war es verwunderlich, dass er sich so viele Stunden vor dem Bildschirm amüsierte, denn für Neunjährige konnte es ja eigentlich noch gar nicht viele Spiele geben. Natürlich stand auf Banus To-do-Liste ein Gespräch mit ihrem Sohn darüber, aber bisher konnte sie sich nicht dazu aufraffen, denn es würde mit Sicherheit ziemlich konfliktbeladen werden.

»Warum soll es uns besser gehen als anderen Eltern von Jungs in dem Alter. Das gibt sich schon wieder«, sagte Tim. Banu war sich da allerdings nicht so sicher. Natürlich waren sie verwöhnt von den schulischen Leistungen ihrer Tochter, aber dass ihr Sohn sich nun so gegenteilig entwickelte, musste nicht sein.

»Ich werde ihn am Wochenende zwingen, mit mir zu Oma zu fahren und ihren Garten auf Vordermann zu bringen«, sagte Tim.

»Dann drehe ihm das WLAN ab, sonst sehe ich schwarz. Ich muss vielleicht am Wochenende arbeiten. In dem neuen Fall gibt es einige neue Ansätze.«

»Ich wusste, es hat einen Haken, dass du heute schon so früh zu Hause bist. Dann lass uns die Zeit auch nutzen.« Tim trat hinter Banu und fing an, ihr die Schultern zu massieren. Sie legte ihren Kopf in den Nacken und ließ es einfach zu.

Gegen Abend hatte der Sturm nachgelassen und eine graue Wand aus Regen fiel senkrecht vom Himmel. Friedjof

Hansen musterte seine Nachbarn und kam wieder einmal zu dem Schluss, dass er mit den allerwenigsten hier etwas gemein hatte. Sie saßen im Wohnzimmer der riesigen Villa von Familie Wiechers, für deren Bau in den Siebzigerjahren drei marode Fischerhäuschen abgerissen worden waren. Schmuck war es allerdings hier drinnen, wenn auch für Friedjofs Geschmack viel zu kahl. Sein Haus war vollgestopft mit Krimskrams jeglicher Art. Wertlos für viele, doch voller Erinnerungen für ihn. Seit er vor einigen Jahren aufgehört hatte zu trinken, sah er viele seiner Erinnerungsstücke in einem ganz neuen Licht. Weder wollte er sich je von dem Bootsschild mit dem Namen des letzten Fischkutters seines Vaters noch von dem staubigen, getrockneten Brautstrauß seiner Mutter trennen. Das kleine, ehemals weiße Haus, in dem Generationen von Fischern aufgewachsen waren, stand in zweiter Reihe auf einem winzigen Grundstück mit einem alten Pflaumenbaum, der seit Jahren keine Früchte mehr trug. Nachdem seine Eltern gestorben waren, hatte Friedjof das Haus verkommen lassen. Der Putz blätterte von den Wänden und die kleinen Butzenscheiben der Fenster waren blind. Friedjof interessierte sich nicht für Äußerlichkeiten. Dennoch musste er zugeben, dass das Haus nicht mehr lange bewohnbar sein würde, wenn er es nicht zumindest oberflächlich renovierte. Dafür brauchte man Geld, das er nicht hatte.

Zwar hing auch an dem überdimensionierten Kühlschrank der Familie Wiechers ein Magnet mit der Aufschrift »A clean house is a sign of a wasted life«, jedoch war er sicher, dass die Hausherrin es nicht so meinte, denn nirgendwo lag auch nur ein Staubkorn. Wahrscheinlich negierte Hannah Wiechers, eine erfolgreiche Managerin, mit diesem Spruch nur ein für sie langweiliges und minderwertiges Dasein als Hausfrau.

Familie Wiechers war wie viele seiner Nachbarn erst in den letzten paar Jahrzehnten in das Blankeneser Treppenviertel gezogen. Einst ein Fischerdörfchen mit bodenständigen Menschen hatte sich Blankenese nicht zuletzt durch seine einzigartige Lage an der Elbe und dem schönen Sandstrand zum absoluten Nobelstadtteil Hamburgs entwickelt. Friedjof war sich sicher, dass die meisten seiner neuen Nachbarn bei dem Wort »Netz« zuerst an Handyempfang dachten. Außer ihm kannte nur noch eine gute Handvoll Menschen das Treppenviertel, wie es einmal gewesen war. Er musste widerstrebend zugeben, dass einige seiner Nachbarn auch ihre guten Seiten hatten. Sara Huber konnte fantastisch Kuchen backen und John und Abigail Dinsley, die aus England kamen, hatten versucht, ihm ein paar Brocken Englisch beizubringen. Auch die Kinder, die unbedarft und ohne ihr Leben auf Trümmern aufbauen zu müssen, durch die gepflegten Gärten tobten, mochte er. Die kleine Elise Reimann kam häufiger bei ihm vorbei, um ihm auf der Querflöte vorzuspielen. Friedjof hatte keine Kinder und war auch nie verheiratet gewesen. Keine Frau hatte es lange mit ihm ausgehalten. Und deshalb war aus dem kleinen Fischerhaus in der Breckwoldtstraße auch kein gemütliches Familiennest, sondern eine Einsiedlerhöhle geworden.

»Wir müssen ein Auf- und ein Abbauteam haben!« Hannah Wiechers klopfte mit einem Kugelschreiber leicht gegen ihre makellosen Zähne. »Wollen wir es so machen wie im letzten Jahr?« Die Runde signalisierte durch

Nicken ihre Zustimmung. »Aufbau um elf Uhr. Abbau um zwanzig Uhr. Danach noch gemütliches Zusammensitzen im Fischerhaus, wer will.« Friedjof stellte sich vor, dass Hannah bei Sitzungen in der Führungsebene ihrer Firma genauso agierte. Kurze, neutrale Sätze, fokussiert auf den Inhalt.

Lina Albers meldete sich. »Ich biete wieder Kinderschminken an.«

John Dinsley erklärte sich bereit, seine Pavillons zur Verfügung zu stellen, und zeigte betrübt auf den Starkregen, der die Marmortreppe der Villa herunterrann.

Nun kam wie jedes Jahr der Moment der Sara Huber. Hannah Wiechers lächelte sie an. »Sara, würdest du wieder deine absolut fantastischen Kuchen backen?«

Sara tat so, als würde sie sich auf ihrem Stuhl winden. »Ich weiß nicht. Wird das nicht langweilig? So gut sind meine Kuchen nun wirklich nicht.« Sie warf einen Beifall heischenden Blick in die Runde. Und ihre Nachbarn ließen sie nicht im Stich.

»Du musst unbedingt wieder den Apfelstrudel backen. Ohne deine Kuchen wird es kein schönes Treppenfest«, säuselte Gesa Reimann.

Und Abigail Dinsley setzte sogar noch einen drauf. »Ich komme nicht zu dem Fest, wenn es keine Kuchen von dir gibt«, schmollte sie.

»Na gut. Überredet«, sagte Sara und lehnte sich erleichtert auf ihrem Stuhl zurück. Sie war und blieb doch eine Diva.

Friedjof hatte sich für das Abbauteam gemeldet und stand auf, um zu gehen. Seit einem Jahrzehnt fand das Blankeneser Treppenfest zugunsten des Fischerhaus-Museums statt, und er war jedes Jahr dabei gewesen, mal mehr und mal weniger nüchtern und hatte immer zum Abbauteam gehört.

»Was haltet ihr denn von dem Fund auf der Insel?«, fragte John Dinsley, für den die Planungen des Treppenfestes offensichtlich auch abgeschlossen waren. Friedjof setzte sich wieder hin. Von einem Fund auf irgendeiner Insel hatte er noch nichts gehört. Aber es interessierte ihn.

Anton Reimann kratzte sich am Kopf. »Es sind bestimmt die Leichen von dem vermissten Inselwart und seiner Frau.« Katherina Lühne widersprach ihrem Nachbarn. »In dem Artikel in der Morgenpost wurde der jetzige Inselwart zitiert, der sagte, dass die Leichen noch nicht vollständig verwest waren. Nach vierzig Jahren wären sie das sicher.«

»Ich finde es ganz schön gruselig«, sagte Gesa Reimann und schüttelte sich in gespieltem Grauen. »Wir wohnen hier seit sechs Jahren und hatten quasi die ganze Zeit einen Ausblick auf ein Grab.«

»Ich glaube nicht, dass die Polizei noch aufklären kann, wer die Toten sind«, sagte Hannah Wiechers. Sie nahm eine Strähne ihres langen blonden Haares in die Hand und begann sie mit den Fingern einzudrehen. »Doch spannend ist es schon. Quasi wie eine Folge von ›Tatort‹ vor der eigenen Haustür. Vielleicht war es ein Liebespaar, das sich um Mitternacht ein Stelldichein auf der Insel gegeben hat und in Streit geraten ist.«

Als er die Nachricht hörte, war Friedjof regelrecht geschockt. Er dachte nur ungern und in letzter Zeit glücklicherweise auch sehr selten an die Fröhlichs. Auf einmal kamen die Erinnerungen mit aller Macht zurück. Ihm fiel alles wieder ein. Vor allem ihr Gesichtsausdruck, als er sie das letzte Mal gesehen hatte. Friedjofs Mund wurde trocken. Seine Zunge klebte an seinem Gaumen fest. Das Bedürfnis, sich gleich zu Hause einen Rum einzuschenken, war wieder sehr stark. Das würde dann der erste seit über fünf Jahren sein. Er war nach wie vor rückfallgefährdet. Das wusste er. Zitternd erhob er sich, um zu gehen. Er musste jetzt allein seinen Erinnerungsfetzen nachjagen. Es brachte nichts, hierzubleiben und mit den anderen über den Leichenfund zu diskutieren.

Friedjof nahm seine klitschnasse Strickjacke von der Garderobe. Den Regenmantel hatte er zu Hause in den Bergen übereinandergestapelter Jacken nicht finden können. Dann verabschiedete er sich mit einem Nicken von seinen Nachbarn. »Warte, Friedjof. Wir kommen mit. Wir haben den gleichen Weg und einen riesigen Schirm.« Die Dinsleys erhoben sich ebenfalls von ihren Stühlen. Abigail hakte sich rechts bei dem sich pro forma sträubenden Friedjof ein. Da sie immer ihren Willen bekam, hatte es gar keinen Sinn, das Angebot abzulehnen. Und er hatte tatsächlich keine Lust, ein zweites Mal bis auf die Knochen nass zu werden. Zu dritt verließen sie das Anwesen der Wiechers.

Auszug aus den Aufzeichnungen vom 16. April 1973

– *Ich soll also alles von Anfang an erzählen? Werde ich jetzt hypnotisiert?*
– *Nein. Dies hier ist eine seriöse Einrichtung. Bitte versuchen Sie, soweit wie möglich, an den Anfang Ihrer Kindheit zurückzureisen. Was sind Ihre frühesten Erinnerungen? Sie können gern die Augen schließen, wenn Ihnen das hilft.*
– *Komischerweise kann ich mich gut an einen bestimmten Geruch erinnern. Im Kinderheim wurde immer ein ganz bestimmtes Läusemittel benutzt. Wir hatten alle sehr häufig Läuse. Manchen musste deshalb auch der Kopf geschoren werden. Aber nur selten, weil das jeden an das KZ erinnerte. Natürlich musste es im Kinderheim für uns alle wie im Paradies gewesen sein, aber daran erinnere ich mich nicht mehr. Oder nur noch ein bisschen. Ich erinnere mich an eine Erzieherin. Den Namen habe ich vergessen, aber sie hatte ganz weiße Zähne. Und es fehlte kein einziger. Das fand ich damals bemerkenswert. Sie hat auch viel gelacht. Wir Kinder mussten das Lachen erst mal lernen. Ganz deutlich sehe ich mein Zimmer in Dortmund vor mir. Sie müssen wissen, dass die Kinder aus dem Warburg-Kinderheim eigentlich nach Palästina zurückgehen sollten. Aber ich war zu klein und auch oft krank. Das Risiko, die Reise dorthin nicht zu überleben, war für mich sehr hoch. Nach zwei Jahren im Kinderheim nahm mich eine Familie aus Dortmund als Pflegekind bei sich auf. Es waren Juden, die nach dem Krieg aus Südamerika zurückgekommen waren. Jakob und Lydia Bechstein. Ihre kleine Tochter*

war auf der Flucht aus Deutschland gestorben. Und so kauften sie sich ein neues kleines Mädchen, nämlich mich. Jakob war Rechtsanwalt. Nach dem Krieg wurden jüdische Rechtsanwälte hier gebraucht. Vor allem in Wiedergutmachungsfragen. Kurz vor unserem Zerwürfnis erfuhr ich, dass Jakob und Lydia dem Kinderheim eine Menge Geld gespendet hatten, um mich zu bekommen.

– *Haben Sie noch irgendwelche Erinnerungen an Ihre leibliche Mutter?*

– *Nein, gar nicht. Von Lydia, die ich auch Mutter nennen musste, erfuhr ich, dass sie im KZ Bergen-Belsen gestorben ist. Angeblich war ich dabei. Aber daran müsste ich mich doch erinnern. An den Tod meiner eigenen Mutter.*

– *Sie waren da ja noch sehr klein. Außerdem kann das menschliche Gehirn eine Menge verdrängen. Vielleicht liegt die Erinnerung noch irgendwo und ist nur verschüttet. Möglicherweise wird es zu einem bestimmten Zeitpunkt wichtig sein, sie wieder an die Oberfläche zu holen. Wir werden sehen. Erzählen Sie weiter. Wie verlief Ihr Leben in Dortmund?*

– *Ich war die kleine Prinzessin von Jakob und Lydia. Ständig wurden mir neue Kleidchen angezogen. Ich hatte sogar ein winziges Hündchen. Wenn wir spazieren gingen, konnte ich es in einem kleinen Wagen vor mir herschieben wie eine Puppe. Das Hündchen hieß Natascha. Ich hatte alles in Hülle und Fülle und trotzdem hatte ich immer das Gefühl, dass mir etwas fehlte.*

– *Inwiefern?*

– *Ich hatte nie eine Freundin. Ich wollte auch nie eine. Aber wenn ich in den Spiegel sah, hatte ich das Gefühl, dass ein Teil von mir nicht da war. Ich habe das noch nie jemandem erzählt. Irgendwie ist das ganz schwer zu erklären. Wenn ich lachte, stellte ich mir vor, dass irgendjemand, der so aussah wie ich, zur selben Zeit weinte. Und umgekehrt. Kann ich mir eine Zigarette anstecken, bitte?*

– *Nein, tut mir leid. Rauchen ist hier nicht gestattet, aber ich kann Ihnen ein Glas Wasser bringen. Manchmal hilft das.*

– *Ja, danke. Irgendwann fing ich an, Briefe an ein Mädchen zu schreiben, das war wie ich. Das Kindermädchen musste sie sogar frankieren und in den Briefkasten stecken. Ich frage mich bis heute, wo die Briefe gelandet sind. Zu dieser Zeit dachte ich noch, dass mein Leben verlaufen würde wie das meiner Cousine Rahel. Mit siebzehn wurde sie einem, wie ich damals fand, uralten Freund ihres Vaters versprochen. Mit achtzehn heirateten sie und mit neunzehn wurde sie zum ersten Mal Mutter. Jedes Jahr bekam sie ein Kind, bis sie siebenundzwanzig war. Dann bekam sie die Schwindsucht und starb, aber das wusste ich damals natürlich noch nicht. Gott hatte aber einen anderen Plan für mich vorgesehen. An meinem achtzehnten Geburtstag bekam ich von Jakobs Bruder Josua und seiner Frau Rebekka eine Perlenkette geschenkt. Als Josua sie mir um den Hals legte, blieb seine Hand ein wenig länger als nötig auf meinem Nacken liegen. Von da an stellte er mir nach, wann es nur ging. Er hatte zwar eine Frau und vier Kinder, aber schwor mir ewige Liebe und sagte, dass er seine Frau für mich verlassen würde. Bis seine Frau uns zusammen in ihrem Ehebett erwischte. Er konnte sehr glaubhaft erklären, dass ich ihn verführt hätte. Aber ich hatte ihn geliebt. Ich habe sie alle geliebt. Ich war ja auch tatsächlich nicht unschuldig und liebte es sogar, diese verbotenen Dinge zu tun. Wenn Josua und seine Familie bei uns zu Gast waren und wir gemeinsam aßen, versuchte ich es immer so einzurichten, dass ich ihm gegenüber am Tisch saß. Unter dem Tisch streckte ich dann mein Bein aus und streichelte ihn mit meinem Fuß. Ich liebte es zu sehen, wie ihn das erregte und er trotzdem ganz sachlich mit Jakob über die Juristerei sprechen musste. Ich hoffe, Sie denken jetzt nicht zu schlecht von mir.*

Unglücklicherweise gehörte dem Vater seiner Frau die Kanzlei, in der auch Jakob arbeitete. Und so wurde ich nach dem Vorfall unter Tränen aus der Familie entfernt. Den Schmuck, den ich hatte, durfte ich behalten, und ich bekam etwas Geld für den Neuanfang. Lydia versuchte noch eine Zeit lang, den Kontakt mit mir aufrechtzuerhalten, aber heimlich, wie ich vermutete. Da ich nicht wusste, wohin ich gehen sollte, ging ich nach Hamburg zurück. Ich verkaufte den Schmuck und schlug mich als Kellnerin durch. Ich wohnte bei einem älteren Ehepaar in Altona zur Untermiete und half dort im Haushalt. Das ging ein paar Jahre so. Ich konnte sogar etwas sparen.

– *Und hatten Sie noch immer das Gefühl, dass etwas oder eher jemand fehlte?*

– *Ja, es wurde sogar immer schlimmer. Zuerst dachte ich, dass ich vielleicht ein gebrochenes Herz hätte wegen Josua oder weil meine Familie mich verstoßen hatte. Aber das hatte damit nichts zu tun. Ich merkte nur noch mehr, dass ich mich in Dortmund nie richtig als Fami-*

lienmitglied gefühlt hatte. Ich war immer nur ein minderwertiger Ersatz für die tote Rabea, ihre erste Tochter, gewesen. Nach der Enttäuschung mit den Bechsteins wollte ich mehr über meine richtige Mutter und meine Vergangenheit erfahren. Und so begann ich, mich für die Gedenkstätte Bergen-Belsen zu interessieren. Im April 1966 wurde das Dokumentenhaus eröffnet, in dem es auch ein Register über die Lagerinsassen geben sollte. Wenn ich etwas über meine Mutter erfahren konnte, dann nur dort.

DIENSTAG, DEN 14. AUGUST 2012

Ein Sonnenstrahl, der sich durch die dunklen Wolken gekämpft hatte, schien durchs Fenster hinein und ließ die Millionen Staubteilchen im Besprechungsraum der Mordbereitschaft 5 im Licht tanzen. Banu stellte ihre Kaffeetasse auf ihrem Oberschenkel ab und holte ihr Handy aus der Tasche, um es lautlos zu stellen. Bei klingelnden Handys in einer Besprechung verstand ihr Chef keinen Spaß.

Thorsten Fock nahm den Edding und schrieb in Großbuchstaben das Wort »Fettwachsleichen« auf das Flipchart. Dann wandte er sich an Banu. »So, Banu. Und nun berichte noch mal, was Seligmann dir gestern erzählt hat, damit wir alle auf dem gleichen Stand sind.«

Banu zog ihren Ringblock aus der Tasche. Sie gehörte noch zu den altmodischen Menschen, die ihre Notizen nicht in ihrem Smartphone via OneNote machten. »Das eigentlich Sensationelle ist«, sie machte eine Kunstpause, bevor sie weitersprach, und blickte ihre Kollegen der Reihe nach an, »dass die Leichen tatsächlich die von Esther und Hans Fröhlich sein könnten, obwohl es auf den ersten Blick nicht so aussieht.«

Gunnar kratzte sich ratlos am Kinn. Armin runzelte die Stirn, während Stella mit ihrem rechten Fuß auf und ab wippte.

»Im Auwald sind die Toten immer wieder durch die Flut von Wasser umspült worden. Der Verwesungsprozess konnte so nicht richtig in Gang kommen. Der fehlende

Sauerstoff bewirkt, dass sich das Hautfett zu Leichenfett umwandelt und sich im Gewebe und auch auf der Haut der Leichen anlagert. Das Fett des eigenen Körpers bildet also eine Schutzschicht gegen die Verwesung.« Sie schloss ihren Notizblock. »Das war übrigens die Sendung-mit-der-Maus-Version. Falls ihr diesbezüglich noch fachliche Fragen habt, müsst ihr euch direkt an Thies Seligmann wenden. Auch die Tatsache, dass die weibliche Leiche mit einem Regenmantel aus Kunstfaser bekleidet war, hat den Verwesungsprozess zusätzlich verlangsamt. Und sie ist ja auch deutlich besser erhalten als die männliche Leiche. Bis auf die Zähne.«

»Das klingt ja ziemlich gruselig«, sagte Stella. »Aber ich habe tatsächlich auch schon mal darüber gelesen. Auf Friedhöfen in bestimmten Teilen Deutschlands kann man die Gräber nicht aufheben, da die Leichen gar nicht richtig verwest sind.«

»Ja«, sagte Banu, »auch für einige Muslime ist das problematisch. Traditionellerweise lassen sie sich sarglos bestatten. Das ist aber in einigen Bundesländern, zum Beispiel Bayern«, sie warf einen Blick auf Armin, »ein Problem. Denn dort herrscht strikte Sargpflicht. Auch deshalb, weil es bei Beerdigungen ohne Sarg häufiger zur Bildung von Wachsleichen kommt.«

Thorsten, der seinen Ermittlern den Rücken zugekehrt hatte, da er die relevanten Informationen auf das Flipchart schrieb, drehte sich um. »Es sieht also ganz danach aus, als hätten wir es hier doch mit den sterblichen Überresten von Hans und Esther Fröhlich zu tun. Wir müssen jetzt allerdings noch eine Möglichkeit finden, die Leichen zu identifizieren. Du hattest ja gesagt, Banu, dass das Gebiss bei der weiblichen Leiche in einem so desolaten Zustand ist, dass ein Abgleich mit Zahnunterlagen nicht erfolgreich sein würde.«

Banu nickte. »Aber die Zähne des Mannes sind in gutem Zustand.«

Thorsten hatte bereits wieder den Edding in der Hand. Stella meldete sich zu Wort. »Dann würde ich sagen, wir machen einen Besuch in dem Polizeirevier, das damals die Vermisstenanzeige aufgenommen hat. Die Akten liegen da bestimmt noch irgendwo im Keller. Vielleicht können wir so an den Namen des Zahnarztes der beiden Fröhlichs kommen. Oder zumindest finden wir heraus, wer die beiden als vermisst gemeldet hat, und können dieser Person Fragen zu dem Umfeld der Toten stellen.«

»Falls diese noch leben sollte«, seufzte Armin. Er schien genauso begeistert wie sie alle, dass sie sich mit einem Verbrechen befassen mussten, das fast vierzig Jahre her war.

»Okay, das sollte unser erster Ansatzpunkt sein. Stella, du übernimmst das mit Armin. Falls es eine Akte gibt, bring sie bitte mit. Banu, du gehst noch mal zu Seligmann. Er soll dir die Bilder erklären, die er mit seinem Wunderapparat gemacht hat. Vielleicht hat er schon irgendetwas Neues wegen der Todesursache der männlichen Leiche. Wir treffen uns heute um zwölf Uhr wieder hier.« Banu fiel eine Frage wieder ein, die sie schon seit heute Morgen umtrieb. »Hat das Labor eigentlich bei dem Foto aus der Manteltasche der Toten noch was retten können?«

Thorsten Fock schüttelte den Kopf. »Nein, völlig unkenntlich. Das können wir vergessen.«

Stella stand auf und ging zu ihrem Schreibtisch. »Erst mal müssen wir überhaupt erst herausfinden, welches Polizeirevier zuständig ist. Neßsand liegt zwischen allen möglich Stadtteilen und sogar Bundesländern.« Sie schaltete ihren Computer ein und überflog die Zuständigkeit der Polizeireviere. »Hier. Es müsste Osdorf sein.«

Katherina Lühne ging auf die Terrasse und betrachtete ihren Mann, der wie jeden Tag, wenn das Wetter es zuließ, mit seinem Rollstuhl vor das Haus rollte, um zur Insel Neßsand zu blicken, ja, sie regelrecht zu fixieren. Sie hatte es aufgegeben, ihn zu etwas anderem motivieren zu wollen. Es war ja auch sehr schwierig und wenig abwechslungsreich, hier im Treppenviertel ein Leben im Rollstuhl zu führen. Nach der misslungenen Tumoroperation und der daraus resultierenden halbseitigen Lähmung hatte sie alles versucht, Fritz zu überreden, ihr Haus in Blankenese zu verkaufen und in eine barrierefreie Wohnanlage umzusiedeln. Aber er wollte partout nicht hören. Viele Male hatten sie sich deshalb gestritten. Das war zu der Zeit, als sie sich noch unterhalten hatten. Da ihr Haus keins von den typischen kleinen Fischerhäusern war, sondern in den Sechzigerjahren zweigeschossig gebaut wurde, konnten sie es einigermaßen behindertengerecht umrüsten. So wurde aus Lindas früherem Kinderzimmer im Erdgeschoss nun das Schlafzimmer von Fritz und ihr. Hier schliefen sie jeden Abend mit dem größtmöglichen Abstand voneinander ein, sagten sich beim Einschlafen weder »Gute Nacht« noch beim Aufstehen »Guten Morgen«. Sie lebten einfach so freudlos nebeneinander her.

Fritz' immer schon eher einsilbige Art hatte sich in den letzten Jahren noch verstärkt. Wenn sie ihm Fragen stellte, antwortete er häufig nur mit Einwortsätzen. Wenn überhaupt. Oft knurrte er auch nur oder gab ihr mit Gesten zu verstehen, was er von ihrem Ansinnen hielt.

Nur mit seiner Tochter Linda führte er zum Teil ausführliche Gespräche. Wenn er mit ihr zusammen war, hatte der Misanthrop in ihm Pause.

Katherina bückte sich und zog einige Grashalme aus den Pflasterritzen. Als sie wieder hochkam, spürte sie einen ziehenden Schmerz im Lendenbereich. Jeden Tag merkte sie ein wenig deutlicher, dass sie keine dreißig mehr war, sondern auf die siebzig zuging.

»Möchtest du einen Tee?«, fragte sie ihren Mann, während sie ihm die rot-karierte Wolldecke über die Knie legte. Zwar war die Luft heute warm, aber Fritz fror leicht, auch bei hohen Temperaturen.

Sie wusste eigentlich schon, dass er verneinen würde, und wartete die Antwort deshalb gar nicht erst ab.

»Dann mache ich nur einen für mich.« Katherina drehte sich um und wollte gerade wieder ins Haus gehen, als sie eine Frau und einen Mann sah, die die schmale Straße zu ihrem Haus entlanggingen. Vielleicht Touristen, die sich davon überzeugen wollten, dass das Treppenviertel im Sommer tatsächlich einen Hauch von mediterraner Lebensart ausstrahlte, so wie es in manchen Reiseführern zu lesen war. Allerdings meist bei deutlich niedrigeren Temperaturen.

Katherina kniff die Augen zusammen, um gegen die hoch stehende Sonne besser sehen zu können. Die beiden sahen aus, als wären sie auf der Suche. Als die Frau die Hausnummer über der Tür sah, blieb sie stehen und lächelte. Katherina fielen sofort die ebenmäßigen Zähne auf.

Die Frau war insgesamt sehr attraktiv. Blondes Haar und blaue Augen, hohe Wangenknochen, eine norddeutsche

Schönheit. Für Katherinas Geschmack allerdings etwas zu dünn.

Der Mann an ihrer Seite wirkte dagegen eher unscheinbar.

»Guten Morgen«, begrüßte die Frau Katherina und blickte von Fritz zu ihr. »Sind Sie Ludwig und Katherina Lühne?« Fritz drehte sich in seinem Rollstuhl so weit um, wie es ihm möglich war. »Wer will das wissen?«

»Stella Brandes und Armin Leitmeyr von der Mordkommission.« Nun schaltete sich auch der Mann ins Gespräch ein. »Wir untersuchen den Fund auf Neßsand.« Er sprach mit einem Akzent, der klang wie der von Sara Huber. Demnach musste er aus dem süddeutschen Raum stammen.

Fritz rollte auf die beiden Kommissare zu. »Ich bin Fritz Ludwig Lühne. Fritz ist aber mein Rufname.« Er nickte kurz in Katherinas Richtung. »Und das ist meine Frau Katherina.« Die Kommissarin zeigte auf eine kleine Sitzgruppe aus Rattan. »Dürfen wir uns setzen?« Fritz nickte stumm. die Polizistin setzte sich und schlug ihre langen Beine übereinander. Ihr Kollege schien es vorzuziehen, stehen zu bleiben. Er zog ein kleines Gerät aus der Innentasche seiner Jacke. »Ich zeichne unser Gespräch auf. Das ist reine Routine.«

»Wir haben uns im Zusammenhang mit dem Fund der Leichen mit dem Verschwinden von Esther, Hans und Stefan Fröhlich beschäftigt.«

»Aber das können die doch gar nicht sein«, warf Fritz fast aggressiv ein.

Stella Brandes hob beschwichtigend ihre Hand. »Bitte lassen Sie mich ausreden. Aufgrund einer komplizierten chemischen Reaktion wurde die Verwesung der Leichname behindert. Deshalb wäre es möglich, dass es sich bei den menschlichen Überresten um den früheren Inselwart und seine Frau handeln könnte.«

Katherina sah ihren Mann an, dessen Gesicht wie versteinert war. Ihr wurde schwindelig. Sie hielt sich an der Lehne von Fritz' Rollstuhl fest und versuchte, einen Punkt zu fixieren. Schließlich blieb ihr Blick auf den hellgrün lackierten Fingernägeln der Kommissarin hängen.

Armin Leitmeyr ergriff das Wort. »Ich kann mir gut vorstellen, dass Sie das schockiert. Immerhin waren Sie laut Aktenlage gut befreundet mit den Fröhlichs.«

Fritz warf ihm einen fragenden Blick zu.

»Wir waren in der Polizeidienststelle, die damals die Vermisstenanzeige aufgenommen hat«, ergänzte der Kommissar. »Und haben erfahren, dass Sie, Herr Lühne, die beiden am fünften Januar 1976 als vermisst gemeldet habt.«

»Ja, so war es. Die Sturmflut 1976 hatte uns mehr oder weniger überrascht.« Fritz nickte mechanisch und machte einen Moment Pause, bevor er fortfuhr. »Natürlich nicht so wie die große Sturmflut 1962«, fügte er hinzu. Dann verfiel er in Schweigen und starrte ins Leere. Katherina ergriff an seiner Stelle das Wort. »Das Wasser stand sehr hoch, aber wir hatten nicht damit gerechnet, dass das Haus der Fröhlichs in Gefahr ist. Sie müssen wissen, dass das Haus von Hans' Vorgänger auf der Insel durch die erste Sturmflut quasi weggerissen wurde. Der damalige Inselwart befand sich zu diesem Zeitpunkt glücklicherweise mit seiner Familie auf dem Festland. Deshalb wurde das zweite Haus erhöht gebaut. Wir hatten also nicht wirklich große Angst um die drei. Als der Wasserstand dann zwei Tage später auf normal gesunken und die Elbe wieder ruhiger war, sind Fritz und ich rübergefahren, um nach dem

Rechten zu sehen, aber …« Katherina zögerte und wischte sich ihre verschwitzten Handflächen an ihrem Kittel ab.

»Es war keiner da«, beendete Fritz den Satz seiner Frau. »Im Haus war nichts weggeräumt. Die Teller, Brot und Käse vom Abendbrot und sogar ein halb volles Glas mit Bier standen noch auf dem Tisch und das Radio lief. Unheimlich war das!« Katherina rief die Szene von damals ab, als wäre sie nur wenige Tage her. Auch konnte sie die Schreie der Möwen wieder hören. Sie kreischten so laut, dass sie sich damals die Ohren zugehalten hatte. Seit dem fünften Januar 1976 hasste Katherina die Möwen. Sie fasste sich mit den Händen an die Schläfen, um das Geschrei und die Bilder des Geisterhauses aus ihrem Kopf zu vertreiben. Die Polizistin runzelte für einen kurzen Moment die Stirn, als wäre sie nicht ganz einverstanden mit Katherinas Schilderung. Dann ging ihr Blick von Katherina zu Fritz. »Den Akten haben wir entnommen, dass Sie, Herr Lühne, die drei Fröhlichs kurz danach als vermisst gemeldet haben.«

Wieder nickte Fritz. »Und dann bin ich mit einem größeren Suchtrupp noch mal auf die Insel. Zwei Polizisten waren auch dabei. Als wir das Schilf genau absuchten, sahen wir ihr gekentertes Boot, das wohl dort angespült worden war. Es war voller Wasser. Da nahmen wir an, dass sie vor der drohenden Sturmflut geflohen und ertrunken sind. Und mehr habe ich dazu nicht zu sagen!« Fritz' Ton wurde wieder barscher.

»Moment, Moment«, sagte der Polizist bestimmt, aber nicht unfreundlich. »Es steht genauso in den Akten, wie Sie es gerade berichtet haben. Ich habe allerdings noch eine Frage: Waren Sie tatsächlich sehr gut mit den Fröhlichs befreundet?«

Katherina merkte, dass Fritz müde wurde und antwortete auf die Frage. »Fritz und Hans Fröhlich haben als Kinder im Krieg vieles gemeinsam erlebt. In der Nachkriegszeit sind sie auf die gleiche Schule gegangen, bis Hans dann auf die Hilfsschule wechseln musste.« Sie warf Fritz einen Blick zu. »Er war wohl das, was man heute lernbehindert nennt. Fritz und ich haben 1963 geheiratet, Esther und Hans 1972. Wir kannten Esther also nicht sehr lange. Dafür haben wir uns zu dieser Zeit häufig gesehen. Also, Fritz hat die beiden häufig besucht. Ich werde schnell seekrank, wissen Sie. Manchmal, aber eher selten, sind sie auch zu uns gekommen, als Stefan noch nicht da war.«

Stella Brandes stand auf und legte eine Hand auf Katherinas Arm. »Das muss ein ziemlicher Schock für Sie sein. Wie Sie sich vorstellen können, ist es sehr schwierig, die Toten zu identifizieren. Gibt es irgendein besonderes Merkmal, an das Sie sich im Zusammenhang mit Esther oder Hans Fröhlich erinnern können?«

Fritz richtete sich aus seiner zusammengesunkenen Haltung auf. Katherina hatte ihn lange nicht mehr so gerade sitzen sehen. Er hatte jetzt die volle Aufmerksamkeit des Ermittlerteams und räusperte sich. »Esther hatte eine Zahl auf dem Oberarm tätowiert. Sie ist als Kind einer jüdischen Mutter in Auschwitz geboren. Dort wurden alle Häftlinge gekennzeichnet.«

In diesem Moment bekam die Kommissarin einen Niesanfall. Mit tränenden Augen zeigte sie auf den Holunderbusch neben dem Stuhl, auf den sie sich eben gesetzt hatte. »Gegen diesen Bösewicht bin ich allergisch«, sagte sie und schnupfte in ihr Taschentuch.

Armin atmete schwer, als er und Stella die Treppenstufen zu ihrem Auto hochstiegen, das sie oberhalb des Treppenviertels abgestellt hatten. Ihm klebte das Hemd am Körper und unter den Achseln hatten sich große Schweißflecken gebildet. »Wieso siehst du nach fast viertausend Stufen eigentlich immer noch so aus, als wärst du gerade von einem Kaffeekränzchen aufgebrochen? Ich sage nur: Hamburg, fünfundzwanzig Grad, die Frisur sitzt.«

»Nur kein Neid«, sagte Stella und blickte ihren Kollegen betont mitleidig an. Manchmal zahlte es sich eben doch aus, dass sie nach Feierabend häufig die Laufschuhe anzog und noch ein paar Runden um die Harburger Außenmühle drehte. »Du kannst froh sein, dass die Lühnes nicht ganz unten am Elbstrand wohnen. Das wären noch ein paar Stufen mehr gewesen. Ich glaube, ich muss mal ein ernstes Wort mit Thorsten sprechen, dass er Gunnar und dich in ein Bootcamp oder so was schickt. So kann das ja nicht weitergehen.« Um Armin zu ärgern, nahm sie auf dem letzten Stück zwei Treppenstufen auf einmal. Dann drehte sie sich um, schirmte die Augen ab und genoss den Blick über die Elbe bis nach Finkenwerder. Sie hatte sich heute Abend mit Bounty und noch zwei anderen Freundinnen im nur wenige Minuten entfernten Restaurant »Sagebiels Fährhaus« verabredet, um sich Blankenese mal von der entspannten Seite zu nähern. Manchmal half das, auch beim Beleuchten von Fragestellungen, die bei der Lösung eines Falles im Vordergrund standen. Sie hätte ja auch jetzt Lust gehabt, am Anleger der Fähre nach Cranz in der Sonne zu sitzen und eine Cola zu trinken. Aber Armin war nicht Gunnar und viel zu pflichtbewusst, um nicht sofort nach dem Gespräch mit den Lühnes wieder ins Präsidium zu fahren.

»Ich habe sogar überlegt, hier im Treppenviertel mal den Bergziegenlauf mitzumachen.«

»Das Tier passt jedenfalls schon mal«, antwortete ihr Kollege.

Stella streckte ihm die Zunge raus, öffnete den Kofferraum und warf Armin eine Wolldecke zu. »Leg sie dir unter, damit du den Sitz nicht mit deinem Schweiß ruinierst.«

Armin rollte mit den Augen. »Zu Befehl!«

Stella glitt auf den Fahrersitz und manövrierte den Wagen aus der schmalen Parklücke. »Und jetzt mal zu den Lühnes: Ein glückliches Ehepaar sieht anders aus.«

»Tja, wir wissen nicht, was vor Fritz' Operation war. So ein Erlebnis kann einen Menschen total verändern.« Stella drückte auf die Hupe. Der Wagen vor ihr hatte auf einmal, ohne zu blinken, am Straßenrand gehalten. Nun stieg auf der Beifahrerseite seelenruhig ein älterer Herr aus und schwenkte seinen Gehstock drohend in ihre Richtung. Bei diesem Anblick fiel Stella etwas ein: »Versuchst du bitte gleich, den Kommissar zu erreichen, der damals diese unleserliche Fußnote in die Akte geschrieben hat? Da er im Ruhestand ist, müsste er vormittags ja eigentlich gut zu erreichen sein.«

Armin nickte und kramte in seiner Tasche nach der Akte. »Jetzt bitte kein ruckartiges Bremsen, sonst tippe ich die falsche Nummer ein.« Es dauerte keine fünf Sekunden, da hatte Armin bereits den gewünschten Gesprächsteilnehmer am Apparat. Er schlug einen Termin für heute Nachmittag um fünfzehn Uhr vor und beendete kurz darauf das Gespräch. »Wir haben Glück! Der Kommissar a. D., Herr Klingenberg, bricht heute Abend um achtzehn Uhr

Richtung Mallorca auf, wo er gedenkt, bis Weihnachten zu bleiben.«

»So schlecht scheint die Pension also doch nicht zu sein«, antwortete Stella und bog auf den Parkplatz des Polizeipräsidiums am Bruno-Georges-Platz ein. »Ist dir bei den Aussagen von Katherina Lühne irgendetwas merkwürdig vorgekommen?«

Armin überlegte einen Moment und schüttelte dann langsam den Kopf.

Stella legte ihrem Kollegen gönnerhaft eine Hand auf die Schulter. »Es ist heute ja auch ziemlich warm.« Sie sah jetzt, wie es in Armin arbeitete.

»Was meinst du?«

Aber Stella stieg aus dem Auto aus und ließ ihren Kollegen stehen. »Du hast noch hundert Meter bis zum Eingang und drei Stockwerke Zeit zum Überlegen«, sagte sie.

»Es ist jetzt nicht so, dass ich mit diesen Bildern viel anfangen könnte«, sagte Thorsten Fock und befestigte am Whiteboard die Computerausdrucke, die Banu aus der Rechtsmedizin mitgebracht hatte. »Aber sie sind schön bunt.«

Banu stellte sich an die Seite ihres Chefs und zeigte auf eine kleine eingekreiste Region. »Wichtig ist auch nur diese markierte Stelle.«

»Und wieder hängen wir an deinen Lippen, Frau Kollegin. Bitte erleuchte uns«, bat Stella, die merkte, dass ihr Magen zu knurren anfing. Vielleicht wäre es besser gewesen, Armin und sie hätten bei ihrer Lieblingsdönerbude angehalten.

»Zunächst einmal können wir unsere Theorie begraben, dass einer den anderen und dann sich selbst umgebracht hat.«

»Schade, das wäre so einfach gewesen«, sagte Gunnar, der den Vormittag damit verbracht hatte, sich die Aufzeichnungen über die Januar-Sturmflut von 1976 anzusehen. Auch Stella war nicht begeistert. Sie hatte noch wenig Erfahrung mit Mordermittlungen, die sich auf Verbrechen bezogen, die sich vor langer Zeit zugetragen hatten. Denn so einfach zu lösen wie bei der amerikanischen Kriminalserie »Cold Case« waren sie bestimmt nicht. »Aber Mord verjährt ja nicht.«

Banu stand auf und ging zum Whiteboard. Dann zeigte sie auf die rote Markierung, die auf allen Bildern zu sehen war. »Diese Bilder zeigen den Kopf des männlichen Leichnams und den Hals. Es sind alles unterschiedliche Perspektiven, aufgenommen bei dem CT des Toten, den Thies Seligmann in der Rechtsmedizin vorgenommen hat. Um es kurz zu machen: Dem Mann wurde das Zungenbein gebrochen.«

»Er wurde also erwürgt«, sagte Armin.

»Genau«, fuhr Banu fort. »Wahrscheinlich wurde auch der Adamsapfel eingedrückt, doch dafür ist diese Partie des Körpers schon zu sehr von Verwesung betroffen, als dass man da noch Verletzungen sehen kann.«

Stella atmete hörbar aus. »Es muss also jemand Kräftiges gewesen sein. Das Opfer wird sich gewehrt haben. Oder ist es auch möglich, dass der Mann mithilfe eines Seils stranguliert wurde? Das wäre dann wohl bedeutend schneller gegangen.«

»Es wurden keine Fasern oder Ähnliches gefunden, die auf ein Seil hinweisen, aber möglich wäre es.«

Thorsten warf einen langen Blick auf die Computerausdrucke und wandte sich an Stella und Armin. »So, Banu scheint ab jetzt die Überbringerin von Nachrichten zu sein, die die Richtung der Ermittlungen um hundertachtzig Grad ändern. Was habt ihr uns zu berichten?«

Stella schilderte das Gespräch mit den Lühnes und Armin verwies auf den Termin mit Herrn Klingenberg. Am Ende der Schilderungen ergriff Stella noch mal das Wort. »Katherina Lühne hat davon gesprochen, dass noch Brot und Käse vom Abendbrot und ein halb volles Bierglas auf dem Tisch im Hause Fröhlich waren, als sie nach der Sturmflut auf die Insel fuhren.«

»Aber auf dem Foto in der Manteltasche der Toten stand etwas von einem Treffen um sechzehn Uhr«, sagte Banu. Stella lächelte ihre Kollegin an. Immerhin war hier noch jemand in der Lage, Sachverhalte schnell zu erfassen.

»Dabei heißt es doch ›Kein Bier vor vier‹«. Gunnar ging zu dem Ausdruck mit der Nachricht aus dem Regenmantel und nickte.

Thorsten schüttelte den Kopf. »Das muss nichts heißen. Vielleicht haben sie kein Mittag gegessen und sich nachmittags einen Imbiss gegönnt.«

Stella war nicht zufrieden. »Ich glaube nicht, dass Hans Fröhlich der Typ Mann war, der um sechzehn Uhr schon Alkohol getrunken hat.«

»Aber unmöglich ist es nicht«, mischte Armin sich ein, der sich mittlerweile davon erholt hatte, dass ihm dieser Widerspruch bei dem Gespräch mit den Lühnes nicht aufgefallen war. »Außerdem kann die Nachricht schon länger in der Manteltasche von Esther Fröhlich gesteckt haben. Sie muss nicht unbedingt mit dem Mord zusammenhängen.«

Stella, die in der gestrigen Nacht nicht besonders gut geschlafen hatte und außerdem stark unterzuckert war, rollte genervt mit den Augen. »Ich dachte, wir gehen zunächst mal den Hinweisen nach, die wir haben.« Sie machte eine ausholende Bewegung und zeigte auf das fast leere Flipchart mit der Überschrift »Hinweise«. »Ich glaube nicht, dass Esther häufig Stelldicheins auf Neßsand hatte. Die Insel ist nicht Mallorca, sondern sehr abgeschieden.« Sie tippte auf den Ausschnitt der Umgebungskarte, die Thorsten aufgehängt hatte. »Sozusagen ganz nah dran und ganz weit weg!« Nach diesem fast schon emotionalen Auftritt ging sie zum Waschbecken und goss sich ein Glas Wasser ein.

Nachdem einen Moment Stille im Besprechungsraum herrschte, ergriff Armin wieder das Wort. »Ein Highlight haben wir uns noch für das Ende unseres Berichts aufgespart«, sagte er. »Fritz Lühne wird die Tote in der Rechtsmedizin identifizieren. Er ist der Einzige, der sich daran erinnern kann, wie Esthers Tätowierung ausgesehen hat. Seine Frau wird ihn begleiten.«

Thorsten legte zögernd den Edding aus der Hand, mit dem er zwei Blätter auf dem Flipchart vollgeschrieben hatte. »Ihr wisst ja, dass das normalerweise eher unüblich ist. Wir könnten ihm auch ein Foto von der Tätowierung zeigen.«

Stella schüttelte vorsichtig den Kopf. »Ich habe da so ein Gefühl, Chef. Irgendwas ist an den Lühnes komisch. Vielleicht kann der Anblick von der toten Esther ihm irgendwelche Gefühle entlocken, die uns weiterhelfen. Oder ihr. Schließlich waren sie mit beiden eng befreundet.«

»Okay«, sagte Thorsten, »dann geht aber Banu mit

rein. Die kann sich wenigstens ganz auf Fritz und Katherina Lühne konzentrieren.« Er spielte natürlich auf Stellas Ängste an, die sie immer dann befielen, wenn sie den Sektionssaal betrat.

»Es war ziemlich unheimlich«, sagte Stella. »Der Mann scheint sich nur im Gestern zu bewegen. Vielleicht kannst du die Nuss ja knacken.« Sie warf Banu einen aufmunternden Blick zu.

Der Polizeiwagen bewegte sich im Schneckentempo vorwärts. Stella haute mit der flachen Hand abwechselnd auf das Lenkrad und auf die Mittelkonsole.

»Ich hasse es, wenn ich recht habe«, sagte Banu, die sich dafür ausgesprochen hatte, mit öffentlichen Verkehrsmitteln zu Gernod Klingenberg zu fahren, der mitten in der Neustadt wohnte. Thorsten hatte eigentlich Armin als Partner für Stella ausersehen, aber dem war bei einem verspäteten Mittagsimbiss an Fatihs Dönerbude die Krone des Schneidezahns rausgefallen. Deshalb saß er jetzt nicht neben Stella auf dem Beifahrersitz, sondern auf dem Zahnarztstuhl.

»Warum arbeiten die Leute eigentlich nicht?«, entgegnete Stella. »Es kann doch nicht sein, dass man an einem Dienstagnachmittag um halb drei bereits mitten in der Rushhour steckt.«

Stumm beobachtete Banu, wie Stellas Finger sich dem Schalter für das Blaulicht näherte. »Das meinst du doch nicht ernst?«

»Ich wollte den Mann eigentlich noch erwischen, bevor er im Flieger nach Mallorca sitzt.«

In diesem Moment vibrierte Banus Handy, das sich, noch auf stumm geschaltet, in ihrer Handtasche befand.

Sie warf einen Blick auf das Display und stöhnte. »Drei verpasste Anrufe von Merves Schule. Würdest du bitte zumindest die Sirene nicht einschalten? Ich will die Mailbox abhören.« Stella grinste. Aber Banu schüttelte genervt den Kopf. Sie wusste natürlich, dass die Ermittler bei Gesprächen mit Zeugen immer zu zweit sein sollten, doch dies hier schien ein Notfall zu sein.

»Ich muss Merve abholen. Ihr ist schwindelig und sie liegt im Krankenzimmer ihrer Schule.«

»Und Tim?«, fragte Stella.

»Der geht mal wieder nicht an sein Handy. Manchmal frage ich mich, warum Männer überhaupt Handys haben dürfen. Na ja, es nützt nichts. Kannst du mich an der S-Bahn Stadthausbrücke absetzen?« Stella nickte und betätigte den Blinker, um auf die rechte Spur zu kommen. »Dem einen fällt der Zahn raus, der anderen die Tochter um«, sagte sie. »Das ist dann wohl Schicksal.«

»Du wirst mit dem älteren Herrn schon fertig. Vielleicht verliebt er sich Hals über Kopf in dich und nimmt dich mit nach Mallorca.«

»Du bist die Erste, die es erfährt«, gab Stella zurück.

Sie fuhr den Wagen vor die S-Bahn-Haltestelle in die Parkbucht für Taxis. »Ich hoffe, es ist nichts Ernstes bei Merve.«

Banu seufzte und griff nach ihrer Jacke, die auf der Rückbank lag. »Teenagern wird nun mal häufig schwindelig. Ich denke, das ist normal.« Sie bemerkte, dass ihre Stimme deutlich ruhiger klang, als sie sich fühlte. Denn Merve war ihr in den letzten Tagen schon merkwürdig vorgekommen. Ihre früher so mitteilsame Tochter wechselte kaum noch ein Wort mit ihren Eltern. Banu legte

Stella zum Abschied die Hand auf den Arm und sah ihr noch kurz hinterher, als sie sich wieder in den dichten Verkehr einfädelte.

Das Gymnasium »Am Weiher« war eines von den vielen Bauten, die der Architekt Fritz Schumacher in Hamburg errichtet hatte und die das Gesicht der Stadt so sehr prägten.

Der dunkelrote Backstein schimmerte in der Sonne. Auf der Treppe vor dem Eingang saßen einige Mädchen und streckten ihre Beine aus, um so viele der wärmenden und im sommerlichen Hamburg so raren Sonnenstrahlen wie möglich abzubekommen. Banu drückte die Eingangstür auf und bog in einen langen und dunklen Flur ab. Das schrille Läuten aus den Lautsprechern kündigte an, dass der Nachmittagsblock beendet war. Gleich würde es hier von Lehrern und Schülern wimmeln. Die Tür des Schulbüros war in Gelb gestrichen, wahrscheinlich um Besucher gleich darauf aufmerksam zu machen, zunächst hier zu klopfen und ihr Anliegen anzumelden.

Auf der Bank vor dem Schulbüro warteten bereits ein älterer dunkelhaariger Mann und eine Frau, die einen Tschador trug. Allein bei dem Anblick des schwarzen langen Tuchs brach Banu der Schweiß aus. »Darf ich mich vordrängeln?«, fragte sie die Wartenden. Die Frau nickte freundlich, aber der Mann schien sie nicht zu verstehen. Kurze Zeit später öffnete sich die Tür. Frau Glaube, die Schulsekretärin, schien Banu sofort richtig einzuordnen, obwohl sie sie kaum kannte. »Sind Sie Frau Kurtoğlu? Ich bringe Sie zu Ihrer Tochter. Es geht ihr schon etwas besser.«

Das Krankenzimmer befand sich nur zwei Türen weiter, direkt neben dem Büro der Schulleitung. Frau Glaube klopfte an die Tür, und Banu hörte ein leises »Herein!«. Merve saß auf der Krankenliege. Sie verzog ihre sehr blassen Lippen zu einem zaghaften Lächeln. Dann erkannte sie ihre Mutter, schlug die Augen nieder und starrte auf ihre Fingernägel.

Banu stellte sich neben sie und ergriff ihre Hand. »Wie geht es dir?«

»Wohl nicht so blendend«, gab Merve zurück.

Frau Glaube wandte sich noch einmal an Banu. »Merves Klassenlehrerin möchte Sie noch sprechen. Ich sehe mal nach, wo sie ist und rufe Sie dann.«

Banu nickte verwundert. Hatte Merve irgendetwas ausgefressen? Normalerweise war Can eher der Kandidat für ernste Gespräche zwischen Lehrern und Eltern. Als die Schulsekretärin den Raum verlassen hatte, legte Banu einen Finger unter Merves Kinn und hob ihren Kopf an, sodass sie ihrer Mutter in die Augen sehen musste. »Was ist hier los?«

»Das wirst du ja gleich hören«, erwiderte Merve in einem leicht zickigen Tonfall. In diesem Moment hörte Banu ein Räuspern hinter sich und eine große blonde Frau, Stella nicht unähnlich, winkte sie aus dem Krankenzimmer. »Frau Kurtoğlu? Ich bin Frau Franz, Merves Klassenlehrerin. Ich glaube, wir kennen uns noch nicht.«

Schuldbewusst schüttelte Banu den Kopf. In den letzten Jahren war es immer Tim, der zu Elternabenden und Lernentwicklungsgesprächen gegangen war. Ihre schulische Elternaktivität hatte sich bisher darin erschöpft, Merve für ihre guten Zeugnisse zu loben.

»Ich freue mich aber, dass Sie heute da sind und nicht Ihr Mann, denn Sie haben mit der ganzen Geschichte wohl mehr zu tun.« Sie bedeutete Banu, ihr auf den Flur zu folgen. Dann schloss sie die Tür. »Merve muss das jetzt nicht alles hören. Ihre Tochter ist heute umgefallen, weil sie den ganzen Tag über weder etwas trank noch etwas aß. Und das bei der Hitze.« Frau Franz schüttelte tadelnd den Kopf und warf Banu einen verständnislosen Blick zu. »Warum zwingen Sie Ihre Tochter dazu zu fasten? Wissen Sie nicht, wie ungesund das ist?«

Das große Wohnzimmer war gründlich aufgeräumt worden. Die Zeitschriften unter der Glasplatte des Sofatisches waren akkurat ausgerichtet und die Wolldecke exakt Ecke auf Ecke zusammengefaltet. Im Bücherregal standen alle Bücher nach Anfangsbuchstaben des Autors geordnet. Als Gernod Klingenberg Stella den Rücken zudrehte, um ihr ein Glas Wasser einzuschenken, fuhr sie mit dem Finger über eines der Regalbretter. Kein einziges Staubkorn war zu sehen.

Der pensionierte Kommissar stellte das Getränk vor Stella ab und klang fast, als müsste er sich rechtfertigen. »Falls mir auf Mallorca irgendetwas passiert, will ich doch, dass alles ordentlich ist. Ich möchte keine Wohnung hinterlassen, die aussieht wie Kraut und Rüben.«

Stella musterte ihren Gesprächspartner interessiert. Ob er auch, wie ihre Großmutter, bereits die Kleidung für seine Beerdigung sichtbar irgendwo platziert hatte, neben den Stichworten für den Trauerredner?

Gernod Klingenberg bat Stella, Platz zu nehmen. »Ihr Kollege sagte mir, dass Sie wegen des vermissten Inselwarts und seiner Familie zu mir kommen. Das war«, er überlegte nur einen sehr kurzen Moment, »Anfang Januar 1976. Direkt nach der Sturmflut.« Dann rührte er geräuschvoll in seinem Kaffee und gab einen Teelöffel Zucker hinein.

Stella nickte. »Wir haben Grund zur Annahme, dass es sich bei dem Leichenfund auf Neßsand um Esther und Hans Fröhlich handelt.«

»Ich habe es natürlich in der Presse verfolgt. Wenn man so lange als Kriminalkommissar gearbeitet hat, kommt man nicht umhin, sich für derartige Meldungen zu interessieren.«

Stella nahm einen großen Schluck Wasser, bevor sie weitersprach. »Wir haben uns die Akte aus dem Revier in Osdorf geholt. Auf den ersten Blick ein ganz normaler Fall. Personen werden vermisst, deren Verschwinden nicht auf ein Verbrechen zurückgeführt wird. Sie haben allerdings eine handschriftliche Anmerkung auf der Akte gemacht, die wir nicht entziffern konnten.« Sie lächelte ihren pensionierten Exkollegen entschuldigend an. »Glücklicherweise konnten wir Ihren Namen erkennen.« Stella griff in ihre Tasche, um die Kopie der Akte herauszuholen, doch Gernod Klingenberg winkte ab.

»Sie brauchen sich nicht zu bemühen. Ich kann mich sehr gut erinnern. Im Grunde haben Sie recht. Der Fall war für uns klar. Die Familie war bei der Sturmflut ums Leben gekommen. Und plötzlich tauchte ein Zeuge auf, der angegeben hatte, Esther Fröhlich eine Woche nach ihrem mutmaßlichen Ableben in Altona gesehen zu haben.«

Stella wollte ihr Glas auf dem Sofatisch abstellen. Gernod Klingenberg schob sofort einen Untersetzer darunter.

»Aber es scheint, als wäre die Spur nicht näher verfolgt worden. Warum nicht?«, fragte sie.

»Die Sache war die: Der Zeuge war ein stadtbekannter Alkoholiker. Er war auch angetrunken, als er seine Aussage gemacht hat. Niemand hat ihm geglaubt.« Stellas Jagdinstinkt war geweckt. Vielleicht wurde dieser uralte Fall nun doch noch interessant. »Wie hieß denn der Mann, der diese Aussage gemacht hat?« Ohne zu zögern antwortete Gernod Klingenberg. »Sein Name war Friedjof Hansen.«

Die Terrasse des Traditionsrestaurants »Sagebiels Fährhaus« im Blankeneser Treppenviertel füllte sich langsam mit Spaziergängern, die den sonnigen Tag mit einem Glas Wein und dem fantastischen Blick auf die Elbe ausklingen lassen wollten. Während die Kellner von Tisch zu Tisch gingen und Windlichter aufstellten, bestellte Bounty ihren dritten Aperol Spritz. Da Olivia ihrer hellen Haut wegen darauf bestanden hatte, unter dem Sonnenschirm zu sitzen, hatte Bounty auf dem Stuhl in der Sonne Platz genommen. Diese schien nun erbarmungslos auf ihren Kopf und der Alkohol tat sein Übriges.

Stella ahnte, was kommen würde.

Vicky, Olivias Freundin, lächelte Bounty freundlich an und antwortete bereitwillig auf die Frage, was sie beruflich tat: »Ich bin Verkäuferin.«

»Voll- oder Teilzeit?«, fragte Bounty und klang dabei fast desinteressiert.

Vicky rollte mit den Augen. »Natürlich Vollzeit. Und das ist auch schon zu wenig zum Leben und nur knapp zu viel zum Sterben. Vor allem mit Steuerklasse fünf.«

Bounty nickte mitfühlend. »Ja, ich weiß. Als Physiotherapeutin verdient man auch nicht die Welt. Ihr habt doch auch Kinder, oder?«

»Ja, einen Sohn und eine Tochter.« Ein bisschen irritiert schien Vicky schon ob der Fragerei.

Stella warf Olivia einen Blick zu, der eine Mischung aus belustigt und genervt war. Gleich würde Bounty Vicky ihre Theorie zur »Evolution der Männer« erläutern. Olivia und sie kannten diese schon in- und auswendig, aber sie wollte Bounty nicht stoppen. Entweder Vicky hielt sie danach für so verdreht, dass sie nichts mehr mit ihr zu tun haben wollte, oder sie schloss Bounty als trinkfreudige und unterhaltsame Spinnerin in ihr Herz.

»Findet dein Mann es auch gut, dass du so viel arbeitest?«, fragte Bounty scheinheilig. Sie sog die Flüssigkeit in ihrem Strohhalm geräuschvoll ein.

Vicky antwortete nun ein wenig vorsichtiger: »Na ja, es bleibt schon eine Menge liegen. Und tatsächlich hat er mich neulich gefragt, ob ich nicht meine Arbeitszeit reduzieren könne, um mich mehr um die Kinder zu kümmern.«

»Ha!«, sagte Bounty und fuhr fort: »Ich denke, er fürchtet sich davor, unnütz zu werden.«

»Inwiefern?«, fragte Vicky. Olivia hatte inzwischen versucht, Bounty mit Ausrufen wie »Guck mal, wie dicht die Möwe an der Laterne vorbeifliegt« oder »Mir ist ein Euro runtergefallen. Der muss irgendwo bei deinen Füßen liegen« vom Thema abzulenken, aber das war natürlich Zeitverschwendung. Bounty hatte bereits ihren unsichtbaren Dozentenhut aufgesetzt und nichts konnte sie nun davon abbringen, eine weitere Jüngerin für ihre Theorie anzuwerben.

»Da so viele Frauen heutzutage in Vollzeit arbeiten, hat sich die Rolle des Mannes als Versorger erledigt. Es gibt keine Mammuts mehr, die er jagen könnte, und auch die Kunst des Feuermachens beherrschen die Frauen mittlerweile.« Sie machte eine theatralische Pause und winkte den Kellner an den Tisch. »Ich hätte gern noch einen Aperol Spritz.«

Vicky zog eine Augenbraue hoch, sagte aber nichts. »Wir Frauen können und wollen unser eigenes Geld verdienen. Das verwirrt die Männer, denn insgeheim wissen sie, dass sie irgendetwas machen müssen, damit sie nicht wegevolutioniert werden, denn die Natur sorgt nur für die Spezies, die sich anpasst.«

Stella bewunderte wieder mal Bountys kreative Wortschöpfung, bemerkte jedoch die zunehmend undeutliche Artikulation ihrer Freundin. Olivia dagegen hatte sich in ihrem Stuhl zurückgelehnt und beobachtete die Boote, die auf der Elbe vorbeizogen. Olivia war nun vierunddreißig Jahre alt und hatte damit den Modellzenit schon überschritten. Stella wusste, dass sie sich längst ausmalte, mindestens drei Kinder zu bekommen, ihren Modelljob an den Nagel zu hängen und ihrem Mann liebevoll auf dem neuen Ungetüm eines Edelstahlherds morgens sein Rührei zu braten. Dann würde sie ihm einen Snack für die Pause zubereiten, bevor er das Haus verließ, um ihren gemeinsamen Lebensunterhalt zu verdienen. Zumindest Paul war also weit davon entfernt, »wegevolutioniert« zu werden. All das wusste Bounty natürlich auch, aber Beispiele, die ihre Theorie nicht untermauerten, wurden erst mal ignoriert.

Vicky tat so, als würde sie interessiert zuhören. Sie warf allerdings ab und zu einen Blick unter den Tisch und es kam Stella vor, als würde sie Nachrichten in ihr Handy tippen.

Bounty schien es jedoch nicht zu bemerken. »Langsam wird den Männern diese Gefahr bewusst und einige machen sich auf den Weg, sich besondere Fähigkeiten anzueignen, damit die Evolution gnädig mit ihnen ist. Sie suchen sich Nischen und lernen zum Beispiel Kochen. Aber ob Mutter Natur das reicht?«

In diesem Moment ging ein unverschämt gut aussehender junger Mann an ihrem Tisch vorbei und Bounty flüsterte (zumindest dachte sie das): »Ich könnte mir vorstellen, dass der da einige Ideen hat, die die Männer vorm Aussterben bewahren könnten.«

Stella runzelte verwundert die Stirn und stand auf. »Entschuldigt mich einen Moment, Mädels. Ich will nur kurz Hallo sagen.« Sie kannte diesen potenziellen Retter der männlichen Spezies. Er hieß Jan Domingo.

MITTWOCH, DEN 15. AUGUST 2012

Im Café »Hütchenspiel« am Isebekkanal hatte man bereits angefangen, auf herbstliche Deko umzustellen. Auf dem Lautsprecher stand eine kleine Halloween-Hexe, und eine Girlande mit künstlichem Weinlaub hing über dem Tresen. Stella fand das nur konsequent, denn immerhin gab es in zwei Wochen schon wieder Spekulatius in den Regalen der Supermärkte. Banu saß an einem Tisch und gähnte verstohlen in ihre Hand. Seit ungefähr einem Jahr trafen sich die beiden Kolleginnen jeden Mittwochmorgen zum Frühstück hier. In diesem Rahmen waren dienstliche Dinge tabu. Auch wenn Banu nicht zu Stellas engstem Freundeskreis gehörte und es umgekehrt genauso war, hatten die beiden großes Interesse am Alltag der jeweils anderen. Im Dienst war jedoch für private Gespräche kaum Zeit. Deshalb war Banu auf die Idee gekommen, sich zumindest dieses kurze Stündchen vor dem Arbeitsbeginn zu gönnen, um sich bei Brötchen und Milchkaffee über Männer, Kinder und Katzen zu unterhalten. In die Tiefe gingen diese Gespräche selten, aber gerade für Arbeitskolleginnen, die so eng in einem derart nervenzehrenden und zuweilen auch gefährlichen Arbeitsfeld zusammenarbeiteten, war es wichtig zu wissen, warum die Kollegin mal schlecht drauf war.

Und heute schien Banu extrem mies gelaunt zu sein. Gerade fauchte sie die Kellnerin an, dass ihr Kaffee nur lauwarm sei. Das war sonst gar nicht ihre Art. Dann war

Stella dran. »Du kommst zu spät«, sagte Banu und tippte auf ihre Armbanduhr.

»Exakt drei Minuten«, erwiderte Stella, »die Parksituation in Harvestehude ist nun nicht gerade die entspannteste.« Nachdem sie gegenüber von Banu Platz genommen hatte, erschrak sie regelrecht über das Aussehen ihrer Kollegin. Banus Haut erschien fast durchscheinend und ein feines Netz von Falten umgab ihre Augen, was Stella sonst nie aufgefallen war. Sie hatte ihre langen Haare im Nacken zu einem einfallslosen Knoten zusammengeschlungen. Einige widerspenstige Strähnen waren jedoch aus der Spange herausgerutscht und kräuselten sich über dem Kragen ihrer Bluse, die zu allem Überfluss falsch geknöpft war. Dass Banu orangen Lippenstift zu einem pinkfarbenen Oberteil gewählt hatte, unterstrich zwar ihren derangierten Look, war aber an sich nicht ungewöhnlich. Was die Kombination von Farben anging, hatte Banu auch an guten Tagen nicht unbedingt ein sicheres Händchen.

»Ist irgendetwas Schlimmes mit Merve?« Nun machte Stella sich Vorwürfe, weil sie sich gestern nicht mehr nach Banus Tochter erkundigt hatte. Über das interessante Gespräch mit Gernod Klingenberg und das unverhoffte Wiedersehen mit Jan Domingo hatte sie es schlichtweg vergessen.

»Wie man es nimmt«, antwortete Banu. »Also, sie ist nicht schwer krank oder so.« Stella atmete hörbar auf, aber Banu machte ein Gesicht, als hätte sie Zahnschmerzen. »Irgendwie ist sie in eine Gruppe sehr religiöser muslimischer Mädchen hineingeraten und die haben ihr allen möglichen Blödsinn erzählt. Sie hat den Ramadan über heimlich gefastet und ist deshalb in der Schule zusammengebrochen. Und als ob das nicht schon reichen würde, hat sie Tim und mir gestern verkündet, dass sie Kopftuch tragen will.«

Stella nickte verständnisvoll. Sie wusste, dass das ihre Kollegin sehr hart treffen musste. Banu hatte sich vor Jahren gegen ihre Eltern gestellt, für die es selbstverständlich war, dass muslimische Frauen ein Kopftuch trugen. Ihre Interpretation des Korans war jedoch eine andere.

Banu stocherte in ihrem Porridge herum und fischte eine Blaubeere heraus, die sie auf dem Tellerrand zerdrückte. »Und dann hat sie gesagt, dass es ihr stinkt, immer zwischen zwei Kulturen zu stehen und dass sie sich jetzt für eine entschieden hat.«

Stella rief sich ein Bild von Merve auf. Rein vom äußeren her hätte sie auch das Kind von Fatih aus ihrem Lieblingsdönerimbiss sein können, bei dem sie und ihre Kollegen regelmäßig zu Mittag aßen. Sie sah kein bisschen so aus, als hätte sie einen deutschen Vater. Can, ihr kleiner Bruder, hingegen hatte strahlend blaue Augen wie Tim und eher mittelbraune als schwarze Haare. Oberflächlich betrachtet also nicht verwunderlich, dass sie sich, zumindest momentan, eher in diese Richtung gezogen fühlte. Umso mehr, wenn sie auch noch Freundinnen hatte, die sie darin bestärkten. »Banu, du weißt genauso gut wie ich, dass Kinder in diesem Alter alles andere tun als das, was ihre Eltern wollen. Du trägst ganz offensiv kein Kopftuch, also will sie unbedingt eins tragen.«

»Ja, das hat Tim auch gesagt. Der war komischerweise ganz ruhig. Das bringt mich wiederum auf die Palme. Die Tatsache, dass sie nun ein Kopftuch tragen will, ist ja nicht mal das Schlimmste. Wenn das ihre Überzeugung ist, meinetwegen. Obwohl ich es nicht gut finde, denn Frauen mit Kopftuch werden in Deutschland noch immer komisch angeguckt und haben weniger Chancen auf dem Arbeitsmarkt. Aber sie will es nur, weil ihre Freundinnen und allen voran Ayse ihr das eingeredet haben.« Eine Blaubeere war zermatscht. Banu fischte sich die nächste aus dem Haferbrei.

»Habt ihr das mit dem Fasten denn gar nicht mitbekommen?«

»Morgens und mittags essen die Kinder ja sowieso in der Schule. Und abends hat sie so getan, als würde sie ihr Abendbrot auf ihrem Zimmer essen. Sie hat sich auch tatsächlich Brote geschmiert, diese aber erst nach Sonnenuntergang gegessen.«

»Clever«, entfuhr es Stella. Sie fing sich einen bösen Blick ihrer Kollegin ein.

»Aber am allerschlimmsten war ihre Lehrerin. Natürlich hat sie sofort mich als Schuldige ausgemacht, weil ich Türkin bin. Die Muslimin muss es Merve ja eingeredet haben. Was für ein differenzierter Blick auf Menschen mit Migrationshintergrund.« Banus Kommentar troff vor Ironie. »Da muss ich dir allerdings recht geben«, sagte Stella, »das ist unmöglich.« Sie merkte, dass es Banu jetzt ein wenig besser ging, weil sie ihr ihr Herz ausgeschüttet hatte. »Merve ist doch erst vierzehn. Sie ist in der Pubertät und will rebellieren. Warte erst mal die nächsten Monate ab.«

»Du hast recht. Darüber sind Tim und ich dann auch übereingekommen. Wahrscheinlich wird sie es doof finden, wenn wir signalisieren, dass wir sie nicht davon abhalten werden, ein Kopftuch zu tragen, und es dann sein lassen. Und das Fasten schadet nicht. Viele Leute zahlen in Kurkliniken eine Menge Geld dafür.« Stella seufzte erleichtert, als sie sah, dass Banu lächelte.

»Und was gibt es bei dir?«, fragte sie.

Stella überlegte, was sie alles erzählen sollte und entschied sich dann dafür, ihr nahendes Beziehungsaus mit Viktor wegzulassen. Für eine derart lange Geschichte reichte die Zeit nun ganz gewiss nicht mehr. »Ich habe gestern Jan Domingo getroffen.«

»Aber nicht privat, oder?«

»So wie bei ›Harold and Maude‹? Nein, für den bin ich dann doch fünfzehn Jahre zu alt«, gab Stella schnippisch zurück. »Er lief mir in Blankenese über den Weg, als ich mit meinen Freundinnen auf der Terrasse von ›Sagebiels Fährhaus‹ saß. Im Rahmen seiner Ausbildung schreibt er an einem Artikel über jüdisches Leben in Hamburg nach dem Zweiten Weltkrieg. Für ein bekanntes Nachrichtenmagazin. Er hatte sich in dem Restaurant mit einem Zeitzeugen verabredet.«

»Dann scheint er ja wirklich in Richtung Journalismus zu gehen.«

Stella nickte. Seit Jan Domingo ihnen damals entscheidend geholfen hatte, den Mord an Henning Manteuffel aufzuklären, waren zwei Jahre vergangen. Er wollte damals unbedingt einen Platz an einer renommierten Hamburger Journalistenschule ergattern. Anscheinend war ihm das gelungen. Sie warf einen Blick auf die Schwarzwälder Kuckucksuhr, die über dem WC-Schild hing. »Komm, Banu, jetzt müssen wir aber los und Hamburg retten.«

Banu legte einen Zwanzigeuroschein auf den Tisch. »Heute zahle ich. Eine Parkuhr vollzuquatschen, wäre noch teurer gewesen.«

»Gibt es die überhaupt noch?«, fragte Stella grinsend und steckte ihr Portemonnaie in die Handtasche zurück.

In der Sektionsabteilung der Rechtsmedizin roch es bittersüßlich, irgendwie unangenehm. Aber nicht so, dass einem sofort schlecht davon wurde. Banu wartete im Vorraum des Sektionssaals auf Fritz Lühne, der von einem Behindertentransporter zu Hause abgeholt worden war, um Esther Fröhlich zu identifizieren. Da er sonst nie das Haus verließ, war dieses Prozedere für ihn und Katherina bestimmt ungewohnt und umständlich. Das erklärte wahrscheinlich die bereits zwanzigminütige Verspätung. Banu kramte ihr Handy aus der Handtasche und tippte auf das Display. Keine neuen Nachrichten. Vorhin hatte sie Stella nicht alles erzählt. Merve hatte während der letzten drei Wochen nicht nur in ihrem Zimmer ab einundzwanzig Uhr angefangen, alles zu essen, was sie den Tag über gehortet hatte. An den Wochenenden hatten sie natürlich mit der gesamten Familie, zumindest mittags, zusammengesessen. Merve hatte sich dabei nicht auffällig verhalten, hatte meist ihren Teller leer gegessen und Saft getrunken. Wie sie jedoch gestern erfuhr, war sie nach dem Essen auf die Toilette gegangen und hatte sich den Finger in den Hals gesteckt. Als Merve das seelenruhig erzählt hatte, war der Streit eskaliert.

»Meinst du, Allah möchte, dass du magersüchtig wirst?«, hatte sie ihrer Tochter an den Kopf geworfen, worauf diese sie als »Ungläubige« bezeichnet hatte, heulend auf ihr Zimmer gerannt war und die Tür abgeschlossen hatte. Tim, der irgendwie zwischen den Fronten stand, hatte zwar Banu recht gegeben, dass das herbeigeführte Erbrechen nach dem Essen natürlich ungesund sei. Er hatte jedoch auch an

Merves Zimmertür geklopft und leise, aber zärtlich gesagt, dass doch alles geklärt werden könne und ihre Eltern sie lieben würden, egal, ob sie fastete oder ein Kopftuch trüge. Banu konnte sich ihm jedoch nicht anschließen. Sie fühlte sich eher von ihm verraten und war nicht bereit, Merves Wandlung so bedingungslos zu akzeptieren, auch wenn sie Stella gegenüber so getan hatte. Also hatte sie ihrerseits die Tür zum Schlafzimmer zugeknallt und abgeschlossen, sodass Tim auf dem Sofa im Wohnzimmer hatte schlafen müssen. Glücklicherweise war Can gestern Morgen auf Klassenreise gefahren und hatte von alledem nichts mitbekommen.

Heute Morgen hatte Banu die Wohnung verlassen, bevor Tim oder Merve aufgestanden waren.

»Träumen Sie, Frau Kommissarin?« Fritz Lühne musterte sie unfreundlich. Hinter ihm stand eine kleine grauhaarige Frau, die sie unsicher anlächelte. »Ich habe meinen Mann begleitet, falls es«, sie zögerte einen Moment, »Probleme geben sollte.«

Banu begrüßte die beiden und stellte sich vor. Sie kramte auch ihren Polizeiausweis aus ihrem Portemonnaie, den Fritz Lühne unbedingt sehen wollte.

»Ist sie da drinnen?« Er zeigte auf die Tür zum Sektionssaal.

Banu war versucht zu erwidern: ›Falls es ihr wegen Ihrer Verspätung nicht zu blöd geworden ist und sie sich lieber in ihr Kühlfach zurückgelegt hat.‹ Aber sie schluckte die Bemerkung hinunter. Die Lühnes sahen nicht aus, als wären sie empfänglich für Humor. Deshalb nickte sie nur.

»Dann bringen wir es hinter uns«, sagte Katherina Lühne und legte ihrem Mann die Hand auf den Arm.

Banu verließ den Vorraum, um einem Mitarbeiter der Rechtsmedizin Bescheid zu geben, dass er den Leichnam aufdecken konnte. »Ich weise Sie noch mal darauf hin, dass die Leichen kein schöner Anblick sind. Umso mehr schätzen wir, dass Sie uns bei der Identifizierung helfen wollen.« Banu bedeutete Katherina Lühne, den Rollstuhl zunächst zu dem linken Tisch zu fahren, wo bereits ein Mitarbeiter stand und, auf einen Wink von ihr hin, das Tuch abnahm, das den weiblichen Leichnam bedeckte.

Banu beobachtete das Gesicht von Fritz Lühne ganz genau. Sie sah, wie sein Blick von dem bereits ziemlich verwesten Gesicht der Leiche über die grünliche Haut des teilweise offenen Brustkorbs wanderte. Keine Regung! Sie zeigte auf den linken Oberarm. »Können Sie sagen, ob dies die Überreste von Esther Fröhlich sind?«

Der alte Mann schluckte einmal. Sein Gesicht blieb jedoch ausdruckslos. Dann räusperte er sich laut. Sehr langsam drehte er den Kopf zu Banu um. »Das ist Esther. Kein Zweifel. Ich kann ihre Tätowierung wiedererkennen.« Katherinas Gesicht hatte eine ungesunde Farbe angenommen. Banu beobachtete sie dabei, wie sie versuchte, zur Wand zu blicken, aus den Augenwinkeln jedoch immer wieder auf den Leichnam sah. Wie ihr ging es vielen Leuten ähnlich, wenn sie an einem Unfallort vorbeigingen. Obwohl man weggucken wollte, musste man immer wieder hinsehen.

Als der Mitarbeiter der Rechtsmedizin den anderen Toten aufdecken wollte, schüttelte Banu mit dem Kopf. Die Leiche war schon zu stark verwest, um sie aufgrund der äußerlichen Merkmale identifizieren zu können. Hier würden die Zahnunterlagen Aufschluss darüber bringen, ob es sich um Hans Fröhlich handelte. Sie hatten seinen Zahnarzt bereits ausfindig gemacht. Heute Nachmittag kamen sicher die Ergebnisse. Banu wollte nicht, dass Katherina Lühne vollends zusammenbrach.

Nun hatte sich bestätigt, was Banu und ihre Kollegen bereits vermutet hatten: Die beiden Leichen, die auf Neßsand gefunden worden waren, waren die von Esther und Hans Fröhlich. Sie wurden beide von einer weiteren oder von mehreren Personen ermordet. Da dies so gut wie sicher war, drängte sich nun folgende Frage auf: Welches Schicksal hatte ihren kleinen Sohn Stefan ereilt?

Abigail Dinsley schüttelte verwundert den Kopf beim Anblick ihrer Karten. Sie hatte ein sehr gutes Blatt und versuchte, Kontakt zu ihrem Partner John aufzunehmen, der ihr gegenübersaß. Sie genoss die Vormittage beim Bridge-Spiel im Fischerhaus Blankenese, das eine Altentagesstätte und ein Museum gleichermaßen war. John lächelte versonnen vor sich hin. Er würde gleich mit der Reizung beginnen. Verstohlen blickte Abigail zu Alice, die zu ihrer Rechten saß. Sie kniff die Augen zusammen und runzelte die Stirn. Jetzt hieß es klug vorzugehen, denn auch heute würde sie gern den Tisch als Gewinnerin verlassen. Das gab ihr ein gutes Gefühl. Gerade als John zum Sprechen ansetzen wollte, sah Abigail, wie die Tür aufging und ein junger Mann hereinkam. Zielsicher schritt er auf ihren Tisch zu.

»Dr. Abigail Dinsley?«

Sie nickte verwirrt und auch ein wenig verstimmt, denn sie musste bereits um zwölf Uhr beim Friseur sein. Falls der junge Mann vorhatte, sie in ein längeres Gespräch zu verwickeln, würden sie ihr Spiel nicht beenden können.

»Mein Name ist Jan Domingo.« Er streckte ihr seine Hand entgegen, und es sah zuerst so aus, als wollte er ihr einen Handkuss geben. Dann nahm er ihre Hand jedoch in seine und drückte sie kräftig. »Ich habe gehört, dass Sie hier regelmäßig Ihre Bridgegegner vom Tisch fegen. Wie eine echte englische Lady«, sagte er und zwinkerte ihr charmant zu.

»Die ich aber gar nicht bin«, erwiderte Abigail und hielt dem Blick des jungen Mannes stand. Irgendwie erinnerte er sie an John, als dieser in seinen Zwanzigern gewesen war. Er hatte zwar selbst in jungen Jahren nicht so hohe Wagenknochen gehabt, jedoch war der Kontrast zwischen dem schwarzen Haar und der hellen Haut bei beiden ähnlich. Mittlerweile hatte ihr Ehemann leider dreißig Kilo mehr auf den Rippen und kaum noch Haare auf dem Kopf.

»Ich weiß, und deswegen bin ich hier. Darf ich mich zu Ihnen setzen?« Abigail sah zu John. Der zuckte mit den Achseln und legte sein Blatt aus der Hand. Dann wandte er sich an die Mitspieler. »Ich fürchte, aus der Partie wird heute nichts. Aber nächsten Mittwoch bestimmt. Und dann lehren Abi und ich euch das Fürchten.« Er legte ein breites Lächeln auf, das jedoch nicht ganz seiner Stimmung entsprach.

Abigail bemerkte das natürlich. Nachdem Alice und Elias aufgestanden waren, zeigte sie auf den Stuhl zu ihrer rechten. »Wie kann ich Ihnen behilflich sein?«

»Ich bin Journalist und schreibe einen Artikel über das frühere jüdische Kinderheim in Blankenese, die Warburg-Villa. Jetzt heißt es ›Elsa Brändström Haus‹. Ich habe gehört, dass Sie als Kind dort einige Zeit verbracht haben.«

Jan Domingo kramte eine Visitenkarte aus seinem Portemonnaie, dann lehnte er sich in seinen Stuhl zurück und schlug das rechte Bein über das linke. Er schien sich auf ein längeres Gespräch einzustellen. »Es würde mich sehr freuen, wenn Sie mir ein bisschen darüber erzählen würden. Wenn Sie anonym bleiben wollen, ist das natürlich möglich. Aber für meinen Artikel wäre es toll, wenn ich Sie auch namentlich erwähnen dürfte.«

Abigail überlegte. Ein wenig eitel war sie auch. »Kommt auch ein Foto von mir in den Artikel?«, fragte sie und schob sich ein Petit Fours in den Mund. »Das können wir einrichten«, antwortete der Journalist. »Schön wäre ein Foto aus den Vierzigerjahren und daneben eins von heute.« Abigail schaute auf ihre Uhr. »Ich habe bis halb zwölf Uhr Zeit.« Sie legte ihrem Mann die Hand auf den Arm. »Du kannst ja schon mal einkaufen gehen, Darling.«

»Eigentlich möchte ich lieber hierbleiben«, versuchte John zu widersprechen und warf einen zweifelnden Blick auf Jan Domingo. Aber Abigail winkte ab. »Der junge Mann ist meinetwegen hier. Du kennst die alten Geschichten schon. Tu lieber etwas Sinnvolles!« Immer noch zögernd stand John Dinsley auf und verließ den Tisch. Abigail seufzte und legte ihren Kopf schief. »Am besten, ich fange ganz von vorne an. Ich wurde irgendwann zwischen 1940 und 1943 im Konzentrationslager Dachau geboren. Wie Sie ja sicher wissen, durften ab August 1938 Juden ihren Kindern nur noch bestimmte Namen geben. Abigail war einer davon. In Verbindung mit dem Nachnamen Dinsley mutet es natürlich tatsächlich englisch an.« Sie pustete in ihren Tee, der noch immer sehr heiß war, und nahm einen großen Schluck.

Jan Domingo rückte interessiert ein Stück näher an sie heran. Während Abigail sprach, tippte er alles in sein Tablet. Er war äußerst geschickt dabei. Als Abigail jung war, konnten fast nur Frauen mit zehn Fingern schreiben. Männer brauchten das nicht zu lernen, da sie in der Regel andere Berufe ausübten als Frauen.

»Mein Vater und mein Bruder starben auf dem Transport von Dachau nach Bergen-Belsen an Unterernährung. Meine Mutter kurz danach am Fleckenfieber. Es gab für mich keinen Geburtsnachweis oder gar eine Urkunde. Ich hatte lediglich ein Schild mit meinem Namen um den Hals, als man mich fand. Natürlich habe ich mittlerweile einen Ausweis mit einem Geburtsdatum, das ich mir ausgesucht habe. Bergen-Belsen war ein schrecklicher Ort. Ich kann mich immer noch an das Stöhnen der sterbenden Menschen und den Gestank der Kranken und Toten erinnern.« Sie schüttelte heftig den Kopf. »So etwas vergisst man nie. Ich habe es irgendwie überlebt. 1945 änderte sich alles. Die Briten befreiten das KZ, und jüdische Waisenkinder wie ich wurden Anfang 1946 nach Blankenese gebracht, um aufgepäppelt und von dort aus nach Palästina verschifft zu werden.«

Der junge Mann nickte. Das war ihm sicherlich alles nicht neu. »Was haben Sie noch von der Warburg-Villa in Erinnerung?«, fragte er.

»Es war das Paradies«, sagte Abigail. »Obwohl die hygienischen Verhältnisse nach heutigen Maßstäben erbärmlich waren, war es für uns der reine Luxus. Die Erzieher und Lehrer waren nett und verständnisvoll und wir bekamen richtigen Unterricht, in Hebräisch zum Beispiel, damit wir uns in Palästina verständigen konnten. Nur die Blankeneser waren nicht so begeistert, so kurz nach dem Krieg jüdische Kinder in der Nachbarschaft zu haben.«

Jan Domingo blickte interessiert. »Wie hat sich das geäußert?«

Die nächste halbe Stunde verbrachte Abigail damit, ihre Erinnerungen hervorzuholen und zu präsentieren. Sie berichtete von dem Bäcker, der ihnen kein Brot verkaufen wollte, und den Leuten, die die Straßenseite gewechselt hatten, wenn ihnen die Gruppe aus dem Kinderheim begegnete. »Hass schlägt eben nicht so schnell in Liebe um«, beendete sie ihre Geschichte.

Der Journalist schaltete sein Tablet aus und steckte es in die Tasche. »Danke, Sie haben mir sehr geholfen, Frau Dinsley. Ganz privat interessiert mich noch, ob Sie je nach Palästina gekommen sind.«

»Ja, ich wurde 1948 dorthin verschifft und habe dreiundzwanzig Jahre dort gelebt, mich dort aber nie richtig zu Hause gefühlt. Immerhin habe ich in Palästina Psychologie studieren können. Vielleicht sogar ein wenig, um mich selbst zu therapieren. Als 1971 die Gedenkfeier zum fünfundzwanzigjährigen Bestehen des jüdischen Kinderheims in Blankenese stattfand, folgte ich der Einladung hierher zurück. Der Rest ist schnell erzählt: Ich fühlte mich hier an diesem Ort, wo ich quasi ein zweites Mal geboren wurde, so zu Hause, dass ich meinen Doktor machte und eine Praxis in Altona eröffnete. Bei einer Feierlichkeit lernte ich John, den Sohn eines englischen Diplomaten, kennen. Wir verliebten uns ineinander, trotz des Altersunterschiedes von zehn Jahren, die ich älter bin als er. Im Jahr 1974 heirateten wir. In den Achtzigerjahren lebten wir eine Zeit lang in England, da

John wie sein Vater in den diplomatischen Dienst ging, und wohnen seit 2000 wieder hier.« Abigail lächelte Jan Domingo kokett an. »Jetzt habe ich Sie hoffentlich nicht zum Schluss noch gelangweilt? Wenn eine alte Frau erst mal ins Schwatzen kommt …«

Ihr Gegenüber schüttelte heftig den Kopf. »Es war überaus interessant. Und Sie sehen keinen Tag älter aus als Ihr Mann. Eher jünger! Und auf keinen Fall älter als Mitte Fünfzig.«

»Sie Schmeichler! Aber was meinen Sie, wie jung ich erst aussehe, wenn ich gleich vom Friseur wiederkomme.« Ein Blick auf die Armbanduhr sagte ihr, dass es höchste Zeit war, sich jetzt aufzumachen.

Auch Jan Domingo erhob sich. »Ich habe nur noch eine klitzekleine Frage. Kannten Sie Esther Fröhlich, die vermisste Frau des damaligen Inselwarts? Ich habe gehört, dass sie zur selben Zeit in der Warburg-Villa war wie Sie.«

Abigail tat, als würde sie einen Moment überlegen. Dann schüttelte sie den Kopf. »Ich bin ihr im Heim bestimmt mal über den Weg gelaufen und habe natürlich damals in der Zeitung gelesen, dass der Inselwart und seine Frau bei der Sturmflut umgekommen sind. Aber persönlich kannte ich sie nicht.« Abigail war erstaunt, wie leicht ihr diese Lüge über die Lippen ging.

»Ich schaufle dir wie immer extra Zwiebeln drauf?«

Stella öffnete ihre Handtasche und wühlte eine Weile darin herum, bis sie die Schachtel Tic Tac fand. »Ja, bitte bis zum Anschlag! Und vergiss die Knobisoße nicht.« Fatih nickte und begann, Stellas Döner zusammenzustellen. »Hast du Angst vor Vampiren, schöne Frau?«

In gespielter Empörung rollte Stella mit den Augen. »Hör auf mit mir zu flirten, Fatih. Du hast eine Frau und drei Kinder zu Hause.«

Der türkische Imbissbesitzer seufzte. »Ich mach doch nur Spaß! Hier hast du deinen Döner.« Er stellte eine gigantische Teigtasche vor ihr ab. »Gibt's was Neues?«

Stella stütze sich mit dem rechten Ellenbogen auf den Tresen des Imbisswagens und machte mit der linken Hand eine abwehrende Geste. Erst mal musste sie etwas essen.

Beim ersten Bissen geriet der Berg an Zwiebeln gewaltig ins Beben, einzelne Streifen fielen herunter und sammelten sich auf der Serviette. Ein Rinnsal Knobisoße floss aus Stellas linkem Mundwinkel und Fatih reichte ihr wortlos eine weitere Serviette. Sie schluckte geräuschvoll. »Jetzt kann ich antworten. Meinst du beruflich oder privat?«

»Deine Mordfälle stehen ja jeden Tag in der Zeitung. Was macht dein Freund, der Fahrradhöker?« Das letzte Wort klang etwas abschätzig. Stella wusste, dass Fatih, der im Fahrradfahrerparadies Eimsbüttel wohnte, nicht viel für diese Fortbewegungsart übrighatte. Schon häufig hatte er ihr berichtet, dass er fast über den Haufen gefahren wurde, weil Fahrradfahrer neuerdings meinten, die Straße gehöre nur noch ihnen. Außerdem würden in Hamburg ständig neue Radwege gebaut, aber niemand kümmerte sich um die maroden Fahrbahnen der Autos.

»Wenn ich das so genau wüsste.« Wie auf ein Zeichen hin vibrierte Stellas Handy auf dem Tresen. Sie warf einen kurzen Blick auf das Display und legte ihren halb aufgegessenen Döner aus der Hand. »Wo du gerade fragst. Die Nachricht ist von Viktor. Er möchte heute Abend mit mir essen gehen.« Stella runzelte die Stirn, und Fatih sah sie fragend an. »Ja und?«

»Heute ist Mittwoch. Normalerweise sehen wir uns nur am Wochenende.« Stella verfiel in nachdenkliches Schweigen und versuchte mit der Zunge ein Stück Salat zwischen den Zähnen hervorzuholen.

Fatih reichte ihr einen Zahnstocher. »Vielleicht habt ihr Jahrestag oder so?«

Stella schüttelte den Kopf. »Nein, ich vermute, es ist etwas anderes. Wie du ja weißt, Fatih, habe ich zwei Katzen, und Viktor hatte bis vor Kurzem einen Hund, der Katzen hasste. Leider musste der Hund vor zwei Wochen eingeschläfert werden.«

Fatih stützte seine Ellenbogen auf und legte seinen Kopf auf die verschränkten Finger. Dann schnalzte er mit der Zunge. »Habt ihr je darüber gesprochen, zusammenzuziehen?«

»Nein«, erwiderte Stella, »keiner von uns hätte sich von seinen Tieren trennen wollen. Deshalb war es für uns kein Thema.« Fatih nahm einen Glasreiniger und ein Handtuch und fing an, die Glasflächen abzuwischen. Stella legte vier Euro und fünfzig Cent vor sich auf den Tresen und nahm ihre Handtasche. »Ich hoffe, er kommt nicht auf dumme Gedanken.«

»Das ist Tina von unten. Dein Zeuge ist da!« Gunnar legte den Hörer auf die Ladestation zurück und ging zur Tür. »Soll ich ihn abholen? Nach dem jämmerlichen Eindruck, den ich am Montag auf Neßsand gemacht haben muss, habe ich mir vorgenommen, mich etwas mehr zu bewegen.«

Stella nickte und warf Banu einen belustigten Blick zu. »Nichts dagegen!« Als Gunnar ihnen den Rücken zudrehte, zeichnete Stella mit beiden Händen die Wölbung eines dicken Bauchs in die Luft. Banu begann zu kichern.

»Macht euch ruhig über mich lustig. Dabei bin ich nur co-schwanger! Ich muss Tanja das Gefühl geben, dass sie nicht die Einzige ist, deren Körper durch die Schwangerschaft verunstaltet wird. Das ist Selbstaufopferung!«

»Dann solltest du wirklich jetzt mit dem Training anfangen. Wenn das Kind erst mal da ist, wirst du keine Zeit mehr dafür haben«, sagte Banu. »Und auch keine Lust«, ergänzte sie und dachte wieder an die gestrige Eskalation mit Merve.

In diesem Moment klingelte es an der Tür und Gunnar betätigte den Summer. Tina vom Empfang und ein älterer Herr standen im Türrahmen. »Ich wollte nicht noch länger unten warten, bis sich mal jemand bequemt zu kommen. Deshalb habe ich Herrn Hansen selbst hochgebracht.«

»Wieder eine verpasste Chance«, fluchte Gunnar leise.

Banu nahm sofort den leichten Geruch nach Urin und ungewaschenem Körper wahr, den Friedjof Hansen verströmte. Dann zeigte sie auf den Eingang zum Vernehmungsraum und folgte mit dem alten Mann Stella, die bereits vorausgegangen war. »Nehmen Sie bitte Platz, Herr Hansen. Mein Name ist Kurtoğlu, und das ist meine Kollegin Frau Brandes. Ihre Personalien werden wir später aufnehmen. Zunächst möchten wir Ihnen ein paar Fragen zum Januar 1976 stellen.«

Der alte Mann legte den Kopf schief. »Und Sie glauben, ein alter Mann kann sich noch daran erinnern?«

Stella stellte das Aufnahmegerät an und lehnte sich ein Stück nach vorn über den Tisch. »Ich kann Ihnen auch auf die Sprünge helfen. Wir haben eine Notiz in einer Polizeiakte gefunden. Es geht um das Verschwinden der Fröhlichs.«

Friedjof Hansen schob seinen Elbsegler zur Seite und kratzte sich am Kopf. »Das hatte ich mir schon gedacht. Ja, das war sehr unheimlich damals.« Banu lächelte ihn an und forderte ihn auf fortzufahren. Sie war froh, dass jemand bereits vor dem Gespräch das Fenster in dem kleinen Raum geöffnet hatte, denn die Luft war mittlerweile zum Schneiden. Der Geruch nach Knoblauch, den Stella verströmte, machte es nicht besser. Banu nahm sich vor, mal mit Fatih zu reden. Vielleicht konnte er Stella beim nächsten Mittagsbesuch statt Knoblauchsoße Joghurtdressing unterjubeln.

»Es war der zwölfte Januar. Das weiß ich so genau, weil es der Todestag meiner Mutter war und ich ihr Blumen auf das Grab legen wollte. Damals waren Blumen im Januar teuer und ich hatte nicht viel Geld.« Er nahm seine Mütze vom Kopf und fing an, sie mit beiden Händen zu kneten. Offensichtlich war ihm die Erinnerung unangenehm. »Mein Vater war mit dem Boot draußen. Er hat sich nie für das Grab interessiert.«

»Wie alt waren Sie damals?«, fragte Stella.

»Ich bin im April 1940 geboren. Also fast sechsunddreißig Jahre alt.« »Aber Sie wohnten noch zu Hause?«, hakte Banu nach. Friedjof Hansen runzelte die Stirn. »Ja, und das tue ich jetzt auch noch. Was ist denn dabei?« Sein Ton wurde barsch.

Banu winkte ab. »Gar nichts. Das ist Ihre Privatsache. Fahren Sie bitte fort.«

»Ich ging gegen Mittag aus dem Haus in Richtung Friedhof. Meine Mutter ist auf eigenem Wunsch in Altona begraben worden, nicht in Blankenese. Sie wollte bei ihren Eltern liegen. Auf dem Weg habe ich bei Martha geklingelt. Die stand damals immer auf dem Wochenmarkt mit Blumen. Sie hat mir die Blumen, die sie am Tag vorher nicht verkauft hat, für ein paar Pfennig überlassen. Sie war eine gute Seele, die Martha. Ist jetzt aber auch schon seit über dreißig Jahren tot. Darmkrebs. Ging ganz schnell.« Der alte Herr warf einen langen Blick aus dem Fenster. Als Banu sich räusperte, sprach er weiter. »Als ich vom Friedhof zurückkam, musste ich noch kurz zum Lebensmittelgeschäft an der Luruper Hauptstraße und etwas einkaufen.«

»Was haben Sie denn gekauft?«, fragte Banu interessiert.

»Ich brauchte Schnaps. Damals brauchte ich jeden Tag Schnaps, und am Todestag meiner Mutter die doppelte Menge.«

Banu hob erstaunt eine Augenbraue. Diese Offenheit eines Alkoholikers hatte sie nicht erwartet.

Der alte Mann hatte ihre Reaktion bemerkt. »Heute trinke ich nichts mehr. Schon eine sehr lange Zeit nicht mehr.« Er seufzte. »Obwohl es mir manchmal schwerfällt. Auch nach den ganzen Jahren noch. Das muss ich zugeben.« Er legte seine Mütze vor sich auf den Tisch, griff jedoch einige Sekunden später wieder danach. »Und in der Schlange vor mir an der Kasse stand Esther. Ich schwöre, dass sie es war.«

»Haben Sie sie denn von vorn gesehen?«

»Sie drehte sich um, um ihre Einkäufe in die Tasche zu packen. Sie muss bemerkt haben, dass ich sie anstarrte, denn sie sah mir mitten ins Gesicht und lächelte mich an. Aber es war kein freundliches Lächeln, sondern irgendwie überheblich.«

»Also hatte sie nichts dagegen, dass jemand sie erkannte«, hakte Stella nach.

»Doch, doch! Sie hatte eine dicke Strickmütze ganz tief in die Stirn gezogen und ihr Haar darunter versteckt. Und sie trug keine Schminke. Esther hat sich sonst immer sehr stark geschminkt. Mit Lippenstift und schwarzem Strich um die Augen und so. Nur ihr Muttermal hatte sie versucht mit Make-up zu überdecken. Deshalb sah sie nicht so aus wie immer. Dennoch war es Esther.«

»Sind Sie dann gleich zur Polizei gegangen?«

»Erst mal bin ich nach Hause gegangen und habe noch einen getrunken. Ich war ziemlich fertig. Esther war ja tot. Dann habe ich jedoch gedacht, ich muss es jemandem erzählen und bin zur Polizei. Der Kommissar war allerdings sehr unfreundlich. Er hat mir wohl nicht geglaubt.«

Banu warf Stella einen Blick zu. »Der Kollege hat gesagt, dass Sie betrunken waren, als Sie Ihre Aussage machten. Er wusste auch, dass Sie öfter mal tranken.«

Betrübt schüttelte Friedjof Hansen den Kopf. »Es war Esther. Kein Zweifel. Na ja«, er blickte zu Boden, »nach einiger Zeit habe ich es dann selber nicht mehr geglaubt. Säufer-Halluzinationen. Aber nachdem jetzt auf Neßsand die beiden Leichen aufgetaucht sind. Eine Frau und ein Mann, habe ich gelesen. Da dachte ich mir, dass Esther die beiden vielleicht umgebracht und sich dann davongemacht hat. Dann würde alles wieder Sinn ergeben.«

Banu starrte ihn überrascht an. Ihrer Kollegin war vor Schreck der Kugelschreiber aus der Hand gefallen. Diese Möglichkeit hatten sie, ehrlich gesagt, noch gar nicht bedacht. Nachdem Fritz Lühne die tote Frau allerdings als Esther Fröhlich identifiziert hatte, war dieser Tathergang jedoch auch ausgeschlossen. Aber Friedjof Hansen wusste das natürlich nicht.

»Ich habe zwar noch nicht allzu viel über Esther gehört«, sagte Stella, »doch es schien mir bisher so, als wären alle gut mit ihr ausgekommen.«

»Dann haben Sie wohl noch nicht mit allzu vielen Leuten gesprochen«, erwiderte Friedjof Hansen.

»In welchem Verhältnis standen Sie denn zu Esther Fröhlich, dass Sie solche Vermutungen über sie anstellen?«

Friedjof Hansen sah Stella offen ins Gesicht. »Ich habe sie gehasst. Sie hat mit meinem besten Freund Hans gespielt.«

Stella erhob sich und ging um den Schreibtisch herum. Dann stützte sie eine Hand neben Friedjof Hansen ab und blickte ihn an. Banu ahnte, was jetzt kam. »Die auf Neßsand gefundenen Toten sind Hans und Esther Fröhlich. Was sagen Sie jetzt?«

Der alte Mann knetete seinen Elbsegler vielleicht etwas fester, sonst zeigte er keine Reaktion. »Aber sie war nicht tot«, flüsterte er.

Im Licht der flackernden Kerze auf dem Tisch sah Viktor sehr müde und auch irgendwie alt aus. Als Stella das »La Dolce Vita« betrat, saß er an einem der hinteren Tische und hatte seine Lesebrille auf der Nasenspitze, um die Speisenvielfalt auf der Karte zu studieren. Am Ende würde er jedoch, wie immer beim Italiener, die »Spaghetti aglio, olio e peperoncino« bestellen. Dazu Chianti, ein San Pellegrino und zum Dessert einen doppelten Espresso. Dass er für dieses Abendessen das Restaurant gewählt hatte, in dem sie sich kennengelernt hatten, könnte in die von ihr befürchtete Richtung weisen. In Gedanken hatte Stella sich schon mit allerlei Argumenten bewaffnet, warum sie nicht mit ihm zusammenziehen konnte.

Viktor erhob sich und gab ihr einen Kuss auf die Wange. Die Kellnerin näherte sich dem Tisch, aber er winkte ab. Es stand bereits eine Literkaraffe Rotwein mit zwei Gläsern auf dem Tisch und Viktor schenkte Stella ein. »Erinnerst du dich daran, wie wir uns hier das erste Mal gesehen haben?«, fragte er. »Wir konnten gar nicht schnell genug hier rauskommen, um übereinander herzufallen.«

Stella lächelte, rollte jedoch innerlich mit den Augen. Dass Viktor jetzt sentimentale Erinnerungen herauskramte, war sicher kein gutes Zeichen. Sie nahm einen großen Schluck aus ihrem Glas. Der Rotwein fühlte sich samtig an, und als ihr Blut Kontakt mit dem Alkohol aufnahm, erfasste sie ein wohliges Schwindelgefühl.

»Ich möchte heute mir dir über unsere gemeinsame Zukunft sprechen.« Viktor griff in seine Jackentasche und Stella hatte einem Moment Angst, dass er ein Etui mit einem Ring herausholen würde. Aber es war nur ein Taschentuch, mit dem er sich die Stirn abwischte. Sie seufzte erleichtert. »Nach dem letzten Wochenende bin ich umso mehr der Meinung, dass es für uns leider keine gibt.«

»Waaas?« Stella verschluckte sich an dem Wein und fing an zu husten. Sofort stand Viktor auf und schlug ihr auf den Rücken. War es jetzt etwa Viktor, der ihre Beziehung beendete? Sie hatte sich sehr in der Rolle derjenigen gefallen, die den Ton in ihrer Beziehung angab. Und sie hatte den Eindruck gehabt, dass eigentlich nur sie gelangweilt war. Viktor hatte den Sex mit ihr immer noch genossen. Ein Mann konnte Orgasmen doch wohl nicht vorspielen.

Ihr tränten die Augen vom Hustenanfall. Oder waren es Tränen verletzter Eitelkeit?

»Ich will dir die Wahrheit sagen, Stella, denn das hast du verdient. Schon seit einigen Wochen ertappe ich mich dabei, wie ich mich wieder nach anderen Frauen umsehe.«

Stella sah ihn fassungslos an. Was bildete er sich eigentlich ein? Sie wollte sagen, dass er ihretwegen auch gleich mit allen ins Bett gehen konnte, die er anschmachtete.

Viktor hob jedoch die Hand. »Ich bin mir auch bewusst, dass ich für dich immer nur die erste Beziehung nach der Ehe war. Du hast nie über unsere Zukunft gesprochen. Und ich hatte Angst zu fragen, ob du vielleicht mit mir zusammenziehen willst. Dabei hätte ich sogar Diva für dich aufgegeben.«

Stella verschränkte die Arme vor der Brust. »Meine Kater hätte ich nie weggegeben.« Sie wusste selbst, dass sie nun wie ein kleines bockiges Mädchen klang.

Viktor nickte. »Das weiß ich.« Es herrschte einen Augenblick Stille zwischen ihnen. »Und dann habe ich am Sonntag gesehen, wie du den Robin Hood am Buffet angestarrt hast. Nämlich so ähnlich wie mich vor zwei Jahren.«

Nun schüttelte Stella heftig den Kopf. Sie hatte den Vegetarier überhaupt nicht attraktiv gefunden. Er war zwar ein ganz angenehmer Anblick gewesen mit seinen rotbrauen Haaren und den blauen Augen … Oder hatte er grüne Augen? Stella konnte sich nicht erinnern. Andererseits: Warum hatte sie dann ihm gegenüber den Grad ihrer Beziehung zu Viktor minimiert? Bevor sie diesem Gedanken auf den Grund gehen konnte, ergriff Viktor erneut das Wort. »Mir fiel es heute schwer, dir das zu sagen, Stella. Aber jetzt bin ich froh. Ich bin wieder offen für Neues und ich hoffe, das bist du auch.« Mit diesen Worten stand er auf und legte einen Zwanzigeuroschein auf den Tisch. »Bestell dir ruhig noch einen Wein. Ich gehe jetzt.« Anstatt etwas zu sagen, knüllte Stella ihre Serviette zusammen und warf sie nach dem sich immer weiter entfernenden Exfreund. Doch sie warf so kraftlos, dass die Papierkugel etwa einen halben Meter hinter Viktor auf dem Boden landete.

»So ein Arsch«, jammerte sie. Hatte sie tatsächlich gerade erlebt, wie er mit ihr Schluss gemacht hatte? Und sie hatte gedacht, er wolle mit ihr zusammenziehen oder sie sogar heiraten. Sie schenkte sich noch ein Glas Wein ein und trank auf ihre gekränkte Eitelkeit. Aber warum jammerte sie jetzt eigentlich? Sie erinnerte sich daran, dass sie diejenige war, die Caveman bereits am Sonntag vom Ende ihrer Beziehung berichtet hatte. Letztlich war es doch auch egal, wer nun den Schlussstrich zog. Es war trotzdem ein ganz schöner Hammer! Sie zog ihr Handy aus der Tasche und schickte eine Nachricht an Bounty: »Ich hoffe, Viktor wird demnächst wegevolutioniert.«

Auszug aus den Aufzeichnungen vom 16. April 1973

– *Allein die Fahrt zur Gedenkstätte Bergen-Belsen war schon ziemlich abenteuerlich, denn ich hatte keinen Führerschein. Den habe ich auch heute noch nicht. Ich bin mit dem Zug bis zum Bahnhof Celle gefahren und das letzte Stück hat mich eine Gruppe Hippies in einem ziemlich schäbigen VW-Bus mitgenommen. Wissen Sie, so Leute mit langen Haaren und bunten weiten Gewändern. Ich muss ihnen in meinem schlichten grauen Kleid und den kurzen Haaren sehr bieder vorgekommen sein. Aber sie waren nett und boten mir sogar einen Joint an. Ich habe ihn natürlich abgelehnt.*
– *Schön, dass Sie sich an so viele Details erinnern können, Frau Körner.*
– *Na ja, dieser Tag war ein Wendepunkt in meinem Leben. Die Gedenkstätte war voller Menschen, die nach Informationen über ihre Verwandten suchten, die in Bergen-Belsen inhaftiert und gestorben waren. Es war schwierig, sich überhaupt bis zum Dokumentenhaus durchzudrängeln. Das Haus selbst ist sehr klein. Schon bevor ich überhaupt drin war, überkam mich das Gefühl, dass ich umsonst hierhergefahren war. Über meine Mutter, die wohl nur ein unbedeutendes Mädchen gewesen war, würde ich hier bestimmt keine Aufzeichnungen finden. Als ich fast schon am Eingang stand, fingen einige Leute hinter mir an zu schubsen, sodass ich einige blaue Flecken davontrug. Aber irgendwann schaffte ich es tatsächlich ins Innere des kleinen Häuschens. Auf den ersten Blick gab es dort nichts Interessantes. Bis zu den Listen mit den Namen der armen Menschen, die hier*

gestorben waren, kam ich allerdings gar nicht durch. Aber in einer Vitrine hing ein Foto von einer schäbigen Baracke, das mich magisch anzog. Ich hatte das Gefühl, dieses Gebäude schon einmal gesehen zu haben. Ich muss eine recht lange Zeit davorgestanden haben, bis ich merkte, dass jemand neben mich getreten war und mein Spiegelbild in der Glasscheibe anstarrte. Ich blickte aus den Augenwinkeln zu der Person neben mir. Dann konnte es nicht mehr als eine Sekunde gedauert haben, bis ich erkannte, dass ich die bisher wichtigste Entdeckung in meinem Leben gemacht hatte.

DONNERSTAG, DEN 16. AUGUST 2012

»Langsam wird das Ganze nun doch verzwickt.« Thorsten Fock blickte stirnrunzelnd auf das vollgeschriebene Flipchart und die vielen Metaplankarten, die so ziemlich jeden Zentimeter der fensterlosen Wand bedeckten. Banu lächelte. Ihr Chef hatte viele Stärken, aber das Strukturieren und Ordnen von Stichpunkten, Fakten und Hypothesen gehörte nicht dazu. Die Gespräche mit Gernod Klingenberg und Friedjof Hansen waren bereits stichwortartig auf den verschiedenfarbigen Karten aufgeschrieben worden. Gestern hatten Stella und Armin die Lühnes noch einmal befragt, und zwar getrennt voneinander. Es war allerdings kein sehr aufschlussreiches Gespräch gewesen. Dennoch ergab es noch mehr Karten!

Thorsten sah Banu Hilfe suchend an, und sie nahm ihm wortlos einen weiteren Stapel beschriebener Karten aus der Hand und begann sie sinnvoll sortiert untereinander aufzuhängen. Sie ließ sich dabei durch die Zurufe ihrer Kollegen unterstützen. Nach ungefähr zehn Minuten war so etwas wie eine Arbeitsgrundlage entstanden.

»Danke, Banu!«, seufzte Thorsten und ließ sich schwer auf seinen Schreibtischstuhl fallen.

»Fritz Lühne hat Esther Fröhlich identifiziert. Anhand der Zahnunterlagen konnten wir auch feststellen, dass die männliche Leiche die von Hans Fröhlich ist«, fasste Armin die Ergebnisse auf der linken Seite zusammen.

Stella warf einen Blick auf die Aussagen der einzelnen Protagonisten, die sie bisher in dem Mordfall ausgemacht hatten. »Soweit ich es sehe, hatte bisher nur Friedjof Hansen ein Motiv, die beiden umzubringen.«

Gunnar schüttelte den Kopf. »Er hatte ein Motiv, um Esther umzubringen. Laut eigenen Aussagen hatte er sie gehasst, da er das Gefühl hatte, sie würde Hans nicht lieben. An sich schon mal ein sehr schwaches Motiv. Und warum hätte er seinen Freund umbringen sollen?« Thorsten nickte zustimmend.

Stella ging zu der Wand mit den aufgehängten Fotografien und zeigte auf das Foto von der Nachricht, die in der Tasche von Esthers Regenmantel gesteckt hatte. »Fritz Lühne heißt mit Zweitnamen Ludwig. Er könnte das geheimnisvolle L. sein, mit dem die Nachricht unterzeichnet ist.«

Armin schnalzte ablehnend mit der Zunge. »Das ist jetzt aber reichlich weit hergeholt. Wir haben keinerlei Annahme, dass die Lühnes mit dem Mord in Verbindung stehen.«

»Oder Friedjof Hansen hat sich ausgedacht, dass er Esther nach ihrem Verschwinden gesehen hat, um seine Tat zu vertuschen. Vielleicht hat er sie und auch Hans, der seiner Frau zu Hilfe eilen wollte, umgebracht und sie auf der Insel verscharrt. Dann hat er erzählt, er hätte sie gesehen. Denn wenn sie eingekauft hat, kann sie nicht tot sein. Und wo kein Opfer ist, ist kein Mörder!«

Thorsten schüttelte den Kopf. »Das ist doch alles rein spekulativ. Als er angegeben hat, Esther gesehen zu haben, wurden die Fröhlichs schon lange vermisst. Warum hätte er sich die Mühe geben sollen, sich etwas auszudenken?

Es hat keiner in Erwägung gezogen, dass es Mord hätte sein können.«

Banu dachte an den alten Mann, der ihr sehr unsicher vorgekommen war. Es könnte Angst oder auch Schuldbewusstsein gewesen sein. »Er machte schon irgendwie einen verdächtigen Eindruck.«

»Ja«, sagte Armin. »Das könnte alles so sein, oder auch ganz anders. Der genaue Todeszeitpunkt kann nicht bestimmt werden. Er liegt irgendwo zwischen dem einunddreißigsten Dezember 1975 morgens, als die Fröhlichs zum letzten Mal lebend von einer Verkäuferin auf dem Festland gesehen wurden, und dem fünften Januar, als die Lühnes das leere Haus auf Neßsand vorgefunden haben. Irgendwelche Alibis zu überprüfen kann man nach vierzig Jahren wohl vergessen.«

Banu blickte für einen Moment ganz konzentriert auf die Spalte mit der Überschrift »Esther Fröhlich« und blendete die Stimmen ihrer Kollegen aus, die sich weiterhin über die möglichen Tatverdächtigen unterhielten. »Ich finde es total schwierig, mir Mordtheorien zu überlegen, wenn ich noch nicht mal erfasst habe, was für ein Mensch das Opfer war.« Sie zeigte auf die Karten. »Es hängen dort Adjektive wie gesprächig, wortkarg, liebenswert, unfreundlich, tierlieb, mochte den Familienhund nicht. Esther scheint eine Persönlichkeit mit sehr vielen Facetten gewesen zu sein. Das einzig Beständige an ihr war, dass sie vor ihrer Schwangerschaft alle halbe Jahr für zwei Wochen zu ihrer Freundin nach Dortmund gefahren ist. Immer ohne Hans.« Sie schüttelte entschieden den Kopf. »Ich werde daraus nicht schlau!«

»Wir haben bisher einfach noch zu wenige Aussagen über sie. Friedjof mochte sie nicht. Er hat sie also sehr negativ beschrieben. Fritz war mit ihr befreundet. Er hat ihr viele positive Attribute zugewiesen«, sagte Gunnar.

»So war es aber nicht«, widersprach Stella und zeigte auf die Karten, die das Gespräch mit den Lühnes ergeben hatte. »Alle haben ausgesagt, dass Esther sich mal so und mal so verhalten hat.«

Banu sah, dass ihre Kollegin nur sehr mühsam ein Gähnen unterdrückte. Noch jemand, der in der letzten Zeit schlecht schlief. Zwar hatte sie sich mit Merve auf eine Art Waffenstillstand geeinigt, dennoch hatte sie sich vorgenommen, Merves Kontakt zu Ayse so oft es ging zu unterbinden. Vielleicht war es eine Möglichkeit, bei der Schulleitung nachzufragen, ob es möglich wäre, dass Merve die Klasse wechselte. Sie hatte auch in Ruhe ein Gespräch mit Tim führen können, der zwar nicht ganz so ablehnend gegenüber dem Fasten und dem Kopftuch war wie sie, aber dennoch einsah, dass Merve sich so gesellschaftliche und berufliche Chancen verbaute.

»Leider leben ja nicht mehr allzu viele Leute in Blankenese oder überhaupt, die die Fröhlichs noch gekannt haben könnten.« Gunnar meldete sich zu Wort. »Mir fällt da etwas ein. Katherina Lühne hat doch davon gesprochen, dass am Samstag rund um das alte Fischerhaus in Blankenese ein Fest der Anwohner stattfindet. Vielleicht sollten wir da auftauchen und sehen, ob wir noch Bewohner von damals auftreiben. Eher so ein bisschen inoffiziell. Wie Miss Marple immer ermittelt. Eventuell kannte noch jemand die Fröhlichs oder hat in der infrage kommenden Tatzeit doch noch etwas Ungewöhnliches gesehen.«

»Ein Strohhalm, Kollege. Aber immerhin etwas.« Thorsten Fock stand auf und schlug Gunnar anerkennend auf die Schulter. Dann blickte er jeden der Ermittler der Reihe nach an. »Wer opfert freiwillig seinen freien Samstag?« Bei allen schien sich die Begeisterung jedoch in Grenzen zu halten. »Mit einem Tag Freizeitausgleich, wenn wir den Fall ad acta gelegt haben. So oder so«, fügte Thorsten hinzu.

»Okay, ich gehe hin«, sagte Gunnar. »Tanja macht ein letztes Mal Mädelswochenende, bevor das Baby kommt.«

Banu hatte eigentlich keine Lust, mal wieder einen Samstag der Stadt Hamburg zu opfern. Allerdings hatte sie Tim zugesagt, dass sie am Wochenende eine gemeinsame Unternehmung für sie aussuchen wollte. Can würde sonst wieder zwei Tage am Computer verbringen und Merve beleidigt auf ihrem Zimmer hocken oder, noch schlimmer, sich mit Ayse treffen. Vielleicht wäre ein Ausflug nach Blankenese also genau das Richtige. Sie nickte Thorsten zu zum Zeichen ihrer Teilnahme am Ermitteln-wie-Miss-Marple-Trupp.

»Und ich als Single habe sowieso nichts zu tun. Du kannst mich auch einplanen, Boss! Aber jetzt habe ich Hunger.« Stella stand auf und guckte in die Runde, um ein Zeichen zu erhalten, dass die Besprechung beendet war. Banu hob interessiert eine Augenbraue und griff ebenfalls nach ihrer Jacke. Dass Stella wieder Single war, musste sie sich genau erklären lassen.

FREITAG, DEN 17. AUGUST 2012

Die schmutzige Auflaufform stand bestimmt schon seit dem letzten Wochenende im Spülbecken. Eingetrocknete Soße und eine hart gewordene Käsekruste klebten am Rand. Linda Lühne seufzte, tat einige Tropfen Spülmittel in die Form und ließ heißes Wasser hineinlaufen. Erst mal musste das Ganze einweichen, sonst würde sie es sicher nicht komplett sauber bekommen. Ihre Mutter, die sonst immer die Reinlichkeit in Person gewesen war, fing in den letzten Wochen an, sich mehr und mehr gehen zu lassen. Bei ihren regelmäßigen Besuchen an den Wochenenden waren Linda in der letzten Zeit häufig Dinge aufgefallen, die darauf hindeuteten. Schimmelige Joghurts im Kühlschrank, Urinspritzer auf dem Toilettendeckel, muffig riechende Handtücher an den Haken im Badezimmer. Oder eben ein immer größer werdender Berg an dreckigem Geschirr. Leider hatten Lindas Loblieder auf Geschirrspülmaschinen noch nichts bewirkt. Katherina Lühne bestand darauf, dass sie so einen modernen Schnickschnack nicht brauchte. Aber in letzter Zeit blieb die ganze Arbeit eben an Linda hängen. Sie fand es richtig, dass ihre Mutter sich so wie heute auch mal Zeit für sich nahm, um zum Friseur zu gehen oder sich neue Kleidung zu kaufen. Dennoch hätte sie sich lieber mit ihrem Vater beschäftigt, als Hausmädchen zu spielen.

Ihre Eltern stellten sich taub, wenn Linda ihnen vorschlug, sich um eine Putzfrau zu kümmern. Leisten könnten sie sich diesen Luxus auf alle Fälle, doch hatte es schon

Überredungskünste gekostet, eine Pflegerin für ihren Vater ins Haus zu holen. Zwar schaffte ihr Vater es immer noch, sich aus dem Rollstuhl zu stemmen und sich auf die behindertengerechten Toilette zu setzen oder vom Rollstuhl ins Bett zu kommen, aber es strengte ihn immer mehr an. Linda erinnerte sich daran, wie ihr Vater nach der Entfernung des Hirntumors und trotz der daraus resultierten halbseitigen Lähmung zunächst Versuche gemacht hatte, die Beine wieder benutzen zu wollen. Nach relativ kurzer Zeit hatte er jedoch aufgegeben. Da er es hasste, wenn seine Frau ihn anfasste, bestand er darauf, die intimsten Dinge allein zu erledigen. Er war allerdings in den letzten Monaten mehrfach dabei aus dem Rollstuhl gefallen und hatte letztlich zugelassen, dass Linda Hilfe von außen holte. Der Pflegedienst kam nun zweimal täglich und ihr Vater ließ es widerwillig zu, dass ihn eine Fremde wusch und anzog.

Gerade, als das Spülbecken vollgelaufen war, klingelte es an der Tür. Linda wischte ihre Hände am Geschirrhandtuch ab und wollte gerade aus der Küche gehen, als sie die Stimme ihres Vaters hörte. »Die Tür ist offen.«

Linda hörte Schritte auf dem Dielenboden und blickte durch den Türspalt. Friedjof Hansen war schon lange nicht mehr hier gewesen. Sie konnte sich nicht erinnern, wann er ihren Vater zum letzten Mal besucht hatte. Es musste Jahre her sein.

»Was willst du denn hier?«, fragte ihr Vater barsch.

»Ich war am Mittwoch bei der Polizei«, sagte Friedjof. »Die Toten sind Hans und Esther.«

Eine Minute herrschte Schweigen. Dann wieder die Stimme ihres Vaters. »Das weiß ich. Ich habe Esther selbst identifiziert.«

»Hast du sie umgebracht?«

Linda hörte ihren Vater nach Luft schnappen und war drauf und dran, ihm zu Hilfe zu eilen, aber das, was Friedjof jetzt sagte, ließ sie zur Salzsäule erstarren. »Du hast Katherina nach Strich und Faden betrogen. Ich habe gehört, wie du Esther gefickt hast. Ihr wart so laut, dass man es nicht überhören konnte, wenn man an eurem Haus vorbeigegangen ist. Und dann habe ich im Dezember kurz vor ihrem Tod gesehen, wie sie wütend euer Haus verlassen hat. Was würde wohl die Polizei dazu sagen?«

»Jeder weiß, dass du damals ständig besoffen warst, Friedjof. Meinst du, die Polizei glaubt dir nur ein Wort?«

Linda hörte heraus, dass ihr Vater entschlossen klingen wollte, sie nahm jedoch auch eine Nuance Unsicherheit in seiner Stimme wahr. Doch was sie am meisten schockierte, war, dass er nicht den leisesten Versuch unternahm, die Anschuldigungen abzustreiten.

»Warum hast du dich überhaupt so oft bei uns rumgetrieben? Hat es dir Spaß gemacht, uns zuzuhören? Warst du eifersüchtig?«

Friedjof lachte heiser. »Arbeitslose Trinker haben eben viel Zeit. Und ihr habt es ja meistens an den Wochenenden vormittags getrieben, wenn Katherina und die Kinder nicht da waren. Normalerweise habe ich erst mittags angefangen zu trinken.«

»Und was willst du nun von mir? Warum erzählst du mir das alles?« Ihr Vater klang nun gar nicht mehr selbstbewusst.

»Ihr habt doch mehr, als ihr in eurem Leben noch ausgeben könnt. Ich möchte nur einen kleinen Zuschuss, damit ich in Würde in meinem Haus alt werden kann. Sagen wir tausend Euro im Monat.«

»Hau ab!«, brüllte ihr Vater nun.

Linda eilte ins Wohnzimmer. Ihr Vater musste sich unbedingt beruhigen. Er hatte vor zwei Jahren bereits einen leichten Herzinfarkt gehabt. »Hören Sie auf!«, rief sie. Doch der ungebetene Gast hatte das Haus bereits verlassen.

SAMSTAG, DEN 18. AUGUST 2012

Als ihr Handywecker piepte, war Stella einen kleinen Moment desorientiert. Dann vernahm sie das Kreischen der Möwen und das Rauschen der Elbe, die nur wenige Meter vor ihrem Fenster entlangfloss. Und es fiel ihr wieder ein, dass sie ja einen Tag Urlaub am eigenen Wohnort machte.

Schließlich sparte sie Geld dadurch, dass sie nicht mehr mit dem Auto nach Altona zu Viktor fahren musste. Deshalb hatte sie gestern ganz spontan entschlossen, sich für die Nacht im Strandhotel Blankenese einzumieten. Ihr gefiel das Flair des Stadtteils, den sie vor diesem Fall so gut wie gar nicht gekannt hatte. Außerdem musste sie heute Mittag beim alten Fischerhaus sein. Natürlich hatte es an ein Wunder gegrenzt, dass in dem kleinen Hotel mitten am Elbstrand an einem Freitag im Hochsommer noch ein Zimmer frei gewesen war. Die Dame an der Rezeption hatte Stella dann auch beglückwünscht, dass gerade jemand abgesagt hatte, bevor sie anrief, um sich nach einer Übernachtungsmöglichkeit zu erkundigen.

Stella öffnete ihre Reisetasche und holte ihre Laufsachen heraus. Dann warf sie einen Blick aus dem Fenster. Eine hellrote Sonne ging gerade auf und ließ die leicht gekräuselte Oberfläche des Wassers und die Insel Neßsand erglühen. Da es gerade mal sechs Uhr war, hatte Stella genug Zeit, vor dem Frühstück eine Runde zu drehen und sich einen weiteren Tatort anzusehen. Auch wenn dies nur ein Drehort war.

Vor ungefähr einem halben Jahr war Thorsten Fock mit einem dicken Packen Papier in den Besprechungsraum gekommen und zielstrebig auf Stella zugesteuert. »Du bist doch die Fachfrau für leichte kriminalistische Unterhaltung.« Natürlich hatte er darauf angespielt, dass sie kaum einen »Tatort« im Fernsehen verpasste. Zwar war dieses »letzte Lagerfeuer der Deutschen« immer unrealistisch, aber Stella fand gerade diese Realitätsferne sehr unterhaltend, so erfrischend anders als das wahre Leben bei der Mordkommission. »Wir haben eine Anfrage von einem englischen Regisseur, der unbedingt in Hamburg drehen will. Leider war ich zufällig beim Pressesprecher, als das Drehbuch kam. Der Regisseur möchte die Hamburger Polizeiarbeit nicht unrealistisch darstellen.«

»Das ist an sich ja schon mal löblich«, hatte Stella erwidert.

»Tja, aber bevor ich Andreas Büro verlassen konnte, hat er es mir in die Hand gedrückt und gesagt, ich wüsste bestimmt jemanden, der sich das mal angucken kann.«

Nun war bei Stella der Groschen gefallen. »Und ich bin die Auserwählte? Na gut, ich mach's.« Thorsten hatte den dicken Stapel Papier erleichtert vor ihr abgelegt und war sofort zwei Schritte zurückgetreten, als hätte er Angst, sie würde es sich noch mal anders überlegen. Er war überhaupt kein großer Leser und ein Skript für einen Film, auch wenn es nur einhundertzwanzig Seiten waren, würde ihn komplett überfordern.

Ein Zufall war, dass der Dreh für »Elbe, Michel, Tod« an diesem Wochenende im Römischen Garten in Blankenese stattfand. Paul, der Ehemann von Olivia, war Visagist und hatte bereits mit dem Regisseur gearbeitet. Er hatte Stella den Tipp gegeben, da er wusste, dass sie das Drehbuch auf Fehler hin durchgelesen hatte. Und Stella hatte wirklich Lust, sich den Dreh eines Films mal anzuschauen. Zudem passte der Titel zu ihrer vergangenen Woche, in der sie sowohl Elbe als auch Michel und Tod bereits gehabt hatte.

Der Empfang des Hotels war noch nicht besetzt, als Stella durch den Flur des Jugendstilgebäudes ging. Durch den Frühstücksraum huschte allerdings bereits eine Angestellte, um die Tische einzudecken. Stella stellte ihren MP3-Player an und lief mit ausgreifenden Schritten Richtung Elbstrand. Am Fluss führte ein ebener Weg entlang, und Stella beschleunigte. Zum Römischen Garten würde sie ungefähr eine Viertelstunde brauchen. Je nachdem, wie lange sie sich dort aufhielt, würde sie noch ein paar Kilometer dranhängen und um neun Uhr beim Frühstück im Hotel sein. Um diese Uhrzeit waren nur wenige Frühaufsteher unterwegs, und auf und neben dem Strandweg saßen kleine Gruppen von Möwen, die aufflogen, als Stella vorbeilief, sich dann aber sofort wieder niederließen. Sie nutzten die Ruhe vor dem zu befürchtenden Massenandrang von Spaziergängern an diesem sommerlichen Samstag.

Obwohl das Laufen Stella generell half, sich zu erden, kamen ihre Gedanken heute immer wieder zu dem Mord an dem Inselwart und seiner Frau zurück. Schließlich hatte sie ja auch den Tatort direkt vor Augen. Neßsand leuchtete einladend in der Morgensonne. Stella war einen kurzen Moment versucht, in die Elbe zu springen und zur Insel zu schwimmen. Weit konnte es ja nicht sein. Aber da sie weder Triathletin noch eine gute Schwimmerin war, sondern nur eine einigermaßen passable Läuferin, verwarf sie diese Idee schnell wieder.

Der Römische Garten war eine der unbekannteren Hamburger Sehenswürdigkeiten. Die Parkanlage, die ihre Blütezeit in den Zwanzigerjahren des letzten Jahrhunderts erlebt hatte, war im Besitz der Bankiersfamilie Warburg gewesen. Jan Domingo hatte ihr bei ihrem zufälligen Treffen erzählt, dass den Warburgs auch die Villa gehört hatte, in dem das frühere jüdische Kinderheim untergebracht war, dessen Geschichte er recherchierte. Als die jüdische Familie im Dritten Reich emigrieren musste, verfiel der Park und wurde erst in den Neunzigern wiederaufgebaut.

Schon von Weitem sah Stella die Wohnwagen, in denen die Schauspieler geschminkt und frisiert wurden. Um das Freilufttheater herum herrschte ein reges Treiben, was in absolutem Gegensatz zu der Einsamkeit am Elbstrand stand. Ein grauhaariger Mann, wohl der Regisseur, gab inmitten des Geschehens und mit lauter Stimme Anweisungen. Stella setzte sich auf eine der Treppenstufen und verschnaufte einen Moment. Die vielen Stufen, die sie vom Falkensteiner Ufer aus im Laufschritt erklommen hatte, um zum Park zu gelangen, hatten auch sie gefordert. Außerdem wollte sie die Szenerie auf keinen Fall stören. Ob sie eine der Szenen wiedererkannte?

»It's time for a break«, beendete der Regisseur gerade ein Handgemenge zwischen einer brünetten Frau und einem Mann mit rotbraunen Haaren. Augenblicklich nahm der Mann seine Hände vom Hals der Frau und drehte sich in Stellas Richtung. Stella verschluckte sich an dem Wasser, das sie sich aus der Flasche von ihrem Laufgürtel genommen hatte, und bekam einen furchtbaren Hustenanfall. Es war Jupiter Jones, oder wie auch immer er wirklich heißen mochte, der halbwegs attraktive Vegetarier von Olivias Hochzeit. Zielstrebig kam er auf sie zu.

»Guten Morgen, Emma Peel. Haben Sie sich wieder erholt? Sie wirkten am Sonntag«, er suchte nach Worten, »nicht mehr so ganz sicher auf den Beinen.« Natürlich spielte er darauf an, dass sie leicht angetrunken gewesen war, als sie sich am Buffet getroffen hatten.

»Ich bin wie neu«, erwiderte Stella und erhob sich von den steinernen Stufen. Wie sie neulich schon geschätzt hatte, überragte der Brite sie um mindestens zehn Zentimeter. Dann fügte sie hinzu: »Mein richtiger Name ist übrigens Stella Brandes. Und Ihrer?«

»Ich bleibe bei Jupiter Jones. Meine Eltern hatten Sinn für Humor.«

»Vielleicht auch gar nicht unpassend, wenn man Schauspieler ist. Wie ich sehe, spielen Sie John, einen der Verdächtigen. Es ist übrigens mir zu verdanken, dass Sie Ihre tote Film-Freundin nicht selber identifizieren mussten. In der Realität wird dies nämlich anhand von Fotos und DNA gemacht.« Sie gönnte sich noch einen Schluck Wasser. »Außer wenn es gar keine andere Möglichkeit der Identifikation gibt oder man die Reaktion desjenigen testen will, der die Leiche identifiziert«, fügte sie hinzu und dachte an Fritz Lühne.

»Ah, Sie sind also die Kommissarin, die diese schöne Szene in der Rechtsmedizin aus dem Skript gestrichen hat. Dabei hätte ich gerade da mein ganzes dramatisches Talent zeigen können. Also gibt es wohl mal wieder keinen Oscar nächstes Jahr.« Jupiter Jones lächelte Stella an und machte eine einladende Geste zu einem der Wohnwagen. »Ich habe jetzt Frühstückspause. Für Sie könnte ich bestimmt auch noch ein Sandwich organisieren.«

Einen kleinen Moment war Stella versucht, der Einladung zu folgen. Einen Schauspieler kennenzulernen, war bestimmt eine interessante Erfahrung. Doch wenn sie jetzt hier hängen blieb, würde sie das Frühstück im Strandhotel verpassen und das war mit Sicherheit deutlich mehr nach ihrem Geschmack als ein vegetarisches Sandwich. »Danke, aber ich stehe nicht so auf veggie. Außerdem habe ich noch zu tun.«

Bedauernd zuckte ihr Gegenüber mit den Schultern. »Ich bin noch ungefähr zwei Wochen in Hamburg. Vielleicht können wir ja mal einen Tee zusammen trinken gehen.« Er drückte ihr eine Visitenkarte in die Hand. »Ich wohne im Marriott-Hotel in der Nähe der Alster.«

»Ja, mal sehen.« Stella versuchte möglichst desinteressiert zu klingen, auch wenn sie nicht so gut schauspielern konnte wie er.

Denn zugegebenermaßen war sie einem klitzekleinen Flirt mit diesem »Robin Hood«, wie Viktor ihn genannte hatte, nicht komplett abgeneigt.

Jupiter Jones wandte sich zum Gehen. »Und viele Grüße an Paul. Wir haben schon häufig zusammen gedreht.« Stella nickte und winkte dem rothaarigen Mann zum Abschied zu. Ein Blick auf die Uhr sagte ihr, dass es bereits halb neun war. Den Rückweg legte sie in der halben Zeit zurück, denn schließlich warteten nach dem Duschen Berge von Speck und Schinken auf sie.

Can hatte natürlich protestiert, als sie ihn um zehn Uhr geweckt und ihm gesagt hatte, dass er heute das Haus würde verlassen müssen. »Aber heute ab zwölf Uhr kann das neue ›Hellwater‹-Spiel heruntergeladen werden. Ich war nun vier Tage auf Klassenreise, da kannst du mich ja wohl einmal samstags in Ruhe spielen lassen«, maulte er. Glücklicherweise war Tim jedoch auf Banus Seite. »Falls du morgen gerne spielen möchtest, dann ziehe dir deine Schuhe an. Sonst drehe ich dir das WLAN ab. Andererseits spiele ich vielleicht heute Abend mit dir eine Runde ›Minecraft‹, wenn du jetzt aufhörst zu jammern.« Can verzog das Gesicht, griff jedoch nach seinen Turnschuhen.

Banu drückte ihrem Mann einen Kuss auf die Wange und grinste. »Erziehung ist doch immer eine Mischung aus Erpressung und Bestechung.«

In diesem Moment ging Merves Zimmertür auf und ihre Tochter erschien. Ihre Haare hatte sie unter einem hellgrünen Kopftuch versteckt, das ziemlich schief auf ihrem Kopf saß. Gegen ihren Willen musste Banu lächeln.

»Komm, ich ziehe es gerade.«

»Danke, anne!« Merve blickte ihre Mutter überrascht an.

»Das heißt aber nicht, dass ich das Kopftuchtragen jetzt gut finde. Aber wenn du es schon aufhaben willst, dann bitte richtig.« Insgeheim fand Banu es ganz gut, dass Merve diesen Tag ausgesucht hatte, um zum ersten Mal ein Kopftuch zu tragen. Wenn sie Glück hatte, waren die Blankeneser nicht so offen gegenüber den islamischen Traditionen wie die Menschen in Eimsbüttel oder Altona. Vielleicht würde Merve unfreundlich angestarrt oder über sie getuschelt werden und sie würde deshalb ihre Haltung noch mal überdenken.

Den gestrigen Tag hatten Stella, Thorsten und sie damit verbracht, mögliche Verbrechensszenarien zu entwerfen, während Gunnar und Armin sich mithilfe von Kolleginnen aus der BSU den Alltag des Inselwarts auf Neßsand in den Sechziger- und Siebzigerjahren hatten erläutern lassen. Es war ein ereignisloser Tag am Schreibtisch gewesen.

In Sachen »Mordfall Fröhlich« erwartete Banu auch heute nicht allzu viel Neues. Mit Friedjof Hansen und den Lühnes hatten sie ja bereits ausführlich gesprochen. Aufschlussreich könnte möglicherweise sein, sie innerhalb ihrer Nachbarschaft zu treffen, um zu sehen, wie sie sich verhielten. Wobei Fritz Lühne nicht zu dem Treppenfest kommen würde. Seine Frau hatte versichert, dass er nie dabei gewesen war, da man ihn nur sehr schwer zum alten Fischerhaus transportieren konnte.

Sie hatten Katherina und Fritz Lühne und auch Friedjof Hansen angewiesen, nicht zu verbreiten, dass die Toten tatsächlich die Fröhlichs waren. Möglicherweise gab es interessante Reaktionen, wenn sie die Identität der Toten heute preisgaben. Allerdings hatte Fritz Lühne den Leichnam nur anhand einer verwitterten Tätowierung identifizieren können. Das war schon eine wacklige Angelegenheit. Aber da der Tote ganz sicher Hans Fröhlich war, wollten sie nicht anzweifeln, dass es seine Frau war, die neben ihm im Leichenschauhaus lag. Es gab dazu ja auch keinen Grund, selbst wenn ein ehemaliger Trinker etwas anderes behauptete.

Banu blickte auf ihren mürrischen Sohn und ihre verhüllte Tochter. Und für den Fall, dass ein durchschlagender Erfolg ausbliebe, würden sie immerhin bei bestem Wetter einen Familienausflug an die Elbe machen.

Frisch geduscht und ein wirklich exzellentes Frühstück im Bauch, schlenderte Stella den Strandweg entlang. Es war zwar genau dieselbe Strecke wie heute Morgen, aber die Kulisse hatte sich verändert. Das Thermometer war auf dreißig Grad geklettert, und Neßsand und das dahinterliegende Ufer der Elbinsel Finkenwerder flimmerten in der Hitze dieses Vormittags. Die Möwen, die heute Morgen noch so vorwitzig gewesen waren, trieben träge auf der Elbe. Es regte sich kein Lüftchen. Auch das Publikum war ein deutlich anderes. Wo gegen sieben Uhr morgens vereinzelte Frühaufsteher oder Sportler die aufgehende Sonne begrüßt hatten, herrschte jetzt ein reges Treiben von Menschen jeglichen Alters. Kleine Kinder spielten im Elbsand neben der Strandmuschel ihrer Eltern, die Bücher vor der Nase hatten oder schliefen. Einige Jugendliche hatten ihre Schuhe ausgezogen und wateten in der Elbe. Ein älteres Ehepaar saß auf einer Bank am Strandweg. Der Mann hob die Hand, als er Stella sah. Ihr fiel ein, dass er heute Morgen Fotos vom Sonnenaufgang gemacht hatte. Sie grüßte zurück. Wenn sie heute nicht Dienst haben würde, hätte sie sich bestimmt einen Aperol Spritz geholt, sich in den Sand gesetzt und einfach nur den Schiffen auf dem Wasser zugesehen. Leicht wehmütig schirmte sie ihre Augen mit der Hand ab und blickte einem großen Containerschiff hinterher.

»Ich war noch niemals in New York, ich war noch niemals auf Hawaii«, summte eine Männerstimme neben ihrem Ohr. »Hat dich das Fernweh gepackt?«

Stella zuckte erschrocken zusammen. Wie aus dem Nichts war Gunnar auf einmal neben ihr aufgetaucht. »Erstaunlich, dass du dich mit deinen ganzen Kilos noch so lautlos anschleichen kannst«, begrüßte sie ihn ziemlich unfreundlich.

Gunnar war jedoch nicht beleidigt und grinste sie nur frech an. »Nur kein Neid! Außerdem, wenn das Baby da ist, werde ich wieder schlank. Das geht ganz schnell.«

Stella nickte übertrieben in gespielter Zustimmung und hakte ihren Kollegen unter. Gemeinsam gingen sie auf das zweihundert Jahre alte Fischerhaus-Museum zu. Die wenigen Flächen vor dem Haus waren bereits von kleinen Ständen gesäumt, die sich zum Teil unter Faltpavillons befanden.

»Eigentlich gegen mögliche Regenschauer, aber als Schattenspender auch geeignet.« Katherina Lühne kam auf die beiden zu.

Stella bemerkte sofort an der Art ihres Ganges und ihrer Mimik, dass sie sich viel freier fühlte als in der Gegenwart ihres Mannes.

»Frau Kurtoğlu ist auch schon da.« Katherina zeigte auf Banu, die gerade in eine Diskussion mit ihrem Sohn verwickelt war, der, alle viere von sich gestreckt, auf dem Rasen lag. Daneben stand, auf ihren Fingernägeln kauend, Merve, die ihre Haare unter einem grasgrünen Kopftuch verbarg, das weder farblich zu dem Rest ihrer Kleidung passte noch richtig saß. Tim hatte einen Kaffee in der Hand und unterhielt sich angeregt mit einer älteren Dame, die aussah wie eine Porzellanpuppe. Als er Stella entdeckte, winkte er ihr zu. Im Gegensatz zu Banu, die gleich zu explodieren schien, machte er einen sehr gelassenen Eindruck. Dennoch steuerte Stella ihre Kollegin an, die sie Hilfe suchend anblickte. »Kannst du dem jungen Mann mal sagen, dass er hier nicht im Weg liegen soll. Auf dich hört er ja vielleicht.«

»Ach was«, winkte Stella ab. »Wenn jemand auf ihn drauftritt, wird er es schon merken. Lass ihn einfach liegen und komm mit. Ich möchte gern die Leute kennenlernen, die hier zu den Zeiten von Hans und Esther Fröhlich gelebt haben.« Sie zog ihre Kollegin von ihrem Sohn weg, der jetzt so tat, als würde er laut schnarchen. Banu hatte ihr ja schon häufiger erzählt, dass Can in der Schule die eine oder andere Verhaltensauffälligkeit zeigte. Bis zum heutigen Tag hatte sie immer gedacht, ihre Kollegin würde übertreiben.

Stella suchte den Blick von Katherina, die mit dem Kopf in Richtung Porzellanpuppe deutete. Mittlerweile war der kleine Platz gesäumt von Menschen, an denen sie sich vorbeidrängeln mussten. Stella war bestimmt einigen auf die Füße getreten. »Guten Morgen«, sprach sie die ältere Dame an, »mein Name ist Stella Brandes, und das ist Banu Kurtoğlu. Mordkommission Hamburg.«

»Abigail Dinsley«, gab die Angesprochene zurück. Sie war sehr klein und musste ihren Kopf in den Nacken legen, um Stella ins Gesicht sehen zu können. Der Eindruck, eine Porzellanpuppe vor sich zu haben, rührte von dem elfenbeinfarbenen, sehr ebenmäßigen Teint, den schmalen roten Lippen und den in Form gezupften, schwarz gefärbten Augenbrauen.

»Wir möchten uns mit Ihnen über die Siebzigerjahre hier im Treppenviertel unterhalten.«

Abigail Dinsley nickte. »Dann lassen Sie uns hinter das Haus gehen. Da ist eine Bank etwas abseits im Schatten. Soll ich meinen Mann dazuholen?« Sie winkte einem fast kahlköpfigen, korpulenten Mann zu, der sich sofort in Bewegung setzte, und stellte ihn als »meine bessere Hälfte John« vor.

Tatsächlich war es hinter dem Haus menschenleer. Nur die Bienen summten in der Rosenhecke und die Musik vom Leierkastenmann wehte leise zu ihnen hinüber.

»Die Toten wurden identifiziert. Es sind die Leichen von Esther und Hans Fröhlich.« John Dinsley grunzte betroffen, während Abigail kein bisschen erschüttert schien. »Das tut mir zwar leid, aber ich habe die beiden nicht gekannt.«

Banu hakte ein. »Haben Sie nicht auch in den Siebzigerjahren hier gelebt?«

Abigail wiegte den Kopf, als würde sie überlegen. »Das stimmt, jedoch waren wir hier keine eingeschworene Gemeinschaft. Auch mit den Lühnes hatten wir damals nichts zu tun. Wir Alten haben uns erst mit der Zeit zusammengerottet, als so viele Neue ins Treppenviertel gezogen sind.« Sie lächelte entschuldigend. »Irgendwie fühlen wir uns als Ureinwohner, obwohl wir ja erst seit 2000 wieder hier wohnen.« Abigail sah John an und wandte sich dann an Stella. »Ich fürchte, wir können Ihnen wirklich nicht helfen. Es kann sein, dass wir die beiden mal im Lebensmittelladen getroffen haben. Aber ich glaube, sie haben ein recht einsames Leben dort draußen geführt und waren nur sehr selten auf dem Festland.«

Stella fand die alte Dame sympathisch und wollte ihr gern glauben. Andererseits hatte Abigail das ganze Gespräch über häufig und unnatürlich geblinzelt. Entweder blendete die Sonne sie oder sie war nervöser, als sie zeigen wollte.

Die braun gebrannte, ziemlich dicke Frau mit dem auffällig leuchtend gelben Strohhut legte einem kleinen

Mädchen ein riesiges Stück Apfelstrudel auf den Teller. Jan Domingo warf einen Blick auf seine Armbanduhr. Er war eigentlich hier mit einem alten Mann verabredet, der früher Erzieher im jüdischen Kinderheim in Blankenese gewesen war. Samuel Goldmann war inzwischen sicher mindestens fünfundneunzig Jahre alt. Jan überlegte, ob es ihm zu heiß war, um vor die Tür zu gehen. Leider hatte er keine Telefonnummer, denn der ältere Herr besaß einfach kein Telefon. Vielleicht würde er später noch einen Hausbesuch machen müssen. Jan trat an den Kuchenstand und zeigte auf die Sachertorte. »Ich glaube, ich muss den armen Kuchen erlösen, sonst schmilzt er noch dahin.«

Die Verkäuferin schnitt ein gigantisches Dreieck aus der Torte heraus. »Sie sind so dünn. Ein bisschen mehr auf den Rippen würde Ihnen nicht schaden. Deshalb bekommen Sie ein extragroßes Stück.«

Jan nahm den Teller und steckte sich eine Gabel voll Schokotorte in den Mund. »Sie ist köstlich«, lobte er.

Die Frau streckte ihm ihre Hand entgegen. »Ich bin Sara Huber. Ich gehöre zu den Organisatoren des Festes. Aber Sie habe ich hier noch nie gesehen.« Der Strohhut verdeckte die obere Hälfte ihres Gesichts fast vollständig, doch ihr Lächeln war freundlich.

»Jan Domingo. Ich bin Journalist und recherchiere über das Leben der Juden in Hamburg nach dem Zweiten Weltkrieg. Eigentlich bin ich hier mit einem Zeitzeugen verabredet.«

»Dann interessieren Sie sich bestimmt auch für das ehemalige Kinderheim in Blankenese, die Warburg-Villa.«

Jan schnalzte mit der Zunge. »Ja, natürlich!«

Sara Huber beugte sich über ihre Kuchen. »Ich habe bei mir zu Hause jede Menge alten Krempel darüber. Als mein Mann und ich aus Bayern hierhergezogen sind, haben wir das Haus möbliert gekauft. Und in den Schränken war noch einiges drin. Vieles haben wir zum Müll gebracht, aber die Fotoalben mit den Fotos vom alten Blankenese und vor allem dem Kinderheim habe ich aufbewahrt. Ich habe zwar keinen Bezug dazu, aber sie sehen so interessant aus und die Gesichter der Menschen darauf erzählen so viele Geschichten. Wenn Sie sie ausleihen wollen, gerne.«

»Natürlich. Sie würden mir damit sehr helfen. Darf ich Sie dann auch in meinem Artikel erwähnen?« Jan legte sein charmantestes Lächeln auf.

»Na klar«, sagte Sara Huber. »Leider kann ich hier heute nicht weg. Das ganze Fest geht bestimmt bis zum Abend. Wollen Sie den Kram morgen Nachmittag bei mir abholen?«

Jan notierte ihre Adresse und bedankte sich noch mal überschwänglich. Als er den letzten Krümel des Biskuitbodens mit den Fingern von seinem Teller gesammelt hatte, sah er einen sehr alten gebeugten Mann mit einem Krückstock in der Menge. Vielleicht hatte er Glück und dies war Samuel Goldmann. Er winkte Sara Huber zum Abschied zu.

»Also, Lisa Müller können wir auch von unserer Liste streichen. Sie hat sich an Sylvester 1975 beim Tanzen den Fuß gebrochen und lag zwei Wochen im Krankenhaus. Freddie Bornstein und seine Frau Elvira sowie Alfred Viereck und Lisa Bornfleth sind inzwischen verstorben. Konstanze Sellmer ist dement und im Pflegeheim. Somit haben wir jetzt alle durch, die die Fröhlichs etwas enger gekannt haben. Zumindest Hans. Esther hat die Insel wohl selten verlassen.« Gunnar nahm einen Schluck aus seinem Kaffeebecher mit dem Logo des Fördervereins Blankenese. Dann nickte er in Richtung des Kuchenstandes. »Ihr müsst unbedingt den Apfelstrudel probieren.«

»Die Verkäuferin sieht auch schon etwas älter aus. Hast du sie zu den Fröhlichs befragt?«, fragte Banu.

»Natürlich. Aber Frau Huber ist erst von ein paar Jahren aus Bayern nach Norddeutschland gezogen.«

»Habt ihr Friedjof Hansen schon gesehen? Er hat uns erzählt, dass er abbaut. Dann müssen wir wohl bis zum Ende hierbleiben.«

Gunnar lächelte seine Kolleginnen betont überlegen an. »Auch das habe ich bereits geklärt. Katherina Lühne hat heute einen Anruf von ihm bekommen, dass er leider absagen muss, da ihm etwas dazwischengekommen ist. Sie war nicht sehr verwundert. Anscheinend ist er unter seinen Nachbarn nicht gerade als zuverlässig bekannt.«

Banu seufzte. »Okay. Viel weiter sind wir ja nicht gekommen. Ich glaube, ich sammle meine Familie ein und fahre nach Hause. Wir können die Gespräche ja dann am Montag auswerten. Vielleicht haben Armin und Thorsten noch Ideen dazu.« Sie schirmte ihre Augen gegen die Sonne ab und hielt nach ihrer Familie Ausschau. Can hatte sich anscheinend mit einer türkisfarbenen Limonade, die Stella als »Schlumpfpisse« bezeichnet hatte, bestechen lassen und saß mit Tim unter einem der Sonnenschirme. Merve stand abseits und kratzte sich unter dem Kopftuch. Wahrscheinlich juckte es durch die Hitze. Mehrfach hatte sie gesehen, wie vor allem Leute mittleren Alters ihr unfreundliche Blicke zugeworfen hatten. Eine Frau, deren füllige Bauchpartie unter einem kurzen Top hervorschaute, hatte ihrer mit Goldketten behängten Freundin zugeflüstert: »Warum können sie sich nicht anpassen, wenn sie schon hier leben wollen?« Banu brach es das Herz, die Leute so über ihre Tochter reden zu hören. Und sie war kurz davor, sich einzumischen und der Frau zu sagen, dass auch ihrem Körper ein bisschen Verhüllung nicht schaden würde. Sie biss sich jedoch auf die Zunge, denn schließlich wollte sie ja, dass Merve heute litt. Sie hatte ihrer Tochter aus den Augenwinkeln einen unauffälligen Blick zugeworfen, aber diese hatte eher trotzig als unglücklich ausgesehen.

Stella saß auf dem Toilettendeckel in ihrem Badezimmer und lackierte sich die Fußnägel. Sie wollte zwar heute nicht mehr weggehen, aber die abgeblätterte Farbe an ihrem großen Zeh nervte sie. Shir Khan, ihr orange-weißer Kater, kam durch die Tür stolziert, rieb sich einmal an ihrem Schienenbein und verschwand im Badezimmerschrank. Dort, wo das Wasserrohr des Waschbeckens durch die hintere Wand des Schranks führte, hatte sie ein großes Loch geschnitten. Groß genug, dass ein zierlicher Kater wie Shir Khan sich durchquetschen konnte. Mittlerweile hatte er sich auf dem untersten Schrankbrett, das ursprünglich als Platz für die Handtücher geplant war, ein gemütliches Lager eingerichtet. Wenn er sich umdrehte, ging die Schranktür für einen kurzen Moment auf und schloss sich dann Sekundenbruchteile später wieder. Ihre Schwester Susanne, die neulich bei ihr übernachtet hatte, hatte ihr nach dem morgendlichen Toilettengang halb verstört und halb belustigt davon berichtet, dass sie einen Poltergeist im Badezimmer hätte. Auch durch Viktors Äußerungen im »La Dolce Vita« dachte Stella in den letzten Tagen häufig darüber nach, welchen Stellenwert ihre Katzen in ihrem Leben hatten. Außenstehende könnten auf die Idee kommen, dass Stella sich insgeheim nach Kindern sehnte, aber bis zum Zeitpunkt der Geburt mit Katzen vorliebnahm. So etwas gab es bestimmt auch, doch nicht bei ihr. Mit Kinderersatz hatten ihre Kater nichts zu tun. Es war eher eine Art einseitige Symbiose – die Kater kämen auch ohne sie sicher gut zurecht. Stella konnte die Tiere mit allen möglichen sinnvollen und sinnlosen Dingen vollquatschen. Sie gaben ihr in Lebenskrisen zwar keine Tipps, sahen jedoch zumindest häufig so aus, als würden sie zuhören. Oft reichte das schon. Im Gegenzug bekamen sie Streicheleinheiten und Futter. Beide Kater waren völlig unterschiedliche Persönlichkeiten. Während Shir Khan auch mal kratzte, wenn ihm eine Berührung nicht gefiel, war Caveman der absolute Kuschelbär. In sein Fell konnte sie auch schon mal reinheulen und seinen Rücken als Kissen benutzen. Sie liebte beide und konnte sie aus ihrem Leben nicht mehr wegdenken.

Es gab jedoch durchaus Leute, die keine Tiere mochten. Stella dachte an das Gespräch mit Fritz Lühne und die Bemerkungen, die er über Esther Fröhlichs widersprüchliches Verhalten gegenüber dem Hund gemacht hatte.

Lag es an der Sozialisation, ob und welche Tiere man mochte, oder an den Genen? Ihre Schwester Susanne war ein großer Hundefreund. Wenn ihr mal eine Katze auf den Schoß sprang, streckte sie hilflos ihre Arme aus und machte ein unglückliches Gesicht. Unter Geschwistern war es also durchaus möglich, ein völlig unterschiedliches

Verhältnis zu Tieren zu haben. Doch ein und dieselbe Person sollte wohl Hunden gegenüber konstant mit Sympathie oder Antipathie reagieren.

Stella versah den Nagel ihres kleinen Zehs mit einem letzten hellgrünen Anstrich und drehte das Nagellackfläschchen zu. Ihr war eine, wenn auch reichlich abwegige, Idee gekommen, der sie nachgehen wollte. Sie würde morgen Banu anrufen und fragen, was sie davon hielt.

Stella sah hinüber zum Schrank, dessen Tür sich lautlos öffnete und dann wieder schloss. Sie fürchtete sich vor dem Tag, an dem der Schrank wieder nur ein Schrank war und nicht mehr die Höhle eines einzigartigen fantastischen Wesens.

SONNTAG, DEN 19. AUGUST 2012

Es war schon lange nach Mitternacht, als Friedjof Hansen seine Bettdecke zurückschlug und aufstand, um sich ein Glas Wasser zu holen. Er glaubte nicht daran, dass er in dieser Nacht noch Schlaf finden würde. Seit er versucht hatte, Fritz Lühne zu erpressen, schlief er noch schlechter als sonst. Zwar hatte er nie guten Kontakt zu Fritz und Katherina gehabt, aber nun hatte er sich strafbar gemacht. Und dass er tatsächlich den Mumm hatte, zur Polizei zu gehen und Fritz zu verraten, bezweifelte er.

Doch nun war etwas viel Gravierendes passiert, das ihn nicht zur Ruhe kommen ließ. Etwas, das alle seine Gedanken durcheinanderbrachte.

Er musste unbedingt darüber nachdenken, was nun zu unternehmen war, und klug vorgehen. Friedjof drehte den Warmwasserhahn auf und wartete, bis das Wasser lauwarm war. Kaltes Wasser vertrug sein Magen nicht. Der viele Alkohol hatte die Magenschleimhaut angegriffen und selbst die jahrelange Abstinenz hatte keine Besserung bewirkt.

Schritt für Schritt ging er noch einmal die Ereignisse des heutigen Nachmittags durch. Seit dem Fund auf Neßsand und der Mitteilung der Kommissarin, dass es sich bei den Toten um Hans und Esther handelte, war ihm alles zu viel geworden. Er wollte auch Katherina Lühne nicht unter die Augen treten. Denn irgendwie schämte er sich für seinen Erpressungsversuch. Deshalb hatte er seine Teilnahme am Fest abgesagt.

Katherina, der er als Mitorganisatorin zwangsläufig Bescheid sagen musste, hatte zwar Verständnis geheuchelt, aber er wusste, dass sie froh war, dass er nicht kommen würde. Sie mochte ihn nicht sonderlich. Vielleicht hatte Fritz ihr auch etwas von seinem Besuch am Freitag erzählt.

Er hatte seine Fensterläden geschlossen, seine Haustür abgesperrt und seine Klingel ausgeschaltet. Dann hatte er sich ins Bett gelegt und versucht, die Bilder auszublenden, die ihn seit dem letzten Montag verfolgten. Aber sobald er die Augen geschlossen hatte, sah er ihr höhnisches Grinsen und ihre Lippen vor sich, die die Worte »Versager« und »Säufer« formten. Er hatte sie nicht von Anfang an durchschaut. Natürlich nicht. Er war anfangs von ihr genauso geblendet gewesen wie Hans und später auch Fritz Lühne. Sie hatte ein gewisses schauspielerisches Talent besessen, dem musste er Respekt zollen, aber schließlich hatte sie ihr Spiel aufgegeben und ihn genau das sehen lassen, was sie auch war: eine Hure.

Eines Tages, als er auf dem Weg zum Strand an Fritz Lühnes Haus vorbeiging, hatte er gehört, wie die beiden es trieben. Er hörte Esthers spitze Schreie und Fritz heiseres Stöhnen. Katherina und die Kinder waren wohl Besorgungen machen oder bei Katherinas Mutter, die sehr krank war.

An Hans fünfunddreißigstem Geburtstag nahm er Esther zur Seite und erzählte ihr, was er gesehen hatte. Sie zündete sich daraufhin fast obszön langsam eine Zigarette an und blies ihm den Rauch ins Gesicht. Dann lächelte sie und sagte: »Wenn du auch nur ein Wort sagst, wirst du es bereuen. Glaube mir, ich weiß, wo es dir am meisten wehtut. Außerdem: Wer würde schon einem Säufer wie dir glauben!«

Er war froh, dass sie in der kalten, dunklen Elbe ersoffen war. Um Hans dagegen hatte er getrauert. Allerdings nur um den Hans, den er gekannt und geliebt hatte, bevor Esther in ihrer beider Leben getreten war.

Aber dann hatte er sie gesehen. Im Supermarkt. Und nun gab es zwei Leichen. Er war sich fast sicher gewesen, dass Esther einen Mord begangen hatte. Da es nun jedoch so schien, als wäre sie auf Neßsand getötet worden, hatte er diese Theorie fallen gelassen. Doch jetzt war Esther wieder da! Er hatte sie gesehen. Fritz Lühne musste bei der Identifizierung einen Fehler gemacht haben.

Der Drang, zur Flasche zu greifen, war groß, aber er beherrschte sich. Nachdem er das zweite Glas Wasser getrunken hatte, bekam er auch das Zittern seiner Hände wieder unter Kontrolle.

Irgendwann am späten Nachmittag hatte er doch ein schlechtes Gewissen bekommen, da er sich für das Abbauen gemeldet hatte. Er wollte niemanden im Stich lassen. Also hatte er sich schließlich, in der Hoffnung, dass Katherina Lühne das Fest schon verlassen hatte, doch aufgerafft und war zum Fischerhaus gegangen.

Und da war sie. Es traf ihn wie ein Schlag. Esther war nicht tot. Sie lebte hier, genau vor seiner Nase. Und das seit vielen Jahren. Wie hatte er nur die ganze Zeit so blind sein können? Eigentlich konnte es gar nicht sein. Er musste Gewissheit bekommen und es gab nur eine Möglichkeit. Doch dafür musste er sich mit ihr treffen. Friedjof kroch zurück in sein Bett. An Schlaf war nicht mehr zu denken. Er hatte jetzt einen Plan …

Auf der anderen Elbseite blickte Stella auf die Wanduhr im Wohnzimmer und stöhnte, als sie sah, dass es bereits drei Uhr morgens war. Sie war auf dem Sofa eingeschlafen und hatte wirres Zeug geträumt. Sie taumelte zum Kühlschrank und nahm sich einen Piccolo heraus. Erst mal musste sie jetzt ihre Gedanken sortieren. Ein Prosecco auf Eis war dafür genau das Richtige.

Jan Domingo hatte ihr heute beim Treppenfest ein Buch in die Hand gedrückt, in dem es um die Geschichte des jüdischen Kinderheims in Blankenese ging. Und sie wusste aus den Gesprächen mit den Lühnes, dass Esther Fröhlich als Waisenkind kurz nach dem Krieg dort aufgenommen worden war. Sie holte das Buch aus der Handtasche und überflog die Seiten auf der Suche nach ihrem Namen. Aber es wurden nur sehr wenige Namen genannt. Enttäuscht legte Stella das Buch wieder zur Seite, nahm es jedoch wieder zur Hand, um die Informationen über die Autorin zu lesen. Sie hieß Anna Witting. Der Klappentext auf der Rückseite verriet einiges über ihr Leben. Sie hatte 1946 viele Kinder und Jugendliche aus dem Konzentrationslager in Bergen-Belsen nach Blankenese geholt. Frau Witting hatte für ihr Engagement viele Auszeichnungen erhalten. Stella juchzte leise, als sie im letzten Absatz las, dass Anna Witting in Hamburg lebte. Sie würde morgen früh als Erstes Jan Domingo eine Nachricht schicken. Er wusste bestimmt, wo sie wohnte. Jan recherchierte akribisch und verwaltete seine Informationen gewissenhafter als so mancher Beamter. Ach was, warum bis morgen warten? Sie griff nach ihrem Handy und schickte eine WhatsApp. Bereits nach zwei Minuten bekam sie eine Antwort mit der Adresse und der Telefonnummer der Autorin sowie der Ermahnung: »Aber denken Sie daran, dass die Dame zweiundneunzig Jahre alt ist.« Stella lächelte. Sie konnte sich gut vorstellen, dass Jan sich gerade seine ganz eigenen Gedanken über den Fall machte.

Irgendwann hatte Stellas Körper der Müdigkeit nachgeben müssen. Sie wurde gegen vierzehn Uhr von einem Sturmklingeln an der Tür geweckt. Einen Moment lang war sie panisch, da sie dachte, es wäre Montag und sie hätte verschlafen. Dann stolperte sie jedoch beim Aufstehen über die leere Flasche Prosecco und ihr fiel wieder ein, dass heute Sonntag war. Kein Grund also, sich aufzuregen. Sie warf einen Blick durch den Türspion und erkannte ihre Nachbarin Sina, die sicherlich ihren Haustürschlüssel vorbeibringen wollte. Denn sie hatte sich netterweise während Stellas Blankenese-Urlaubs um ihre beiden Kater gekümmert.

»Moin, Stella! Ich wollte schon deine Kollegen anrufen, weil du nicht aufgemacht hast. Ich war nämlich heute Vormittag schon mal hier.«

»Man wird ja sonntags wohl mal ausschlafen dürfen. Vielen Dank fürs Kümmern.« Stella warf Sina eine Kusshand zu und wollte gerade die Tür schließen. Aber Sina machte keine Anstalten, den Platz vor der Haustür zu verlassen.

»Ich muss dir unbedingt noch was erzählen. Gestern habe ich im Supermarkt den Tom von unten getroffen und der hat erzählt, dass unser Haus wohl so gut wie verkauft ist. Irgend so ein Mietmogul hat es sich unter den Nagel gerissen. Jetzt soll alles modernisiert und die Mieten drastisch erhöht werden. Wir sollten uns zusammenschließen und an den Mieterverein wenden.«

Stella seufzte. Zwar war eine Sanierung der Wohnung mehr als fällig. Sie hatte sogar noch eine Nachtspeicherheizung. Aber ob sie selbst für eine renovierte Dreizimmerwohnung in Heimfeld tatsächlich mehr ausgeben wollte als jetzt, musste sie sich durch den Kopf gehen lassen. Sie dankte ihrer Nachbarin für die Info und ging in die Küche. Das Nächste, was sie jetzt tun würde, war, sich einen starken Kaffee zu kochen, und das Übernächste, ihre Kollegin Banu anzurufen. Etwaige Gedanken über neue Behausungen mussten erst mal warten.

»Kommen Sie herein, junger Mann. Ich beiße nicht. Und ein schönes Stück Kuchen habe ich auch noch für Sie.«

Jan Domingo musste lächeln. So ähnlich hatte auch die Hexe aus »Hänsel und Gretel« die Kinder in ihr Knusperhäuschen gelockt. Allerdings hatte Sara Huber so gar nichts von der bösen alten Frau aus dem Märchen. Gestern hatte sie einen riesigen Sonnenhut aufgehabt und sich die ganze Zeit mehr oder weniger gebückt hinter ihrem Stand aufgehalten. Er hätte sie heute gar nicht unbedingt wiedererkannt. Sie war recht groß für eine Frau ihres Alters, hielt sich aber vollkommen gerade. Das dicke graue Haar hatte sie kurz geschnitten. Ihr Lächeln offenbarte strahlend weiße und ebenmäßige Zähne. Entweder sie hatte einen sehr fähigen Zahnarzt oder die Natur hatte es gut mit ihr gemeint. Als Angehörige der frühen Nachkriegsgeneration hatte sie mit Sicherheit viel mitgemacht. Hinweise auf Entbehrungen oder schlechte Ernährung gab es in diesem nahezu faltenlosen Gesicht allerdings keine. Vielleicht hatte da jemand nachgeholfen …

Jan bückte sich, um unter dem Türsturz durchzukommen. Erwiesenermaßen wurden die Menschen von Generation zu Generation immer größer. Dieses Fischerhäuschen war jedoch lange vor dieser Entdeckung erbaut worden.

»Vielen Dank, Frau Huber. Ich kann leider nicht lange bleiben.«

»Ich weiß, ich weiß. Ihr jungen Leute habt immer keine Zeit. Das ist bei meinem Sohn genauso.«

Jan folgte Saras Blick zu einer Fotografie, die auf der antiken Anrichte stand. »Ihr Sohn spielt Geige? Dazu wollte meine Mutter mich in meiner Kindheit auch zwingen, ich hatte allerdings sehr zu ihrem Leidwesen absolut kein Talent.«

Sara seufzte. »Damian musste ich zu gar nichts zwingen. Wenn er eine Geige in die Hand nimmt, ist sie nicht mehr einfach nur ein Instrument, sondern ein Teil seines Körpers. Aber Sie sind ja nicht gekommen, um sich meine Schwärmereien über meinen Sohn anzuhören.« Sara zeigte auf eine zierliche Biedermeiersitzgruppe, die so gar nicht zu ihrer ausladenden Figur passen wollte. »Nehmen Sie bitte einen Moment Platz. Ich komme gleich mit den Fotoalben.«

Die Stufen der alten Treppe knarzten, als Sara ins obere Stockwerk stieg. Jan musterte den kleinen Raum, der gleichzeitig Wohnzimmer und Küche war. Er war stilsicher mit alten Möbeln eingerichtet, die stark nach Möbelpolitur rochen. Jan schlenderte zur anderen Seite des Zimmers, wo ein hohes Regal mit Büchern stand. Er war gespannt auf den Literaturgeschmack der alten Dame. Die Bücher waren streng nach Genres sortiert. Er sah viele Bildbände, vor allem über die Bergwelt Bayerns und eine nicht unerhebliche Anzahl an Kochbüchern. Weiter unten befand sich eher seichte Literatur in Form von englischen Mystery-Liebesromanen. Jan ließ die Finger über die Buchrücken gleiten und verweilte bei einem schlanken Gedichtband, »Stimmen der Nacht« von Gustav Huber. Er zog das Buch heraus und schlug wahllos eine Seite auf. Sofort sprangen ihm die Worte »Trauer«, »Grab« und »Tod« entgegen.

»Mein Sohn ist nicht der einzig kreative Kopf in der Familie«, hörte er Saras Stimme hinter sich. »Mein Mann Gustav hat insgesamt drei Gedichtbände herausgebracht. Das Buch, was Sie da haben, ist voller trauriger Gedichte. Daneben steht ›Stimmen des Tages‹. Darin hat er die schönen Momente des Lebens versammelt.«

Jan stellte das Buch zurück ins Regal. »Schreibt er immer noch?«

Sara schüttelte traurig den Kopf. »Nach seinem Schlaganfall kann er keinen Stift mehr halten. Aber wenn ich ihn besuche, lese ich ihm immer Gedichte vor. Ich glaube, das gefällt ihm. Auch wenn er es nicht zeigen kann.« Sie legte einen Stapel Fotoalben vor Jan auf den Tisch. »Das sind alles Fotos von der Warburg-Villa. Datiert von 1945 bis 1948. Ich habe es mir überlegt. Sie können sie behalten. Ich muss mal anfangen, mich von Sachen zu trennen. Und zu den Fotoalben habe ich ja eigentlich keinen Bezug.«

»Vielen Dank, Frau Huber. Das hilft mir bestimmt bei meinen Recherchen. Leider muss ich jetzt los.«

»Dann packe ich Ihnen ein Stück Kuchen ein.« Jan musste lächeln. Vielleicht hatte Sara doch ein kleines Bisschen etwas von der Hexe aus dem Knusperhäuschen.

Im Hinausgehen warf er noch einen Blick auf das Bücherregal. Der Gedichtband von Gustav Huber wäre ein passendes Geburtstagsgeschenk für seine Freundin Lucie. Sie stand auf morbide Lyrik. Wenn er es heute noch online bei seinem Lieblingsbuchhändler bestellte, wäre es mit Glück morgen Abend da.

Der Schweiß lief Linda Lühne bereits in Rinnsalen von der Stirn, aber sie beugte sich nach vorn und trat noch kräftiger in die Pedale des Ergometers. Die Frühaufsteherin war Mitglied in einem Fitnesscenter, das auch an den Wochenenden und Feiertagen bereits um sieben Uhr morgens öffnete. Das Gespräch zwischen Friedjof Hansen und ihrem Vater ging ihr nicht aus dem Kopf. Sie konnte kaum an etwas anderes denken. Natürlich hatte sie ihren Vater am Freitag nicht mehr darauf angesprochen, aber er musste mitbekommen haben, dass sie alles gehört hatte. Linda war froh gewesen, als ihre Mutter frisch frisiert und mit einer Tüte von Hallhuber in der Hand kurze Zeit später das Haus betrat und sie gehen konnte. Ihre Eltern hatten sich nie viel zu sagen gehabt. Das kannte Linda nicht anders. Nun hatte sie zumindest eine Ahnung, was die beiden auseinandergetrieben haben könnte. Allerdings hätte es doch eher ihre Mutter sein müssen, die ihrem Vater die Affäre mit Esther Fröhlich verübelte. Doch sie versuchte immer, ihm alles recht zu machen. Linda hatte das Verhalten von ihrer Mutter ihrem Vater gegenüber immer eher als unterwürfig empfunden. Nun verstand sie es noch weniger.

Sie warf einen Blick auf ihre Pulsuhr und verminderte ihren Antritt etwas. Eins war klar: Ihr Vater würde sich nie erpressen lassen.

Wenn Friedjof also tatsächlich zur Polizei ging, würde eine Menge schmutziger Wäsche in der Öffentlichkeit gewaschen werden. Das würde ihrer Familie, deren Zusammenhalt schon immer sehr fragil gewesen war, schaden.

Außerdem würden die Polizisten ihren Vater für verdächtig halten. Und auch Linda, die ihren Vater liebte, musste zugeben, dass ihn die Affäre mit Esther Fröhlich und der Streit kurz vor ihrem Tod höchst verdächtig machten. Natürlich glaubte sie nicht, dass ihr Vater der Täter war. Er konnte keiner Fliege etwas antun.

Ihre Mutter würde leiden, wenn sie zu der Affäre ihres Vaters befragt würde. Andererseits wäre es vielleicht besser, wenn mal alles auf den Tisch kam und das Netz aus fast vierzig Jahren Lügen zerstört werden würde. Sie war sich absolut nicht sicher, was das Richtige war.

Sie hatte Esther nie kennengelernt, doch jetzt hasste sie sie dafür, dass sie ihrer Familie das angetan hatte. Mittlerweile hatte Linda ihr Tempo wieder beschleunigt und sie merkte, wie ihr Puls in die Höhe schoss. Ob sie ihren Bruder einweihen sollte? Auch wenn er schon sehr lange nur noch wenig Kontakt zu seinen Eltern hatte, da ihr Vater darauf herabsah, dass er *nur* Erzieher geworden war. Es war also mal wieder an ihr zu handeln.

Demir, einer der Trainer, kam auf ihr Trainingsgerät zu. »Linda, in fünf Minuten beginnt der Hot-Iron-Kurs. Falls Sie teilnehmen wollen, sollten Sie jetzt noch ein wenig runterkommen.«

Völlig außer Atem stieg Linda von dem Ergometer und legte sich ihr Handtuch um die Schultern. Sie hatte einen Entschluss gefasst.

Es war ein Sonntag wie aus dem Bilderbuch. Sie hatten alle lange geschlafen, und Can hatte sich sogar bereit erklärt, mit seinem Vater zu seiner Oma zu fahren, um dort Unkraut zu jäten. Vielleicht wurde die virtuelle Welt doch langsam langweilig. Gegen Mittag hatte Dina, eine von Merves früheren Freundinnen, angerufen, und gefragt, ob sie heute Nachmittag mit auf den Dom wollte. Zu ihrem Erstaunen hatte Merve eingewilligt. Banu war sehr gespannt darauf, ob ihre Tochter heute ihr Kopftuch tragen würde. Dann hatte ihr Handy geklingelt. Und nun saß sie mit Stella in deren Auto und würde gleich eine zweiundneunzigjährige Autorin zu einem kleinen Mädchen befragen, das diese vor zweiundsiebzig Jahren flüchtig kennengelernt hatte. So konnte man seinen Sonntag auch verbringen.

Andererseits musste sie zugeben, dass Stella in der Vergangenheit häufig auch unkonventionelle Einfälle gehabt hatte, die zur Lösung eines Falles geführt hatten.

»Und das alles nur, weil du dich wunderst, dass Esther den Hund nicht mochte?« Sie schüttelte ungläubig den Kopf.

»Nicht nur deshalb. Sie wird von allen als sehr sprunghaft und charakterlich inkonstant beschrieben. Aber tatsächlich gab der Hund den Ausschlag.« Stella betätigte den Blinker und bog mit der für sie typischen Geschwindigkeit in die Wendlohstraße ein. Banu hielt sich an der Halteschlaufe fest.

Das Haus von Anna Witting war von einer hohen Buchsbaumhecke umgeben, in die ein schmiedeeisernes Tor integriert war. Stella klingelte. Eine weibliche Stimmte ertönte durch die Gegensprechanlage und Stella nannte ihren Namen. Da sie bereits telefonisch angemeldet war, bedurfte es keiner näheren Erläuterungen. Schon kurze Zeit später sah Banu eine schlanke Gestalt mit langem geflochtenen Zopf auf sie zukommen. Diese Person konnte doch unmöglich zweiundneunzig Jahre alt sein.

»Guten Morgen! Ich bin Ella Dohrmann, die Tochter von Anna Witting. Leider ist der Türmechanismus kaputt. Deshalb muss ich Sie auf manuelle Art hereinlassen.« Sie lächelte die beiden Kommissarinnen freundlich an. »Wir bekommen nicht mehr so oft Besuch. Meine Mutter wird sich bestimmt freuen.« Banu ging dicht hinter Ella Dohrmann und nahm einen dezenten Duft nach Sommerblumen wahr. Das Parfum passte zu der sympathischen Frau.

Vor der Veranda blieb Ella stehen. »Bevor Sie sich mit meiner Mutter unterhalten, kurz noch dieses: Sie ist leider seit einiger Zeit sehr vergesslich. Vor allem, was das Kurzzeitgedächtnis angeht. Da lange niemand mehr mit ihr über ihre Erlebnisse im Krieg und direkt danach gesprochen hat, weiß ich nicht, wie klar ihre Erinnerungen sind.«

Banu nickte verständnisvoll. Auch bei ihrer eigenen Mutter hatte sie das Gefühl, dass die Gedächtnisleistung langsam nachließ. In letzter Zeit verwechselte sie Can häufig mit Umut, dem Sohn ihrer Schwester. Und sie schämte sich für die Barschheit, mit der sie ihre Mutter dann zurechtwies. Denn in solchen Momenten empfand sie vor allem Hilflosigkeit.

Anna Witting saß auf einem brauen Rattansessel auf der Veranda und hatte eine Stola um die Schultern geschlungen. Vor ihr standen ein Glas mit Eistee und ein Teller mit einer Scheibe Toast, dessen Rand abgeknabbert war.

»Mama, das sind die Kommissarinnen, von denen ich dir erzählt habe. Frau Brandes und Frau Kurtoğlu.«

Anna Witting grüßte und wies auf die beiden Sessel neben sich. Sie nahm ihr Glas in die Hand und schwenkte es, bis die Eiswürfel klirrten. Dann stellte sie es wieder auf den Tisch, ohne einen Schluck daraus genommen zu haben. »Das Konzentrationslager Bergen-Belsen war ein verfluchter Ort. Ich habe dort viele Leute sterben sehen.«

Stella zog das Buch von Anna Witting aus ihrer Tasche und legte es vor sie. »Wir sind interessiert an Esther Fröhlich. Vor ihrer Ehe hieß sie Rubinstein. Gehörte sie zu den Kindern, die Sie nach Blankenese gebracht haben?«

Für einen Moment schloss Anna Witting die Augen und Stella dachte, sie wäre eingeschlafen. Dann öffnete sie sie jedoch wieder und sah Stella direkt ins Gesicht. »Ja, aber es ist so lange her. Es war ein ganz besonders heißer Sommertag und das ganze Lager stank nach Tod. Ich ging durch die Baracken und suchte nach jüdischen Kindern, die ich mit nach Blankenese nehmen konnte.« Sie brach kleine Stücke vom Toast ab, die sie über die Verandabrüstung hinweg auf den Rasen warf. Nach einer Weile kam ein Rotkehlchen und pickte die Krümel auf. »Das ist meine Freundin«, sagte Anna Witting und zeigte auf den Vogel. »Eigentlich ist es eine verzauberte Prinzessin.« Sie lächelte die beiden Kommissarinnen fast verschwörerisch an und wollte das Brot an Banu weiterreichen. »Wenn Sie ihr etwas geben, wird sie auch Ihre Freundin.«

Stella räusperte sich laut und in Anna Wittings Gehirn schien sich die Tür zur Traumwelt wieder zu schließen. »War Esther in einer der Baracken?«

Anna Witting nickte langsam. »Zunächst sah ich nur ihre Mutter. Ein Mädchen von etwa sechzehn Jahren. Sie hatte Typhus im Endstadium. Gerade als ich sie verlassen wollte, da nichts mehr zu machen war, kroch Esther unter ihrer Bettdecke hervor.«

Stella blinzelte Banu an, erfreut darüber, dass Anna Witting sich wieder erinnerte. Sie lächelte sie aufmunternd an. Wer weiß, wann die alte Dame wieder den Pfad der Realität verließ. Denn nun kam die Frage, auf deren Antwort es ankam. »Wissen Sie, ob Esther noch eine Schwester hatte? Eventuell sogar einen Zwilling?«

Anna Witting blickte sie unverwandt an. »Dann hätte ich die doch wohl auch mit nach Blankenese genommen.«

Banu legte der alten Frau eine Hand auf den Arm. »Möglicherweise war die Schwester ja gar nicht mehr da. Vielleicht war sie verschwunden. Es sind während des Krieges viele Zwillingspärchen getrennt worden.«

»Hat die Mutter von Esther etwas darüber gesagt?«, fragte Stella.

Anna Witting schüttelte den Kopf. »Nein! Natürlich könnten die Geschwister auf dem Weg von Auschwitz nach Bergen-Belsen getrennt worden sein. Oder die Zwillingsschwester hat den Transport nicht überlebt. Eventuell gibt es in Bergen-Belsen Aufzeichnungen darüber. Aber jetzt bin ich müde. Ella«, rief sie mit hoher Stimme, »die beiden Krankenschwestern können jetzt gehen. Ich möchte meine Medizin nicht nehmen.« Sofort kam ihre Tochter auf die Veranda, als hätte sie in Hörweite gestanden und nur auf dieses Zeichen gewartet. Sie lächelte Banu und Stella entschuldigend zu. »Diese Schwankungen kommen so plötzlich. Der Arzt sagt, dass sie irgendwann nur noch in ihrer Traumwelt leben wird. Wahrscheinlich wäre das besser so!«

Stella sah, wie Ella Dohrmann die Tränen wegblinzelte. Als sie sich bereits auf der Treppe der Veranda befanden, setzte Anna Witting nochmals zum Sprechen an. »Es ist komisch, dass Sie nach der Zwillingsschwester fragen. Das hat mich schon mal jemand gefragt. Eine Frau. Ist aber schon eine ganze Weile her!«

Sofort drehte Stella sich um. »Können Sie sich noch erinnern, wer das war?« Doch sie sah, dass sich der Vorhang vor der Bühne der Realität bereits wieder gesenkt hatte.

»Die verzauberte Prinzessin«, flüsterte die alte Frau und zeigte auf das Rotkehlchen.

Beifahrerin zu sein, wenn Stella fuhr, war für Banu immer eine nervliche Herausforderung. Gerade wollte sie ihre Kollegin darauf hinweisen, dass beide Hände ans Steuer gehörten, als ihr Diensthandy anfing zu klingeln. Als der Name »Thorsten Fock« auf dem Display erschien, erwog sie tatsächlich, den Anruf wegzudrücken. An diesem Wochenende musste die Mordbereitschaft 5 nicht rund um die Uhr erreichbar sein. Doch natürlich siegte wie immer ihr dienstliches Gewissen, gepaart mit etwas Neugier.

»Wir haben einen Toten«, hörte sie die Stimme ihres Chefs. »Aber die M4 hat Dienst. Und an diesem Wochenende sind sie tatsächlich alle gesund«, gab Banu fast trotzig zurück.

»Das Tötungsdelikt scheint unmittelbar mit dem Neßsand-Fall zu tun zu haben. Deshalb hat Tammo Ahrend mich eben angerufen. Ich habe gesagt, dass wir übernehmen.«

»Aber ich wollte heute Abend mit meinem Mann essen gehen«. Banu merkte selber, dass ihr Protest ziemlich schwach klang. Aus den Augenwinkeln sah sie, wie Stella sie neugierig anblickte.

Thorsten Fock überging ihre Einwände. »Der Tote ist Friedjof Hansen. Er liegt in seinem Haus. Ihr habt ihn doch neulich verhört. Ich rufe die anderen an und dann treffen wir uns dort.« Er gab den Fundort der Leiche durch. Banu informierte ihn noch kurz, dass Stella neben ihr saß und beendete den Anruf.

»Ich glaube kaum, dass das ein Zufall ist«, sagte Stella und hielt auf dem Parkstreifen, um Friedjof Hansens Adresse ins Navi einzugeben.

Der kleine verwahrloste Garten in der Breckwoldtstraße war voller Menschen. Die Rettungssanitäter packten gerade ihre Sachen zusammen. Für sie war hier nichts mehr zu tun. Banu und Stella wurden an dem schief in den Angeln hängenden Gartentor von ihrem Chef begrüßt.

»Geht bitte rein. Ich werde gleich die Journalisten abfangen. Gefunden hat ihn eine Sara Huber. Sie sitzt drinnen.« Sie drängten sich zwischen den Schaulustigen hindurch. Banu entdeckte Gunnar, der mit Katherina Lühne sprach. Die alte Frau hatte dunkle Ringe unter den Augen und strich sich nervös eine Haarsträhne aus dem Gesicht. Sie grüßte nicht, als die beiden Kommissarinnen an ihr vorbeigingen. Auf ihrem Gesicht bemerkte Banu kein Zeichen des Erkennens.

Die Tür zu Friedjof Hansens Haus war angelehnt. Obwohl Banu die Fischerhäuser von außen kannte, war sie überrascht, wie winzig dieses Haus von innen aussah. Der einzige Raum im Erdgeschoss, neben dem Badezimmer, war vollgestellt mit einem Sammelsurium nicht zusammenpassender Möbel. Diese wiederum waren überladen mit Gegenständen aller Art. Und mitten in einem Haufen Porzellanscherben lag die Leiche von Friedjof Hansen. Das aus der Kopfwunde noch immer austretende Blut mischte sich mit dem Kaffee, der aus der zertrümmerten Kanne gelaufen war. Neben dem Toten stand Thies Seligmann, Banus Lieblingskollege aus der Rechtsmedizin. Die Mitarbeiter der Spurensicherung untersuchten die unmittelbare Umgebung des Toten und verstauten verschiedene Gegenstände in kleinen Tüten. Banu und Stella waren in dünne Kunststoffoveralls geschlüpft, die ihnen am Eingang gereicht worden waren.

»Der Tod ist erst vor kurzer Zeit eingetreten. Vermutlich zwischen vierzehn und siebzehn Uhr.« Der Rechtsmediziner begegnete Banus fragendem Blick. »Wir haben auf dem Küchentresen eine Schachtel Marcumar gefunden. Die Wunde wird also noch eine ganze Zeit weiterbluten.«

»Kannst du schon was zur Todesursache sagen?«, fragte Banu. »Er ist mit dem Kopf auf die Kante der Anrichte gefallen.« Thies Seligmann zeigte auf den kleinen Schrank mit der Platte aus Marmor. »Hier dran klebt Blut. Die Wunde am Hinterkopf passt dazu.«

Erst jetzt sah Banu eine zusammengekauerte Person auf dem zerschlissenen Sofa sitzen. Die Frau weinte in ein Papiertaschentuch. Auf dem Schoß hatte sie ein großes Stück Apfelstrudel. Es war Sara Huber, die Banu beim

Treppenfest am Kuchenstand gesehen hatte. Sie ging vor ihr in die Hocke, um ihr in die Augen sehen zu können.

»Es ist so schrecklich. Der arme Friedjof«, schluchzte die Frau, verschränkte ihre Arme und begann mit den Händen ihre Oberarme zu kneten. Die Tränen tropften auf ihre bestickte Leinenbluse und den Apfelstrudel.

»Haben Sie die Leiche gefunden?«, fragte Banu. Sara Huber nickte stumm. Auch Stella stand jetzt neben dem Sofa. »Bitte schildern Sie uns genau, wie Sie den Toten aufgefunden haben.«

Sara Huber seufzte schwer, fasste sich jedoch und wischte die Tränen mit dem Ärmel ihrer Bluse ab. Die Wimperntusche hinterließ schwarze Flecken auf dem beigen Stoff. »Friedjof kam gestern noch spät zum Treppenfest. Er war aber so komisch, so wirr. Ich wollte mich nur erkundigen, ob es ihm gut geht, denn Nachbarn sollten einander helfen, und habe ihm einen Kuchen gebracht.« Sie fing wieder an zu weinen. »Ich habe geklopft, denn er hat seine Klingel meistens abgestellt. Die Tür war nicht verschlossen und als keiner kam, bin ich einfach reingegangen. Und dann, und dann …«, Sara Huber schluchzte, »sah ich ihn hier auf dem Rücken liegen. In seinem eigenen Blut.«

Banu legte ihr eine Hand auf die Schulter. »Ist Ihnen sonst etwas aufgefallen?«

»Ich bin gleich zu ihm hingegangen, weil ich dachte, ich könnte noch Erste Hilfe leisten.« Sie blickte von Banu zu Stella. »Ich habe nämlich neulich im Seniorenheim, wo mein Mann lebt, einen Erste-Hilfe-Kurs mitgemacht. Aber er hatte ganz glasige Augen. Ich habe ihm meinen Schminkspiegel vor den Mund gehalten, um zu sehen, ob der Atem darauf beschlägt. Er war aber schon tot.«

»Das haben Sie gut gemacht«, lobte Banu Sara Huber, die ihr unter Tränen zulächelte.

»Sah es hier drinnen denn aus wie sonst auch?«

Sara Huber bejahte. »Friedjof hat nichts von Ordnung gehalten. Er hat nie etwas weggeschmissen. Aber das ganze Porzellan lag auf dem Boden. Als hätte Friedjof mit jemandem gekämpft.«

Banu bejahte. Das war auch ihr erster Eindruck. Thies Seligmann gesellte sich zu ihnen. »Ich nehme den Toten jetzt mit. Wir sehen uns bei der Obduktion.« Banu nickte ihm zu und wandte sich dann wieder an Sara Huber. »Sie sollten jetzt auch nach Hause gehen. Wir werden uns morgen noch mal mit Ihnen unterhalten. Manchmal fallen einem am nächsten Tag Details ein, die man durch die Aufregung verdrängt hat. Soll ich Ihnen eine Beamtin schicken?«

Sara Huber schüttelte den Kopf. »Ich komme schon klar. Jemand Fremdes würde mich nur stören.«

Banu hatte bemerkt, wie sich die Haltung der Frau verändert hatte. Sie hatte die Schultern zurückgenommen und saß jetzt aufrecht, die Hände locker auf den Knien. Kein Vergleich zu dem Häufchen Elend, das sie eben vorgefunden hatten. Sie lächelte Banu und Stella fast hochmütig an.

»Hinfallen, aufstehen, Krönchen richten, weitergehen«, flüsterte Stella neben ihr.

Auszug aus den Aufzeichnungen vom 26. April 1973

– *Sie haben gerade gesagt, dass Luise diejenige war, die Ihnen ein Art Versteckspiel vorgeschlagen hat. Worin bestand das genau?*
– *Wir sollten uns als die jeweils andere ausgeben.*
– *Was sollte das für einen Sinn haben?*
– *Luise sagte, dass alle anderen Menschen dumm seien. So könnten wir das beweisen und sie alle an der Nase herumführen. Ich weiß, das klingt jetzt sehr oberflächlich, aber alles in allem waren wir beide von den Menschen bisher fast ausschließlich enttäuscht worden. Wir vertrauten keinem mehr. Nur uns gegenseitig.*
– *Ich kann mir nicht gut vorstellen, dass so was möglich ist. Dass Sie Luise wurden und Luise Sie. Und niemand etwas davon gemerkt hat.*
– *Glauben Sie mir etwa nicht?*
– *Ich weiß, dass Sie sich sehr mit Ihrer Zwillingsschwester beschäftigen. Schließlich sind Sie zu mir gekommen, weil Sie sich schlecht dabei fühlen, dass Luise Sie kontrolliert. Sie sagten, dass ein Teil von Ihnen sein eigenes Leben leben möchte. Aber der andere Teil Luise nicht verletzen und schon gar nicht verlieren möchte.*
– *Ich kann Ihnen sagen, dass es gar nicht schwer war, unser Spiel zu spielen, ohne dass es jemand bemerkte. Ich hatte Ihnen ja schon erzählt, dass Luise auf dem Transport von Auschwitz nach Bergen-Belsen von einer Aufseherin gestohlen wurde, die dann mit ihr aus dem Lager geflohen ist, weil sie ahnte, dass Deutschland den Krieg verlieren würde. Und sie wollte dann natürlich nicht für ihre Taten zur Rechenschaft gezogen werden. Sie hatte*

den jüdischen Frauen und Kindern, bevor sie in Auschwitz in die Gaskammern gegangen sind, Schmuck abgenommen, den sie irgendwie aus dem Lager geschmuggelt hatte. Ihre fixe Idee war, dass Gott sie vielleicht milder beurteilen würde, wenn sie alles, was sie verbrochen hatte, an einem jüdischen Kind wiedergutmachen würde. Sie hauste mit Luise auf einem kleinen Gehöft weit außerhalb von Lüneburg in einem Wald. Sie betrieben Landwirtschaft und verkauften Waren auf dem Markt. Eier und Wolle und solche Sachen.

– *Ihre Mutter hat Ihnen gegenüber nie von Ihrer Zwillingsschwester gesprochen?*
– *Das habe ich Ihnen doch schon mehrfach gesagt. Ich erinnere mich nicht an meine Mutter.*
– *Und auch Luise wusste nichts von Ihnen?*
– *Ihre »Pflegemutter« hat ihr auf dem Sterbebett von mir erzählt. Das war auch der Grund, warum sie bei der Eröffnung des Dokumentenhauses nach Bergen-Belsen gekommen ist. Als wir uns dort sahen, waren wir beide so überwältigt, dass wir uns geschworen haben, uns nie wieder zu trennen. Wir lebten fast fünf Jahre gemeinsam in ihrem kleinen Bauernhaus, total abgeschieden. Wir hatten ja so viel nachzuholen. Luise verkaufte nach und nach das Gold aus ihrem Nachlass. Und wir lebten sehr sparsam.*

Ich hatte nur noch ein paar Sachen aus Hamburg geholt und meinen Vermietern gesagt, dass ich ein wenig rumreisen möchte. Mir die Welt ansehen. Luise wollte, dass wir uns alles teilen. Und als ich fragte, ob wir uns dann auch die Männer teilen sollten, kam ihr die Idee mit dem Spiel.

– *Und wie kamen Sie dann wieder zurück nach Hamburg?*
– *Im April 1971 gab es eine große Gedenkfeier, da vor fünfundzwanzig Jahren die ersten jüdischen Waisenkinder in das Kinderheim nach Blankenese gebracht wurden. Ich wollte gern dorthin gehen, denn eigentlich sah ich die Warburg-Villa als mein Elternhaus an. Luise wollte das zunächst nicht, meinte aber, dass dies ein guter Anfang für unser Spiel sei. Ich sollte für einige Tage nach Hamburg zurückgehen und alles ganz genau in einem Tagebuch aufschreiben, was ich gesagt und getan habe. Dann sollte ich zurückkommen und ihr das Tagebuch geben, damit sie sich über alles genau informieren könne. Danach würde sie für einige Tage nach Hamburg gehen und meine Rolle einnehmen. Dann wieder ich und so weiter. Zunächst schien mir das abwegig, doch je länger ich darüber nachdachte, desto besser gefiel mir die Idee. Wir lachten viel, als wir uns all das ausdachten. Die Welt wollte betrogen werden. Der Rollentausch lief natürlich so lange problemlos, wie wir nur ganz lose Kontakte in Hamburg knüpften. Aber im Juli 1971 lernte ich einen Mann kennen, ich nenne ihn mal Max, und verliebte mich.*
– *Sie wissen aber schon, dass nichts von dem, was Sie mir erzählen, nach außen dringt. Sie können also ruhig den richtigen Namen Ihres Freundes nennen.*
– *Es ist mir lieber so. Ich vertraue Ihnen zwar, aber ich habe schon so viel erlebt.*
– *Wie Sie wollen. Und wie passte das in Ihr Spiel?*
– *Ich dachte, dass wir das Spiel beenden müssten, aber Luise meinte, dies sei eine wichtige Prüfung für uns, die*

zeigen würde, wie nah wir uns wirklich stehen. Wir spielten unser Spiel also weiter. Max wohnte noch bei seinen Eltern. Und als Luise zum zweiten Mal in meine Rolle geschlüpft war, meinte sie, sein Vater würde sie komisch ansehen und wir müssten uns von ihm trennen, wenn unser Spiel nicht auffliegen solle. Als sie beim nächsten Mal in Hamburg war, stellte Max ihr einen Freund vor. Luise fand, dies sei genau der richtige Mann für uns. Er lebte in einer sehr abgeschiedenen Ecke Hamburgs, schien nicht besonders gewitzt zu sein und hatte sich sofort in sie verliebt.

MONTAG, DEN 20. AUGUST 2012

Ein Schmetterling war durchs Fenster gekommen, drehte eine Runde im Besprechungsraum und flog immer wieder gegen die Scheibe. Stella stand auf und öffnete das Fenster, um das Insekt hinauszulassen. Einen Moment presste sie ihre Stirn gegen das kühle Glas, denn im Raum war es sehr stickig. Hamburg wartete seit Stunden auf das erlösende Gewitter.

»Ihr wollt also zur Gedenkstätte Bergen-Belsen fahren? Um genau was zu tun?«, fragte Thorsten Fock.

Stella und Banu hatten ihren Kollegen kurz ihren Besuch bei Anna Witting geschildert. Nun hatte Stella das Gefühl, sie müsste ihre Gedanken auf ein niedriges Niveau herunterbrechen, damit ihr Chef verstand, warum der Besuch des ehemaligen Konzentrationslagers wichtig war. Normalerweise waren die Gedankengänge von Thorsten Fock sehr rege, aber die schwere Gewitterluft schien seinen Intellekt zumindest zum Teil lahmgelegt zu haben. Auch Gunnar und Armin blickten sie verständnislos an.

»Also gut, noch mal von vorn«, setzte sie übertrieben geduldig an, »gestern Abend …«

»Als du auf dem Toilettendeckel gesessen hast und über deine Katzen nachdachtest«, fiel ihr Gunnar ins Wort.

Stella war ganz knapp davor, ihrem Kollegen den Mittelfinger zu zeigen. Sie widerstand jedoch und lächelte Gunnar stattdessen betont zuckersüß an. »Gut aufgepasst, mein Lieber. Ich habe mir Gedanken darüber gemacht, wie es möglich sein kann, dass Esther den Familienhund mal liebte und mal Angst vor ihm hatte. Ihr wisst, dass sie von ihren Nachbarn und Freunden mit vielen sehr unterschiedlichen Eigenschaften belegt wurde.« Sie ging zu einem Flipchart und zeigte auf eine Aussage von Marlies Fiebig, einer entfernten Bekannten der Fröhlichs. »Ich zitiere: ›Manchmal hätte man denken können, dass es zwei verschiedene Menschen sind.‹ Einige der konträren Charakterzuweisungen davon können sicherlich durch Stimmungsschwankungen erklärt werden, aber ein Tier liebt man entweder oder nicht. Hier muss man sich auch nicht verstellen wie manchmal bei einem Menschen. Dieselben Menschen sagten aus, dass Esther den Hund mal geherzt und mal verängstigt weggestoßen hat, und als das Tier eingeschläfert wurde, hat sie keine Träne vergossen, obwohl er vier Wochen vorher noch bei ihr auf dem Sofa geschlafen hat.«

»Okay, so weit kann ich folgen«, sagte Thorsten. »Und du bist zu der Schlussfolgerung gekommen, dass Esther zwei verschiedene Menschen waren?«

»Bingo«, sagte Stella und schnippte mit den Fingern. Wie um diese Erkenntnis lautmalerisch zu unterstreichen, fing es in der Ferne an zu donnern und die ersten Blitze zuckten über den Himmel.

Banu, die bisher geschwiegen hatte, mischte sich nun ebenfalls in die Unterhaltung ein. »So weit hergeholt ist das gar nicht. Anna Witting hat uns bestätigt, dass es häufig vorkam, dass Geschwister im Krieg getrennt wurden und sich dann irgendwie wiedergefunden haben.«

»Ist das die Frau, die mit den Vögeln spricht?«, fragte Armin, der nur mühsam ein Grinsen unterdrückte.

»Sie hatte durchaus helle Momente«, gab Stella zurück. »Und sie hat erwähnt, dass sich vor langer Zeit schon mal jemand nach Esthers Zwilling erkundigt hat.« Stella verschwieg allerdings, dass Anna Witting gesagt hatte, es wäre das Rotkehlchen gewesen.

»Das ist allerdings interessant«, sagte Thorsten. »Nur mal als Gedankenspiel. Was wäre denn, wenn es die Zwillingsschwester tatsächlich gegeben hätte?«

Stella musste zugeben, dass sie darauf auch noch keine Antwort gefunden hatte, die wirklich zufriedenstellend war. Vielleicht war das Gedankenkonstrukt doch etwas weit hergeholt. Bisher häuften sich die Hinweise auf mögliche Täter jedoch nicht gerade, sodass jede Idee zu Ende gedacht werden konnte. Interessanterweise sprang ausgerechnet der eben noch so skeptische Armin ihr zur Seite. »Ich merke schon, dass hier keiner von euch Töchter hat, die Hanni und Nanni gelesen haben. Wenn Zwillinge eineiig sind, können sie sich füreinander ausgeben und tun es, zumindest in Geschichten, auch.«

»Also haben Esther und ihre Schwester ab und zu mal ihre Leben getauscht, und ihr Mann hat nichts davon gemerkt?« Gunnar klang nicht überzeugt.

Banu drehte sich zu der beklebten Wand um und zeigte auf die Charakterporträts der bisher bekannten Akteure, die auf Karten geschrieben nebeneinander hingen. »Hans Fröhlich wurde von allen übereinstimmend als einfältig und gutherzig beschrieben. Er konnte weder rechnen noch richtig lesen oder schreiben. Ich will damit nicht sagen, dass alle Menschen mit Lerndefiziten nicht in der Lage sind zu erkennen, wer ihr wirklicher Ehepartner ist. Dennoch könnte es gerade in diesem Fall so gewesen sein.«

»Vielleicht wusste Hans es ja auch und fand das ganz gut. Die drei hatten eine kleine Dreierbeziehung auf der Insel, und damit niemand das Idyll gestört hat, haben sie das vor den anderen geheim gehalten. Gerade Anfang der Siebzigerjahre gab es doch jede Menge Kommunen mit freier Liebe und so«, warf Armin ein.

Stella zeigte stirnrunzelnd noch mal auf die Aussagen, die an der Wand über Hans Fröhlichs Charaktereigenschaften hingen. »Meint ihr, dass dieser Mann ein zweiter Rainer Langhans war? Wohl kaum …«

Banu ging gar nicht weiter auf Armins Bemerkung ein. »Und wir erinnern uns, dass Friedjof Hansen meinte, Esther nach ihrem Tod gesehen zu haben. Das könnte ihre Zwillingsschwester gewesen sein.«

»Um ehrlich zu sein, wollte ich euch heute mitteilen, dass wir den Fall Ende der Woche zu den Akten legen, falls nichts mehr kommt. Aber der Tod des alten Mannes hat ja möglicherweise mit den Morden auf Neßsand zu tun. Ein Raubmord war es jedenfalls nicht.« Thorsten kratzte sich am Kopf und kaute gedankenverloren auf dem Ende seines Kugelschreibers herum. Seit er aufgehört hatte zu rauchen, hatte er sich diese Verhaltensweise angewöhnt. »Rein hypothetisch könnte es Esthers Schwester gewesen sein, die ihn ausgeschaltet hat. Falls es sie tatsächlich gibt. Aber warum gerade jetzt? Die Kollegen sind damals seiner Aussage, dass er sie nach ihrem Ableben gesehen hat, nicht weiter nachgegangen, da sie es für die Halluzination eines Trinkers hielten.«

Banu zuckte die Achseln und nahm ihrem Chef den Stift aus dem Mund. »Das ist schlecht für die Zähne.« Dann drückte sie ihm einen Lolli in die Hand, den sie noch von Cans letzter Geburtstagsfeier in ihrem Blazer gefunden hatte. »Vielleicht hat sie von dem Leichenfund gehört und ist nach Blankenese gekommen. Und Friedjof hat sie erkannt.«

»Aber was wollte sie mit ihrem Kommen bezwecken? Wenn ich sie gewesen wäre, würde ich doch lieber wegbleiben.«

»Oder sie hat schon eine ganze Weile unbemerkt im Treppenviertel gewohnt. Wie ist es denn mit unserer lieben Abigail, der englischen Möchtegern-Lady?«, sagte Gunnar. »Sie ist auf jeden Fall in einem ähnlichen Alter wie Esther war. Ich denke, wir müssen ihr dringend noch etwas stärker auf den Zahn fühlen. Auf jeden Fall muss ihr Alibi für gestern gecheckt werden.«

Stella nickte. »Außerdem behauptet sie, Esther Fröhlich nicht gekannt zu haben, aber laut der Recherchen von Jan Domingo müssten sie zur selben Zeit in dem jüdischen Kinderheim gewesen sein.«

»Da ist er wieder, dieser Name.« Gunnar sah aus, als hätte er Zahnschmerzen. Dabei hatte Jan Domingo ihnen vor zwei Jahren ziemlich unter die Arme gegriffen.

»Esther und auch Abigail waren da noch sehr klein. Vielleicht kann sie sich nur deshalb nicht an sie erinnern. Außerdem waren es viele Waisenkinder, die gleichzeitig in der Warburg-Villa gelebt haben.«

Mittlerweile hatte es anfangen zu regnen. Große Tropfen prasselten gegen die Scheibe. Stella öffnete das Fenster ganz, steckte ihren Arm raus und ließ sich den Regen über die Hand laufen. Eine Weile sagte keiner ein Wort.

»In diesem Zusammenhang kommen mir auch die Lühnes komisch vor. Verlassen wir mal diese ganze Zwillingshypothese, obwohl ich, seit ich gestern auf dem Toilettendeckel saß, sehr an ihr hänge.« Stella blinzelte Gunnar zu. »In welchem Verhältnis standen Fritz Lühne und Friedjof Hansen vor vierzig Jahren?«, fragte sie. Sie blickte zu den Karten an der Wand, um sich dann nach wenigen Sekunden selbst eine Antwort zu geben. »Sie sind beide im Treppenviertel aufgewachsen und auf dieselbe Schule gegangen. Jedoch war Fritz zwei Klassenstufen höher. Beide waren mit Hans Fröhlich befreundet. Untereinander hatten sie kaum Kontakt, denn Friedjof schien auch damals schon sehr eigenbrötlerisch gewesen zu sein. Falls er Beziehungen zu anderen Menschen gehabt hatte, hat er dies für sich behalten.«

»Jedoch hatte er starke Emotionen in Bezug auf Esther. Nach eigenen Aussagen hat er sie gehasst. Ob Fritz das überhaupt wusste? Vielleicht hat er es jetzt irgendwie herausgefunden, den Schluss daraus gezogen, dass Friedjof Esther und seinen Freund Hans umgebracht hat, und hat dann wiederum ihn getötet«, sagte Gunnar.

Stella schüttelte den Kopf. »Fritz sitzt im Rollstuhl und kann das Haus nicht allein verlassen. Er hätte eine Komplizin oder einen Komplizen gebraucht.«

»Seine Frau?«, fragte Armin in die Runde. »Sie scheinen keine sehr harmonische Beziehung zu führen. Ich kann mir nicht vorstellen, dass sie bei irgendetwas Komplizen sind. Sie reden ja kaum ein Wort miteinander.«

»Wie wir wissen, versteht er sich sehr gut mit seiner Tochter. Ich denke, wir sollten sie zumindest nach ihrem Alibi für den gestrigen Sonntagnachmittag fragen. Gunnar und Armin, das könnt ihr übernehmen. Wahrscheinlich ist sie jetzt gerade bei der Arbeit. Und die Nachbarn, die gestern nicht vor Ort waren, schafft ihr auch noch. Ganz wichtig sind die Dinsleys.«

Thorsten packte den Lolli aus und steckte ihn sich in den Mund. »Also gut. Auch wenn ich nicht unbedingt ein Anhänger dieser Zwillingshypothese bin, sollten wir das klären. Stella gibt ja sonst keine Ruhe.« Er nickte Banu zu. »Du klemmst dir jetzt gleich deine Kollegin unter den Arm, und ihr fahrt zur Gedenkstätte Bergen-Belsen. Ist ja nicht so weit.« Dann stand er auf und ging zum Telefon. »Und ich werde Seligmann anfunken. Falls er irgendwelche tauglichen Spuren des Täters im Fall Friedjof Hansen findet, soll er sie mit der DNA von Esther Fröhlich vergleichen.«

Die eintönige Landschaft raste deutlich schneller am Autofenster vorbei, als es mit der erlaubten Höchstgeschwindigkeit der Fall gewesen wäre.

»Einer rast, fünf sterben!«, las Banu laut und übertrieben deutlich die Beschriftung des Schildes vor, das an der Autobahn stand und die Menschen zum achtsamen Autofahren auffordern sollte.

»Dann haben wir ja Glück. Wir sind nur zwei«, gab Stella zurück und drückte das Gaspedal durch. »Außerdem freut der Dienstwagen sich, wenn er mal ordentlich ausgefahren wird.« Banu schloss die Augen und fügte sich in ihr Schicksal. Was blieb ihr auch anderes übrig? Sie war eigentlich dankbar gewesen, als Stella angeboten hatte zu fahren, denn Banu kannte nur den Hamburger Stadtverkehr. Und da bewegte man sich üblicherweise in Tempo dreißig vorwärts.

Stella warf den Blinker an und fuhr bei der Ausfahrt »Soltau-Süd« von der Autobahn ab. »Sieh es doch mal so:

Wir haben schon eine halbe Stunde gespart. Wenn du fahren würdest, wären wir jetzt gerade in Hamburg auf die Autobahn aufgefahren.«

»Hauptsache, du weißt, wo hier überall Blitzer stehen. Ich glaube nicht, dass Thorsten so begeistert sein wird, wenn unzählige Strafzettel wegen Überschreitung der Höchstgeschwindigkeit auf seinem Schreibtisch landen.«

Stella schüttelte lächelnd den Kopf, bremste dann aber ab.

»Geht doch«, sagte Banu und atmete auf. »Schließlich haben wir wohl beide nicht mehr vor, heute noch im Präsidium zu erscheinen.«

»Es kommt ganz darauf an, was wir in Bergen-Belsen finden. Ich bin mir sicher, dass dort etwas ist«, antwortete Stella.

Banu bewunderte den Enthusiasmus ihrer Kollegin, war jedoch nicht ganz so optimistisch. »Ich kann ja dem Gedankengang mit der Zwillingsschwester folgen, aber die Befreiung von Bergen-Belsen ist fast siebzig Jahre her. Ob es irgendwelche Aufzeichnungen gibt, die diese lange Zeitspanne überlebt haben?«

»Ich habe gestern Abend noch das Internet durchforstet. Zwar haben Mitglieder der SS die Häftlingsregistratur kurz vor Kriegsende verbrannt. Nach und nach sind jedoch aus verschiedenen Quellen Namen von Inhaftierten zusammengetragen worden. Es gibt mittlerweile ein Archiv, in dem zumindest zweiundfünfzigtausend der Insassen namentlich benannt sind.«

»Nun ist Rubinstein ja nicht gerade ein seltener jüdischer Name gewesen. Na ja, die Hoffnung stirbt zuletzt.«

Stella drosselte die Geschwindigkeit, da vor ihnen ein Pferd mit Reiter auf der Straße aufgetaucht war. Gerade in diesem Moment herrschte reger Gegenverkehr, sodass sie nicht überholen konnten. Ungefähr zweihundert Meter vor ihnen wies ein Schild in Richtung »Reiterhof Heidestolz«. Die Reiterin gab ein Zeichen, dass sie hier abbiegen würde, und bedankte sich mit einem Lächeln bei Stella und Banu, dass sie so viel Geduld gehabt hatten. Kaum war sie in den Feldweg eingebogen, trabte sie in schnellem Tempo davon. »Das Mädchen muss ungefähr in Merves Alter sein. Respekt, dass sie so höflich ist«, sagte Banu und dachte an ihre momentan meist schlecht gelaunte Tochter.

»Ach was«, erwiderte Stella, »Sie hat gesehen, dass ein Polizeiwagen hinter ihr herfährt, und war erleichtert, dass wir sie nicht anhalten und nach Drogen durchsuchen.«

Nach scheinbar endloser Fahrerei vorbei an Feldern, Gehöften und kleinen bewaldeten Abschnitten, passierten sie das kleine Dorf Bergen. Recht einfallslos gebaute Häuser säumten die Hauptstraße zusammen mit einem Grill-Imbiss, der weit und breit das einzige gastronomische Angebot zu sein schien. Banu wunderte sich, dass der Imbiss zur Mittagszeit geschlossen war, aber der Ort wirkte wie ausgestorben. Lediglich zwei Pferde, die auf der linken Seite der Hauptstraße in einem Auslauf standen und in der Mittagshitze dösten, waren zu sehen.

Nach ein paar hundert Metern bog Stella in den zur Gedächtnisstätte zugehörigen Parkplatz ein. Neben zwei Reisebussen befanden sich nur noch eine Handvoll Pkws auf den Schattenplätzen am Waldrand. Obwohl rundherum die Vögel zwitscherten und die ganze Fläche zunächst einmal einen friedlichen Eindruck machte, empfand Banu eine undefinierbare Kälte, die ausgehend von ihren Füßen an ihren Beinen emporkroch.

Im Konzentrationslager Bergen-Belsen waren circa fünfzigtausend Menschen gestorben. Es hatte dort zwar keine Gaskammern oder Massenerschießungen gegeben, aber der Tod durch die Vernachlässigung, das Verhungern und die Krankheiten war ein nicht minder qualvoller gewesen. Die in der Ferne jenseits des Eingangstores so friedlich daliegende Landschaft bestand aus mit Heidepflanzen bewachsenen Massengräbern. Banu schlang die Arme um ihren Körper. Sie fröstelte.

»Ist schon traurig. Ich hatte zwar Geschichte bis zum Abi, aber wir sind nicht über die Kaiserzeit hinausgekommen. Ich habe in der Schule also kaum etwas über das Dritte Reich gelernt. Ziemlich krass, wenn man bedenkt, wie oft ich jetzt damit zu tun habe. Ich würde sagen: Bildungsauftrag verfehlt«, sagte Stella.

»Jetzt ist es leider noch schlimmer. Merve ist Anfang der zehnten Klasse. Danach kann sie sich zwischen verschiedenen Profilen entscheiden und wird wohl Geschichte abwählen. Da sie sich momentan mit der Industriellen Revolution befassen, glaube ich auch nicht, dass sie bis zum Nationalsozialismus kommen werden.« Zum Glück las Merve viel. Banu machte sich, was das anging, keine Sorgen um ihre Tochter. Aber da rechtsradikale Parteien wie die NPD noch immer Nachwuchs rekrutierten, waren da sehr wohl Jugendliche, um die man sich sorgen musste. Eins hatte sie aus dem Fall Henning Manteuffel gelernt: Wir dürfen nie vergessen. Es war zwei Jahre her, dass Banu und Stella in einem Tötungsdelikt mit den Grausamkeiten zu tun hatten, die behinderten Menschen im Nationalsozialismus angetan wurden. Gerade Stella hatte damals akribisch recherchiert, und der Ausgang des Falls hatte ihr lange Zeit sehr zu schaffen gemacht. Nun schienen die Ermittlungen in eine ähnliche Richtung zu weisen.

»Ich glaube, uns beiden geht's hier nicht so richtig gut. Gedenkstätten wie Bergen-Belsen sind nun mal keine Vergnügungsparks. Ich glaube dennoch, dass wir mit einem positiven Gefühl hier rausgehen werden. Schließlich hat Anna Witting es nicht kategorisch ausgeschlossen, dass Esther Fröhlich noch Geschwister gehabt haben könnte.« Stella nahm ihr Handy aus ihrer Handtasche und stellte den Klingelton aus. Schon von außen strahlte das kühle graue Steingebäude, das die Dauerausstellung beherbergte, Ehrfurcht aus, die auf keinen Fall durch ein Handyklingeln durchbrochen werden sollte. Schweigend gingen Banu und Stella nebeneinanderher zum Eingang des großen grauen Quaders. Der Informationstresen war mit drei Mitarbeitern gut besetzt. Stella wandte sich an einen älteren Mann mit Vollbart, der sie freundlich anlächelte.

»Guten Tag, Brandes und Kurtoğlu von der Hamburger Kriminalpolizei. Wir untersuchen aktuell einen Fall, in dem es um eine Frau geht, die als Kind hier Insassin war. Könnten wir einen Blick in das Archiv werfen?«

Der Mitarbeiter des Museumsdienstes blinzelte überrascht, kam jedoch sofort hilfsbereit hinter dem Tresen hervor. »Sie meinen sicherlich das Namensverzeichnis, indem viele der Inhaftierten aufgeführt sind. Wir haben ein Ansichts-Exemplar dort hinten im Foyer. Sie können es jedoch auch im Buch-Shop erwerben.«

Stella winkte ab. »Vielleicht später.«

Der Mann nickte. »Wenn Sie weiterführende Fragen haben, die die Geschichte der Gedenkstätte betreffen, wenden Sie sich am besten an die ältere Frau, die dort hinten auf der Bank sitzt. Sie hat selbst einen Teil ihrer Kindheit hier verbracht. Die nächste offizielle Führung ist nämlich erst wieder um sechzehn Uhr.« Er wies auf eine kleine circa achtzigjährige Frau, die gebeugt auf einer Bank saß und in ein Buch vertieft war, das auf ihren Knien lag. Ihre rechte Hand war damit beschäftigt, in Abständen von ungefähr zehn Sekunden ihre Lesebrille hochzuschieben, die ihr immer wieder auf die Nasenspitze rutschte. Die Frau schien winzig.

»Vielen Dank, aber ich denke, wir machen uns zunächst mal selbst auf die Suche.« Das Gedenkbuch umfasste zwei Bände und lag auf einem unscheinbaren Lesepult neben dem Gästebuch. Stella strich mit dem Finger über den Einband des Bandes »L-Z«, was sie immer tat, wenn sie ein Buch in der Hand hielt, und schlug es auf.

Die Namen waren alphabetisch sortiert. Wenn vorhanden, vervollständigten biografische Angaben wie Geburts- und Sterbedatum den Eintrag. »Hier gibt es jede Menge Rubinsteins, die in den letzten Kriegsmonaten aus Auschwitz angekommen sind. Auch kleine Mädchen, aber keine Esther.« Stella schloss das Buch und seufzte enttäuscht.

»Bei kleinen Kindern werden Sie auch keine Esther finden.« Lautlos hatte sich die Frau, die eben noch mit ihrer Brille gekämpft hatte, zwischen Stella und Banu positioniert und nahm Stella das Buch aus der Hand. »Esther gehörte nicht zu den Namen, die jüdische Eltern ihren Kindern damals geben durften. Ihr Geburtsname war also mit Sicherheit ein anderer. Wahrscheinlich wurde sie nur Esther gerufen.«

»Das wusste ich nicht«, sagte Stella und musterte die dunkelhaarige Frau. Die widerspenstige Brille hatte sie sich auf die Haare geschoben. Ihr bräunliches Gesicht war von tiefen Falten durchzogen. Auf ihrer Oberlippe sowie an ihrem Kinn spross dunkler Flaum. Neben der leichten Stupsnase hatte sie ein großes Muttermal. »Mein Name ist Jelena. Sie sahen beide so hilflos aus, da habe ich gedacht, ich sehe mal nach, ob ich Ihnen helfen kann.«

»Das ist sehr nett«, sagte Banu und erzählte in wenigen Worten, warum sie hier waren.

Jelena kniff die Augen zusammen. »Eine interessante Geschichte. Ich fürchte nur, das Gedenkbuch wird Ihnen nicht weiterhelfen. Gerade die Inhaftierten, die in den letzten Monaten des Konzentrationslagers hierhergebracht wurden, sind nur sehr unvollständig erfasst.« Stella konnte ihre Enttäuschung kaum verbergen. Sie war sich so sicher, dass ihre Theorie stimmte, doch ohne Beweise war sie wertlos. Sie blickte zu Banu, um zu signalisieren, dass sie auch genauso gut wieder nach Hamburg zurückfahren konnten, als Jelena erneut das Wort ergriff. »Aber ich glaube, ich kann Ihnen helfen. Ich kenne die Ausstellung in- und auswendig. Und ich meine, dass bei den Zeitungsausschnitten zur Eröffnung des alten Dokumentenhauses etwas für Sie dabei sein könnte. Folgen Sie mir.« Die kleine Person machte auf dem Absatz kehrt und marschierte mit einer erstaunlichen Geschwindigkeit voran. Stella lief vorbei an den Vitrinen mit den Dokumenten der unfassbaren Verbrechen, die sich in Bergen-Belsen zugetragen hatten. Sie nahm sich vor, an einem anderen Tag nochmals herzukommen und sich die Ausstellung genauer anzusehen. Aus den Augenwinkeln erkannte sie, dass auch Banu ihre Schritte hier und dort verlangsamte, um einen kurzen Blick auf die Exponate zu werfen.

Jelena blieb nur einmal stehen, um die Kommissarinnen auf eine Stele hinzuweisen. »Hier sind Informationen über die wohl bekannteste Gefangene in Bergen-Belsen, Anne Frank. Sie starb hier. Auf dem Außengelände befindet sich noch ein Gedenkstein für sie und ihre Schwester.«

Am Ende der Ausstellung gab es eine Abteilung zur Geschichte der Gedenkstätte nach 1945. Jelena steuerte die dritte Vitrine an und griff zielsicher einen Ordner heraus, der mit einigen anderen in einem Regal unter dem großen Foto eines unscheinbaren Gebäudes stand. Unter dem Foto hing eine Plakette mit der Aufschrift »Eröffnung des Dokumentenhauses 1966«. Sie blätterte höchstens zehn Sekunden durch die Papiere und hielt Stella und Banu die aufgeschlagene Seite unter die Nase. »Aus dem Celler Tageblatt vom sechzehnten April 1966«, las Stella die Überschrift. Sie hatte das Gefühl, ihr Herz würde so laut schlagen, dass selbst die Besucher auf der anderen Seite der Ausstellung es hören würden. »Zwillinge treffen sich nach zweiundzwanzig Jahren wieder«, las sie laut vor. Vor Aufregung wurde ihr Mund trocken und sie musste sich die Lippen benetzen, um weiterlesen zu können. »Wie ein Ei dem anderen gleichen sich die Zwillingsschwestern Elisabeth und Esther Rubinstein, die auf dem Transport von Auschwitz nach Bergen-Belsen am Ende des Jahres 1944 getrennt wurden. Beide wussten nichts von der Existenz der anderen, aber eine unsichtbare Macht schien sie am selben Tag in das neu eröffnete Dokumenthaus gezogen zu haben. ›Nun wollen wir uns nie mehr trennen‹, sagten sie den Reportern, die Zeuge der ungewöhnlichen Wiedervereinigung waren.« Exakt die Frau, die sich auch auf einem Bild im Häuschen des Inselwarts auf Neßsand befand, lächelte nun Stella in zweifacher Ausführung entgegen. Sie konnte es kaum glauben. Dieser Artikel und das Foto daneben waren der Beweis, dass sie richtig gelegen hatte! Spontan umarmte sie die zappelnde Jelena. »Ist ja schon gut«, wehrte diese die offensichtlich unangenehme Berührung ab. »Ich bin ja froh, wenn ich helfen kann.«

Banu stand der Mund offen. Sie erholte sich jedoch schnell von ihrer Überraschung und knuffte ihre Kollegin in die Seite. »Da hast du wohl mal wieder alles richtig gemacht.«

Stella klemmte sich den Ordner unter den Arm. Sie würde am Informationstresen um eine Kopie bitten. »Vielen, vielen Dank, Jelena. Wenn Sie nicht gewesen wären, säßen wir mit Sicherheit jetzt schlecht gelaunt im Auto auf dem Rückweg nach Hamburg. Sie haben mir nicht nur den Tag, sondern ich würde sogar sagen, das Jahr gerettet.«

Erfreut über dieses Kompliment lächelte die Frau Stella an. »Sie können mir auch einen Gefallen tun«, sagte sie.

»Jeden«, gab Banu zurück.

»Bitte helfen Sie mit, dass unsere Geschichte niemals in Vergessenheit gerät. Versuchen Sie, möglichst viele Leute dafür zu gewinnen, dass sie diese Ausstellung besuchen. Vor allem die jungen Menschen. Denn es kommen nicht mehr so viele.«

»Meine Kollegin und ich haben gerade darüber gesprochen, dass der Geschichtsunterricht an Hamburger Schulen teilweise lückenhaft ist«, sagte Banu. »Könnten Sie sich vorstellen, die Klasse meiner vierzehnjährigen Tochter durch die Ausstellung zu führen?«

Jelena streckte Banu die linke Hand hin, die diese sofort in ihre rechte nahm. »Das würde ich sehr gerne tun.«

Stella drehte sich im Foyer des Hauses noch einmal um und winkte Jelena zu, die wieder auf der Bank Platz genommen hatte. »Ich kann unser Glück noch immer nicht fassen. Bevor wir nach Hamburg zurückfahren, würde ich mir aber gern noch den Gedenkstein für Anne Frank ansehen.«

Banu zuckte mit den Schultern. »Ich habe nichts weiter vor.«

Das weitläufige Außengelände begann direkt neben dem grauen Betonklotz. Zwischen mehreren mit Heide bewachsenen Erdwällen waren Wege angelegt, die auf einen großen Obelisken aus Beton zuliefen. Stella blieb vor dem ersten Erdwall stehen und las die Inschrift auf dem großen Schild. »Hier ruhen 1000 Tote. April 1945«

»Im Grunde ist das ganze Areal ein riesiger Friedhof.« Banu zeigte mit einer weit ausholenden Bewegung auf die vielen Erderhebungen.

An einem schwarzen Grabstein inmitten einer ebenen Grasfläche blieb Stella stehen. »Anne Frank ist nur sechzehn Jahre alt geworden.« Sie blickte Banu an. »Gerade mal zwei Jahre älter als Merve jetzt ist.«

»Und maximal ihre ersten fünf Lebensjahre waren so glücklich, wie man es eigentlich allen Kindern gönnt«, sagte Banu und verschränkte die Arme vor ihrer Brust, als wäre ihr trotz der ungefähr fünfundzwanzig Grad Außentemperatur kalt. »Komm, lass uns nach Hamburg zurückfahren. Wir werden uns morgen mit den anderen besprechen und sehen, welches Gewicht unsere Entdeckung in dem Fall hat.«

Stella nickte und suchte in ihrer Handtasche nach dem Autoschlüssel. Als sie an dem verwitterten Stein mit der Aufschrift »Bergen-Belsen 1940–1945« vorbei Richtung Parkplatz gingen, drehte sie sich noch einmal um und warf einen letzten Blick über die Ebene. Auch wenn sie selbst keine Kinder hatte, würde sie alles versuchen, um Jelenas Bitte nachzukommen.

Eimsbüttel war zu jeder Tageszeit ein Stadtviertel, in dem man viel Zeit verbringen konnte. Sei es beim Schaufensterbummel Hand in Hand mit dem Liebsten vor Boutiquen mit originellem, aber teurem Krimskrams, beim Café-Hopping mit Freundinnen auf der Suche nach dem besten Latte Macchiato der Stadt oder eben bei der Parkplatzsuche. Banu versuchte ihren Citroën in eine Lücke einzufädeln, die mindestens zehn Zentimeter kürzer war als das Auto. Ein älterer Herr auf dem Fußweg kommentierte, wie sie das Lenkrad einschlagen musste. Banu ignorierte es so gut sie konnte und stand schließlich mit einem Teil des Hecks auf dem Bürgersteig. So konnte sie wohl stehen bleiben. Zwar war es noch fast einen Kilometer bis zu ihrer Wohnung, aber man konnte nicht wählerisch sein, wenn man in einem der beliebtesten Stadtteile Hamburgs lebte und nicht gleichzeitig mit der Wohnung einen Stellplatz gemietet hatte. Sehr entscheidend war nur, dass man sich am nächsten Morgen auch noch erinnern konnte, wo das Auto stand. Nachdem Banu das innerhalb eines Monats dreimal vergessen hatte, hatte Tim ihr aus einem Stadtplan den Ausschnitt Eimsbüttel vergrößert und laminiert. Dieses Blatt hing nun am Kühlschrank und Banu machte jeden Abend mit einem abwaschbaren Stift ein Kreuz, wo sie den Wagen vorher geparkt hatte.

Banu zog den Schlüssel ab. Ihr Blick blieb einen Moment auf dem Plexiglasanhänger mit dem Bild von dem vielleicht vierjährigen Kita-Kind Can hängen. Ihr Sohn lächelte frech in die Kamera. Die Stacheln der gegelten Igelfrisur standen in alle Himmelsrichtungen ab. Sie konnte sich noch gut an den Pullover mit dem Print von »Cars« erinnern. Can hatte Lightning McQueen geliebt. Dann war es Wall-E, der niedliche kleine Roboter, gewesen und nun verehrte er einen schlecht rasierten und permanent mies gelaunt aussehenden Killer namens Callum Lynch aus dem Videospiel »Assassin's Creed«. Und das hatte mit Sicherheit nicht die Altersfreigabe ab zwölf Jahren. Sie stupste das Bild noch einmal mit dem Zeigefinger an und steckte den Autoschlüssel in ihre Tasche. Glücklicherweise hatte sie ihren Coffee-to-go-Becher im Polizeipräsidium aufgefüllt, und ein halb aufgegessenes Franzbrötchen von Freitag fand sie in den Tiefen ihrer Tasche auch noch. Nachdem sie derart für den Weg zu ihrer Wohnung gewappnet war, erlaubte sie sich, über ihren Besuch in Bergen-Belsen nachzudenken. Stella hatte also mal wieder ins Schwarze getroffen. Esther hatte eine Zwillingsschwester namens Elisabeth. Beide glichen sich wie ein Ei dem anderen. Aber welchen Erkenntnisgewinn brachte das jetzt? Da die Nachbarn nie von der Existenz einer Zwillingsschwester gesprochen hatten, wussten sie wahrscheinlich auch nichts von ihr. Banu hätte gern die Möglichkeit gehabt, mit ihren Kollegen über die Entdeckung von Elisabeth zu sprechen. Aber ihr Chef hatte einen bereits vor Monaten festgelegten Termin beim Kardiologen, und Armin und Gunnar waren noch mitten in der Befragung der Nachbarn zum Mord an Friedjof Hansen. Also hatte Banu heute bereits gegen siebzehn Uhr Feierabend gemacht. Stella war jedoch noch ins Präsidium gefahren. Sie fühlte sich in ihrer Idee bestärkt, dass Elisabeth irgendwo in Blankenese aufgetaucht war, Friedjof sie erkannt hatte und deshalb sterben musste. Nun hatte sie sich für den Rest des Tages vorgenommen, alle Frauen in Esthers Alter, die bisher bei den Ermittlungen aufgetaucht waren, herauszufiltern und deren Aussagen noch mal durchzugehen. Banu hingegen wollte zunächst die DNA-Ergebnisse abwarten, die Thies Seligmann zur Aufklärung des Falls beisteuern würde. Außerdem genoss sie es einfach, nach dem arbeitsreichen Wochenende früh Feierabend machen zu können.

Banu überquerte die Eimsbütteler Chaussee und überholte zwei junge Frauen, die jeweils einen Kinderwagen vor sich herschoben. Im Vorbeigehen hörte sie, wie die beiden sich über den Leiter des PEKiP-Kurses unterhielten, zu dem sie unterwegs waren. Banu hielt nichts davon, Babys nackt nebeneinander auf Tücher zu legen und sie mit Spielzeug zu bespaßen. Tim war mit Merve und später auch mit Can in sehr bodenständigen Krabbelgruppen gewesen. Ob sie das allerdings in ihrer Entwicklung weitergebracht hatte, konnte sie nicht beurteilen. Can war schon immer schwierig und Merve die mustergültige Tochter. Aber nun war etwas dazwischengekommen. Ihre Tochter zeigte tatsächlich einen eigenen Willen. Vorher war ihr gar nicht klar gewesen, dass Merve einen besaß. Es war ja auch sehr einfach gewesen mit einer Tochter, die nie opponierte.

Die Stimmen der jungen Mütter hinter Banu wurden leiser und verebbten ganz, als sie den Weg durch den Lindenpark einschlug. In dieser kleinen grünen Lunge in Eimsbüttel war sie häufig mit Kinderwagen spazieren gegangen.

Und auch als die Kinder aus dem Alter, dass sie geschoben werden mussten, raus waren, waren sie auf dem Spielplatz Lindenpark häufig gesehene Gäste gewesen.

Schon von Weitem kündigten laute Kinderstimmen an, dass hier heute viel los war. Einen kurzen Moment befiel Banu ein Hauch Sentimentalität, als sie an der Statue des Akkordeon spielenden Hamburgers vorbeikam, die von wenig talentierten Graffitikünstlern mit Schriftzügen in blauer Farbe beschmiert worden war.

Sie setzte sich auf den Beckenrand des Brunnens und packte das zerdrückte Franzbrötchen aus. Um sie herum wimmelte es von Vätern und Müttern, die Hamburgs Hochsommer genossen und mit Kind und zum Teil auch Hund in der Sonne saßen.

»Emilia, du musst deinen Sonnenhut aufsetzen«, »Lara, komm her und lass dich eincremen«, »Elias, wink mal für das Foto.« Die Namen ihrer Kinder waren damals fast exotisch gewesen. Und obwohl Eimsbüttel als tolerant und weltoffen galt, war der Anteil von Menschen mit Migrationshintergrund hier auch heute noch deutlich geringer als der Hamburger Durchschnitt.

Gegenüber von Banu ließ sich ein homosexuelles Paar auf einer Bank nieder. Beide Frauen hielten Händchen und winkten zwei Mädchen zu. Die beiden glichen sich bis aufs Haar und trugen auch noch die gleichen Kleidchen mit Sonnenblumen drauf, die Banu neulich in einer Boutique in der Osterstraße für zweihundert Euro das Stück gesehen hatte.

»Aber lauft nicht zu weit weg, Luise und Lotte«, rief die dunkelhaarige Frau ihren Zwillingen hinterher, die sich Richtung Schaukel entfernten. Banu überlegte. Die beiden

Mädchennamen hatte sie in Zusammenhang mit Zwillingen auch schon mal gehört. Es hatte da vor Kurzem einen Film nach einem Kinderbuch im Fernsehen gegeben, der im Hintergrund gelaufen war, während sie versucht hatte, das Loch in Cans Sweatshirtjacke zu stopfen. Der Titel fiel ihr wieder ein: »Das doppelte Lottchen!« In diesem Film hatten sich zwei Zwillingsschwestern nach langer Zeit wiedergefunden und wollten sich nie wieder trennen.

Banu schoss ein ziemlich kurioser Gedanke durch den Kopf. Die Nachricht, die sie in Esther Fröhlichs Manteltasche gefunden hatten, war mit einem »L« unterzeichnet. Ob sich die beiden wiedervereinten jungen Frauen als Spitznamen die Namen aus dem Kinderbuchklassiker gegeben hatten? Schließlich hatten sie möglicherweise dasselbe Spiel mit ihren Mitmenschen gespielt wie die Zwillinge im Film. Doch dann schüttelte sie den Kopf. Stella hatte ja häufig so kreative Gedankengänge, doch ihre erschienen ihr nun lächerlich. Thorsten Fock würde sie für diese an den Haaren herbeigezogene Idee auslachen. Am besten, sie würde sie ganz schnell wieder vergessen …

Auszug aus den Aufzeichnungen vom 17. Mai 1973

– *Dazu habe ich jetzt eine Frage. Sie sagten mir in der ersten Sitzung, dass man Ihnen in Auschwitz eine Zahl auf den Arm tätowiert hat. Ihre Zwillingsschwester müsste ja eine andere Zahl haben. Das wird Ihr Freund und späterer Ehemann ja wohl bemerkt haben.*
– *Natürlich. Wir haben die Tätowierung auch vor anderen nicht versteckt. Aber das Merkwürdige daran ist, dass man uns in Auschwitz genau dieselbe Nummer eintätowiert hat. Sie dachten dort wohl, dass es sowieso egal ist, weil wir bald sterben würden, und fanden es lustig, zwei gleich aussehenden Kindern dieselbe Nummer zu geben.*
– *Das ist wirklich merkwürdig. Sie haben im Juni 1972 geheiratet, also insgesamt ein Jahr lang Luises Spiel gespielt. Und das ist keinem aufgefallen?*
– *Ich glaube, Sie haben ein falsches Bild von meiner damaligen Beziehung zu meiner Schwester. Ich hatte auch Vergnügen an dem Rollenwechsel. Ein paar Wochen lang war ich die Einsiedlerin im Wald und ein paar Wochen lang die Hamburgerin. Es ist aber nicht so, dass wir in Hamburg ein aufregendes Leben mit vielen Einladungen führen würden. Wir sind die meiste Zeit allein mit unserem Ehemann. Sie müssen wissen, dass wir sehr abgeschieden leben. Ganz selten kommen wir mal unter Leute. Unser Ehemann ist in den Augen vieler ein komischer Kauz, der sehr wenig spricht und kaum Freunde hat.*
– *Aber Sie müssen ja irgendwann – ich sage jetzt mal – Ihr Refugium dazu verlassen, um zu Luise in den Wald zu kommen. Was erzählen Sie Ihrem Ehemann,*

damit er sich keine Sorgen macht, wenn Sie wegfahren?

- *Das ist wirklich meine kleinste Sorge. Er glaubt uns alles. Wir erfanden eine wiederaufgetauchte Freundin aus Kindertagen in Dortmund, die wir besuchen wollten. Ich weiß gar nicht mehr, ob ich mir das ausgedacht habe oder Luise. Ich glaube, das war ich. Obwohl wir uns äußerlich so ähnlich sind, ist Luise eher die an Fakten interessierte und ich die kreative.*
- *Sie sagten bei der letzten Sitzung, dass Ihr Mann lernbehindert sei. Wie äußert sich das?*
- *Na ja, er kann nicht richtig lesen und rechnen. Und er kann sich sehr wenig merken. Deshalb habe ich, selbst wenn wir nur drei Sachen beim Einkaufen brauchten, immer einen Einkaufszettel geschrieben.*
- *Aber offensichtlich hat er auch Probleme mit der Wahrnehmung.*
- *Sie glauben mir nicht, oder? Sie denken, dass meine Zwillingsschwester gar nicht existiert und ich mir das alles ausgedacht habe. Dass ich verrückt bin. Dann kann ich genauso gut auch gehen.*
- *Bleiben Sie bitte sitzen, Frau Körner. Wissen Sie, ich habe sehr viel mit Menschen zu tun, die in ihrer Vergangenheit schreckliche Dinge erlebt haben. So wie Sie. Es gibt Menschen, die sich aus diesem Grund von ihrer Persönlichkeit abspalten, um jemand anderes sein zu können. Sie entwickeln eine multiple Persönlichkeit. Und irgendwann geht es ihnen schlecht damit.*
- *So wie mir. Aber Luise ist real.*
- *Können Sie denn nicht mit ihr reden, dass Ihnen das Ganze zu viel wird? Sie liebt Sie doch und wird Sie verstehen.*

– *Nein. Ich habe Angst, dass ich sie verliere, wenn ich nicht mehr mitspiele. Ich weiß nicht, ob ich das hier schon genug betont habe, aber sie ist für mich trotz allem das Wichtigste im Leben. Wir sind gleich, verstehen Sie?*
– *Momentan ist es sehr wichtig, dass Sie sich besser fühlen. Deshalb verschreibe ich Ihnen jetzt Tabletten. Wann treffen Sie denn Luise das nächste Mal?*
– *Ich fahre in zwei Wochen zu ihr. Und sie kommt dann hierher.*
– *Das bedeutet dann erst mal, dass wir uns nicht sehen. Oder schicken Sie Luise zu mir?*

DIENSTAG, DEN 21. AUGUST 2012

Das Café der Elbgold Rösterei im Schanzenviertel war um diese Zeit gut besucht. Stella sah, dass Jupiter einen Tisch für zwei Personen ergattert hatte. Er hatte ihr heute Morgen um sechs Uhr eine Nachricht geschickt, dass die Dreharbeiten wegen des schlechten Wetters verschoben werden würden. Zwar war Stella nicht begeistert gewesen, so früh von ihrem Handy geweckt zu werden, aber sie ärgerte sich eher über sich selbst, dass sie vergessen hatte, es auszustellen.

Nach kurzem Zögern hatte sie zugesagt, sich zum Frühstück mit ihm zu treffen. Die Ergebnisse der DNA-Proben würden erst im Laufe des Vormittags eintrudeln und sie hatte gestern noch bis einundzwanzig Uhr gearbeitet. Als Belohnung würde sie sich nun ein interessantes Gespräch mit einem attraktiven Mann gönnen. Und selbst wenn das Gespräch nicht interessant werden würde, war zumindest eine Tasse des köstlichen Elbgold-Kaffees garantiert.

Jupiter hatte bereits ein Getränk vor sich stehen und pustete mit einem leicht unglücklichen Gesicht in den Becher hinein. Stella hatte gar nicht mehr daran gedacht, dass er ja eigentlich Teetrinker war, als sie das Elbgold vorgeschlagen hatte. Es gab hier zwar auch Tee, aber keinen losen, sondern nur in Teebeuteln. Für einen Tee-Gourmet natürlich eher enttäuschend.

»Sorry«, sagte sie und zeigte auf sein Getränk.

»Kein Problem«, erwiderte Jupiter. »Ich habe mich mal an einen doppelten Leche y Leche herangetraut. Ist allerdings doch ziemlich süß.« Jupiter wies auf die Karte, die über dem Tresen hing. »Was kann ich Ihnen denn bestellen? Oder waren wir schon beim Du?«

»Ich nehme einmal das Du und einen einfachen Elbgold Premium. Der Kaffee ist hier so lecker, dass er ohne Schnickschnack auskommt. Und einen Bagel mit Tomate und Mozzarella. Ausnahmsweise vegetarisch, deinetwegen, Jupiter.« Stella zwinkerte Jupiter zu. Sie musste lächeln, als sie seinen Namen aussprach. Was hatten sich seine Eltern bloß dabei gedacht?

Ihr Gegenüber deutete ihre Mimik richtig. »Ich bin in einer Kommune im Nordosten Schottlands geboren und aufgewachsen. Findhorn Communitiy. Meine Eltern waren bekennende Hippies. Ich finde, ich habe es noch ganz gut getroffen. Meine Schwestern heißen Earth und Venus.«

»Na ja, so ganz weit weg bin ich davon ja auch nicht. Stella bedeutet im Lateinischen schließlich Stern.«

Jupiter zuckte mit den Achseln. »Zumindest kann man da schon mal von einer gemeinsamen Basis sprechen.« Er stand auf und ging zum Tresen, um zu bestellen. Ein guter Moment, um ihn noch mal genau in Augenschein zu nehmen. Unwillkürlich musste Stella an Viktor denken. Er war deutlich älter als sie und war von manchen entfernten Bekannten schon mal für ihren Vater gehalten worden. Die grauen Strähnen in seinem Haar hatten ihr gefallen. Als er ihr einmal gegenüber geäußert hatte, sie überfärben zu wollen, hatte sie ihn ausgelacht. Genau wie die Lachfalten um seine Augen herum machten sie ihn zu einem Mann, der bereits eine Geschichte zu erzählen hatte.

Jupiter hingegen schien sehr jugendlich. Ob er überhaupt so alt war wie sie? Eigentlich konnte es ihr auch egal sein, denn sie wollte ja nichts mit ihm anfangen. Oder war sie vielleicht doch ein kleines bisschen interessiert? Momentan wollte ihr Verstand dazu keine eindeutige Position einnehmen. Der Schotte war ja schließlich sowieso nur kurz in Hamburg und würde dann wieder seiner Wege gehen. Eine Fernbeziehung kam für sie nicht infrage. Also musste sie sich eigentlich gar keine Gedanken um eine mögliche Beziehung machen. Andererseits fühlte sie sich schon zu ihm hingezogen, denn optisch passte er durchaus in ihr Beuteschema. Er wirkte durchtrainiert, aber nicht so, als würde er jede freie Minute im Fitnessstudio verbringen. Er trug längere Haare, hatte jedoch keinen alternativ-ökomäßigen Touch.

Gerade als sie anfing, sich vorzustellen, wie seine muskuläre Ausstattung wohl unter dem Sweatshirt aussah, tippte ihr jemand auf die Schulter.

»Hey, Stella. Heute gar nicht bei der Arbeit?« Es war ihre frühere Klassenkameradin Annelie, die auch auf der Hochzeit von Olivia gewesen war. Bevor Stella etwas erwidern konnte, fuhr sie fort. »Ich habe das von Viktor und dir gehört. Das tut mir echt leid. Ich hatte gedacht, dass ihr die nächsten seid, die heiraten. Auf Ollis Hochzeit wirktet ihr noch so verliebt.«

In der Zwischenzeit war Jupiter wieder an den Tisch zurückgekommen. Mit Sicherheit hatte er mitgekriegt, was Annelie gesagt hatte. Stella merkte, wie ihr die Röte in die Wangen schoss. Jetzt dachte er bestimmt, dass sie an ihm interessiert war. Denn warum hätte sie ihre Beziehung mit Viktor sonst verleugnen sollen, als sie sich am Buffet getroffen hatten? Aber Jupiter ließ sich nichts anmerken und stellte ohne einen Kommentar den Kaffee und den Bagel vor ihr ab. »Was hältst du denn als Fachfrau von ›Elbe, Michel, Tod‹?«, fragte er.

Leichte Panik erfasste Banu, als sie aufwachte, ohne das Klingeln des Weckers gehört zu haben. Hatte sie etwa gestern vergessen, ihn einzuschalten? Aber das hell beleuchtete Display zeigte sechs Uhr fünfzehn an. Da Tim heute dran war, die Kinder schulfertig zu machen, konnte sie sich noch einmal umdrehen und bis sieben Uhr schlafen. Sie warf einen Blick auf ihren Ehemann, der, seit er wieder arbeitete, immer erst auf den letzten Drücker aufstand. Wahrscheinlich hatte er seinen Wecker auf sechs Uhr fünfundvierzig gestellt und würde dann schlecht gelaunte Hektik verbreiten, bis Merve, Can und er unter Zeitdruck gegen halb acht die Wohnung verlassen würden. Banu würde um diese Zeit unter der Dusche stehen und so laut singen, dass sie das Gemecker von Merve und das Lamentieren von Can nicht mitbekommen würde. Aber irgendetwas war heute anders. Banu merkte es nicht gleich, weil sich ihre Sinne ebenfalls noch im Halbschlaf befanden. Da sie nun jedoch immer wacher wurde, konnte sie auch gleich aufstehen. Sie warf einen letzten neidvollen Blick auf Tim und setzte sich im Bett auf. Jetzt konnte sie auch die Quelle des Ungewohnten orten: Es roch stark nach Kaffee. Und nach angebranntem Brot. Es war zwar schon manchmal vorgekommen, dass die Kinder am Wochenende übernommen hatten, das Frühstück vorzubereiten, was jedoch immer seltener geschah, je älter sie wurden. Aber mitten in der Woche? Banu zog ihre Pyjamahose an und folgte dem Geruch in die Küche. Und tatsächlich: Merve stand mit verzweifeltem Gesicht am Ofen und wedelte mit dem Geschirrhandtuch den Rauch weg.

»Mist«, sagte sie. »Ich wollte eigentlich für dich Frühstück machen. Wer kann ahnen, dass diese doofen Aufbackbaguettes so schnell schwarz werden?«

Banu griff sich den Ofenhandschuh aus der obersten Küchenschublade und hob das Stück Kohle, das mal ein Baguette gewesen war, vom Ofenblech. »Und was verschafft mir die Ehre?« Sie hatte mit ihrer Tochter in den letzten Tagen wenig gesprochen. Zwar sagten sie sich »Guten Morgen«, »Gute Nacht« und auch wieder »Guten Appetit«, denn der Ramadan war seit Samstag vorbei, aber das Thema »Kopftuch« stand immer noch unausgesprochen zwischen ihnen.

Merve ging zur Kaffeemaschine und schenkte zwei Becher Kaffee ein. Dann stellte sie den Becher mit der Aufschrift »40 years isn't old if you're a tree« vor ihrer Mutter ab. Banu hatte ihn vor ein paar Jahren von Tim bekommen. Gedankenverloren nippte sie an dem heißen Getränk. Die kleine Merve war damals gerade in die Schule gekommen und Can kurz vorher geboren worden.

Merve lehnte sich an den Küchentresen und nahm einen großen Schluck aus ihrer Tasse. Banu blickte ihre Tochter überrascht an. Sie wusste gar nicht, dass Merve Kaffee trank. Hatte sie ihr nicht noch vor kurzer Zeit immer den Kakao in der Mikrowelle warm gemacht? »Wir müssen reden, anne! Und du hast abends immer so wenig Zeit, dass ich es nun mal morgens versuche.«

Banu nickte. Merve hatte recht. Gestern hatte sie zwar ausnahmsweise früh Feierabend gehabt, doch Merve war mit ihrer Klasse im Theater gewesen und erst gegen zweiundzwanzig Uhr nach Hause gekommen. Banu pustete in ihren Kaffee und ließ ihre Tochter weiterreden. »Ich habe mich dumm verhalten. Das tut mir leid. Ich hätte dich nicht als Ungläubige bezeichnen dürfen. Aber bitte hör auf, mich so zu behandeln, als könnte ich nicht mal eine Sache für mich selbst entscheiden.«

Banu wartete noch ein paar Sekunden, erst als nichts mehr kam, ergriff sie das Wort. »Das Problem ist, Merve, dass ich nicht den Eindruck habe, als hättest du es für dich entschieden. Ich hatte vielmehr den Eindruck, dass Ayse für dich entschieden hat.« Merve machte den Mund auf, um etwas zu sagen, doch Banu hob die Hand und sprach weiter. »Ich gebe zu, dass es mir schwerfällt zu akzeptieren, dass du ein Kopftuch tragen willst. Du wirst selbst in Hamburg ganz anders angesehen werden. Denk daran, dass deine Tante sehr lange keine Anstellung als Lehrerin gefunden und auf ihrem Lebenslauf sogar das Foto weggelassen hat, um überhaupt zu einem Vorstellungsgespräch eingeladen zu werden.«

»Das weiß ich alles«, sagte Merve und gab zwei Teelöffel Zucker in ihren Kaffee. »Und du wirst dich freuen zu hören, dass ich mir das mit dem Kopftuch noch mal anders überlegt habe. Ich habe selber gemerkt, dass die Idee nicht ursprünglich von mir kam. Und ich habe überall im Internet recherchiert. Das Tragen des Kopftuchs ist Auslegungssache.«

Unter dem Tisch ballte Banu vor Freude die Faust.

»Aber ich möchte, dass du mir versprichst, mich und meine Entscheidungen ernst zu nehmen. Ich bin kein kleines Kind mehr. Und ich werde im nächsten Ramadan wieder fasten. Außerdem möchte ich nicht, dass du Ayse die Schuld gibst. Sie legt den Koran eben auf ihre Weise aus und ich auf meine. Und es ist doch wohl klar, dass man versucht, seine Freundin von seiner Meinung zu überzeugen.«

Banu blickte von ihrem Kaffeebecher auf und sah ihrer Tochter verwundert ins Gesicht. Wann war aus ihrer lieben kleinen Merve, die immer alles tat, was ihre Eltern von ihr erwarteten, diese junge selbstbewusste Frau geworden? »Versprochen«, sagte sie und streckte ihrer Tochter die Hand entgegen.

»Eigentlich haben wir alle angetroffen, bis auf die Dinsleys«, sagte Gunnar und nahm sich eine pappige Salzbrezel von dem Teller, der seit zwei Wochen auf dem Tisch im Besprechungsraum stand. Er biss ein kleines Stück davon ab und erhob sich wortlos, um sie im Mülleimer zu entsorgen. »Natürlich haben wir bei ihren Nachbarn geklingelt. Einen Moment, ich habe den Namen hier aufgeschrieben.« Er griff in seine Tasche und holte einen zerknitterten Zettel heraus, aber Armin war schneller. »Frau Lisa Martens hat uns die Tür geöffnet und gesagt, dass die Dinsleys an der Ostsee sind und Freunde besuchen. Sie kommen wohl heute im Laufe des Tages zurück.«

Thorsten nickte bedächtig. »Ärgerlich, dann müsst ihr wohl heute noch mal hin. Was ist mit Linda Lühne?«

Gunnar nahm einen großen Schluck aus seiner Tasse. »Sie war zur Tatzeit mit einer Freundin in der Oper. In der Nachmittagsvorstellung lief »La Traviata«. Sie hat uns ihre Eintrittskarte gezeigt. Die Freundin haben wir jedoch noch nicht erreicht, nur auf die Mailbox gesprochen.«

»Ihr seid ja auf Zack.« Stella grinste und wedelte mit der Fotokopie des Zeitungsartikels, den sie gestern in Bergen-Belsen gefunden hatten.

»Es war wirklich hilfreich, dass du uns gestern gleich angerufen hast, Stella«, sagte Armin. »So konnten wir die Nachbarn nach möglichen Anzeichen von Geschwistern befragen.«

»Jedoch hat niemand je eine Zwillingsschwester von Esther zu Gesicht bekommen, noch wusste irgendjemand von ihrer Existenz.«

»Die meisten fielen jedoch aus allen Wolken. Damit hatten sie logischerweise alle nicht gerechnet. Besonders Fritz Lühne wirkte sehr nachdenklich, nachdem er davon erfahren hat. Er hatte ja auch am meisten mit den Fröhlichs zu tun.«

Thorsten warf einen Blick auf seine Armbanduhr. »Heute Mittag sollten eigentlich die Ergebnisse des DNA-Vergleichs kommen. Vielleicht sind wir dann ein Stück weiter. Wer hat Lust auf Döner?«

Stella hob die Hand, um abzuwinken. »Ich heute nicht. Ich möchte lieber ein Stündchen spazieren gehen.« Ihre Kollegen blickten sie verwundert an. »Ihr könnt mir gern einen Döner mitbringen! Mit extra viel Knobisoße.« Stella griff nach ihrer Handtasche und seufzte beruhigt, als sie noch einen Müsliriegel fand. Der würde sie bis auf Weiteres vor der drohenden Unterzuckerung bewahren.

Aus dem Radio ertönte »Waterloo« von der schwedischen Popgruppe Abba. »Mach das bitte aus, Linda!« Fritz Lühne hatte immer gefunden, dass Esther der Sängerin Agnetha ausgesprochen ähnlich sah. Er wollte jedoch nicht an sie erinnert werden. Er hörte Schritte hinter sich und die Musik erstarb. Friedjof, der versucht hatte, ihn zu erpressen, war tot. Fritz war froh darüber, denn er musste sich nun keine Sorgen mehr machen, dass sein Geheimnis ans Licht kam. Der alte Narr hatte es nicht anders verdient. Doch unheimlich war es auch, vor allem im Zusammenhang mit dem neuen Wissen, das er nun über Esther besaß.

Was die Polizisten ihm gestern erzählt hatten, hatte ihn zunächst fassungslos, dann unsicher und wütend gemacht. Übrig geblieben war das Gefühl von Scham und Reue. Für ihn war immer Katherina diejenige gewesen, die die Schuld daran trug, dass Esther die Beziehung zu ihm beendet und damit sein Leben zerstört hatte. Es gab vieles, was ihm in all den Jahren in seiner Erinnerung nicht mehr präsent war, aber niemals würde er den Nachmittag des zwanzigsten Dezember 1975 vergessen. Es war das letzte Mal, dass er die Frau, von der er dachte, sie sei Esther, lebend gesehen hatte. Katherina war zu ihrer Mutter gegangen, um ihr im Haushalt zu helfen. Dies tat sie regelmäßig jeden Samstag von zehn bis fünfzehn Uhr. Esther erfand häufig Ausreden, um sich in diesem Zeitfenster mit ihm treffen zu können. Zwar fuhr Hans meistens mit aufs Festland, doch sie erzählte ihm, sie hätte Friseurtermine oder würde eine Freundin treffen. Und so hatten Fritz und sie zumindest Zeit für hastigen Sex und kurze Gespräche über eine mögliche gemeinsame Zukunft mit ihrem kleinen Sohn Stefan. An diesem Tag war jedoch alles anders. Fritz hatte Esther zur Tür hereingelassen und war schon mal die Treppe hoch Richtung Schlafzimmer gegangen. Als er sich aufs Bett gesetzt hatte, merkte er, dass Esther ihm nicht wie sonst gefolgt war. Verwundert war er aufgestanden und zurück ins Wohnzimmer gegangen. Sie hatte sich auf einen Stuhl an den Esstisch gesetzt und ihn böse angestarrt.

»Du hast doch gesagt, dass du nicht mehr mit Katherina schläfst. Warum hast du gelogen?« Verwirrt hatte Fritz den Kopf geschüttelt. »Wir haben schon seit Jahren keinen Sex mehr. Du bist die einzige Frau für mich, Esther.« Er hatte ihr eine Locke aus dem Gesicht streichen wollen, aber sie hatte seine Hand abgewehrt. »Katherina hat mir bei der Feier von Lisa am Wochenende gesagt, dass Thomas und Linda ein Geschwisterchen bekommen. Sie sagt, dass ihr es schon so lange versucht und dass es jetzt endlich geklappt hat.« Esthers Stimme hatte sich überschlagen. »Sie hat sogar meine Hand genommen und auf ihren Bauch gelegt.«

Fritz hatte das Gefühl gehabt, dass er nicht richtig verstand. Noch ehe er etwas hatte erwidern können, war Esther aufgestanden. »Ich will dich nie wiedersehen. Stefan wird nie erfahren, dass du sein Vater bist.«

Fritz erschrak, als Linda ihre Hand auf seine Schultern legte. »Ich gehe dann mal, Papa. Ich fliege morgen früh nach London und muss noch packen. Mama kommt auch gleich wieder.« Er nickte stumm und winkte seiner Tochter geistesabwesend zum Abschied zu. In Gedanken war er noch immer bei Esther. Denn sie hatte ein grausames Spiel mit ihm gespielt. Er wurde rot vor Scham, wenn er daran dachte, dass er wahrscheinlich auch mit ihrer Zwillingsschwester geschlafen hatte. Ob sie sich über seine sexuellen Gewohnheiten und Vorlieben ausgetauscht hatten? Wahrscheinlich hatten sie sogar über ihn gelacht. Es stimmte, dass Katherina Esther angelogen hatte, denn nachdem er sich mit Esther zu treffen begann, hatte er keinen Sex mehr mit seiner Frau gehabt. Aber deutlich schwerwiegender und grausamer war die Lüge von Esther. Jahrelang hatte er einer Liebe nachgetrauert, die für sie nie eine gewesen war, sondern nur eine Gaukelei. Er schämte sich dafür, dass er für diese Frau Katherina aus seinem Leben ausgegrenzt hatte. Esther war es nicht wert gewesen!

Stella parkte ihr Auto an der Blankeneser Hauptstraße und legte den Rest des Weges zum Haus von Friedjof Hansen zu Fuß zurück. Diese Lage in einer autofreien Zone war zugegebenermaßen ein Nachteil des Fischerhäuschens. Es ging noch, wenn man nüchtern war und keine schweren Einkäufe in der Hand hatte. Stella nahm sich vor, sich im Treppenviertel umzuhören, ob es irgendwelche Lieferservices gab, die auch hier frei Haus lieferten. Eine ihrer Freundinnen wohnte im fünften Stock eines Jugendstilhauses ohne Fahrstuhl, aber mit zwei Katzen. Einmal im Monat schleppte ein freundlicher Mitarbeiter einer bekannten Supermarktkette ohne zu murren zwei Sack Katzenstreu, diverse Kartons mit Sekt und Wein und auch andere Getränkekisten Treppe um Treppe zu ihr herauf. So etwas gab es hier doch bestimmt auch.

Jedoch war es auch von Vorteil, dass man zu keiner Tages- und Nachtzeit von Autolärm gestört wurde, wenn man hier wohnte. Auch für Katzen musste dies ein Paradies sein, denn es gingen keine Gefahren von Fahrzeugen aus. Wie zur Bestätigung von Stellas Gedanken kam unter einem großen Rhododendronbusch eine schwarze Katze hervor und warf sich vor Stellas Füße. »Na, du bist ja eine Schlaue«, flüsterte sie, ging in die Hocke und streichelte die Katze am Bauch, die sich leise maunzend hin und her wälzte. Im Geiste sah Stella bereits Shir Khan und Caveman mit der Katze raufen, die Bäume herauf- und herunterrasen und so mancher Maus das Fürchten lehren. Nach wenigen Minuten zwang sie sich aufzustehen. »Nun hör schon auf rumzuspinnen«, sagte sie in betont ernstem Ton zu sich selbst. Nie im Leben würde sie sich eine Behausung hier in Hamburgs nobelstem Stadtteil leisten können, sei sie auch noch so heruntergekommen. Erstens waren die Grundstückspreise hier astronomisch und zweitens würde es eine Menge Geld kosten, das kleine Fischerhaus bewohnbar zu machen, von schön war hier noch gar nicht die Rede.

Als sie jedoch vor dem kleinen Haus in der Breckwoldtstraße stand, brach die Sonne durch. Stella wertete dies als gutes Zeichen, das die Gedanken an den finanziellen Ruin sofort zur Seite schob. Gut, das verwilderte Grundstück, das nur handtuchgroß war, brauchte mehr als Stellas dunkelgrauen Daumen, um irgendwann zukünftig überhaupt wieder als Garten bezeichnet werden zu können. Auch die rostige Gartenpforte und der uralte wacklige Zaun würden wahrscheinlich erneuert werden müssen. Andererseits waren die Begriffe »Shabby Chic« und »Vintage« nicht umsonst in den deutschen Wortschatz eingewandert, um einen gewissen Designstil zu beschreiben. Vielleicht kam sie damit sogar auf die Titelseite von »Schöner Wohnen«.

Natürlich gab die Pforte das erwartete durchdringende Quietschen von sich, als sie sie öffnete. Es war vergleichbar mit dem Geräusch, das ein Fingernagel machte, der über eine Kreidetafel gezogen wurde. Stella schüttelte sich. Öl allein würde da wahrscheinlich nicht helfen.

Vor der Haustür hing ein rot-weißes Band, das eine Versiegelung durch die Polizei signalisierte, aber Stella hatte sich den Schlüssel mitgenommen und schlüpfte unter der Absperrung hindurch.

Der kleine Wohnraum war stickig und vollgestopft mit allerlei Gegenständen. Auf den ersten Blick erkannte Stella einen Puppenwagen, dessen Korbgeflecht löchrig und dreckig war, und eine große Standuhr mit zerbrochenem Glas. Überall lag zentimeterhoch Staub. Der Holzboden war abgetreten und einige Bohlen lose. Ein dreckiger Teppich bedeckte notdürftig eine große schwarze Stelle im Holz. Auf der Küchenanrichte lag ein Stück schimmliges Brot. Stella öffnete den Küchenschrank, natürlich nicht, ohne die Latexhandschuhe angezogen zu haben. Zwar war die Spurensicherung schon lange durch, aber das Überziehen der Handschuhe an einem Tatort war wie ein Reflex.

Es war wie erwartet: Nichts von dem Geschirr passte zusammen. Die Tassen und Teller waren angeschlagen und stammten aus völlig verschiedenen Jahrzehnten. Es gab zwei orangene Teller mit buntem geometrischem Muster, Stella datierte sie auf die Siebzigerjahre, und einen weißen Teller mit abgestoßenem goldenem Rand. Die Tassen waren alle drei weiß, aber mit unterschiedlichem Dekor. Stella vermutete, dass sie seit den Fünfzigern in Friedjofs Besitz waren. Auf der Fensterbank standen zwei vertrocknete Orchideen.

Insgesamt ein niederschmetternder Anblick. Stella schluckte den Kloß im Hals herunter. Es war nicht so, dass es sie so betroffen machte, weil es wohl deutlich ihre finanziellen Mittel übersteigen würde, dieses Haus zu renovieren, sondern sie trauerte um einen alten Mann, der inmitten seiner wohlhabenden Nachbarschaft so ein armseliges Leben geführt hatte. Offensichtlich hatte dies niemanden interessiert. Stella kam der Gedanke, ob sie wirklich Teil dieser Anwohnergemeinschaft sein wollte. Sie mussten doch gemerkt haben, dass vor ihren Augen so eine Verwahrlosung stattgefunden hatte. Ärgerlich schüttelte sie den Kopf.

Gerade als sie die Treppe zum Obergeschoss musterte und überlegte, ob die morschen Stufen sie überhaupt tragen würden, klopfte es an der Tür.

»Gott sei Dank sind Sie es, Frau Brandes. Ich dachte schon, jemand will hier einbrechen.« Katherina Lühne steckte ihren Kopf zur Tür herein. »Andererseits, was sollte man hier stehlen wollen.«

Stella grüßte sie. »Da haben Sie recht, Frau Lühne. Ich bin auch total entsetzt, wie es hier aussieht. Zwar war ich Sonntag ja schon hier, als der Tote gefunden wurde. Aber da habe ich auf andere Sachen geachtet.«

»Ja, der arme Friedjof«, sagte Katherina. »Er war schon sehr eigen. Irgendwie hatten wir ihn alle gern, auch wenn er es nicht zulassen wollte.«

Stella runzelte die Stirn und äußerte frei heraus die Gedanken, die ihr gerade gekommen waren. »Es sieht mir eher danach aus, dass sich keiner seiner Nachbarn um ihn gekümmert hat.«

Energisch schüttelte Katherina den Kopf. »So ganz stimmt das nicht. Fritz und ich hatten kaum Kontakt zu ihm. Ich glaube, er mochte uns nicht besonders. Die Reimanns dagegen haben viel versucht, um ihn mal aus seiner Höhle rauszulocken. Und die Dinsleys wollten ihn sogar mal mit in ihr Wochenendhaus an die Ostsee nehmen. Alles ohne Erfolg! Er hat alle Versuche, es ihm mal netter zu machen, im Keim erstickt.«

»Also wollte er es so verwahrlost?« Stella machte eine weit ausholende Bewegung, die das ganze untere Stockwerk einschloss.

Katherina nickte. »Wahrscheinlich. Oder wir waren nicht hartnäckig genug. Und nun ist er tot.« Sie schlug die Augen nieder und richtete ihren Blick auf ihre Schuhspitzen.

»Wissen Sie, ob er Angehörige hatte?«, fragte Stella.

»Nein, ganz sicher nicht. Er war zeit seines Lebens allein. Man munkelt, dass er mal sehr von einer Frau enttäuscht wurde und sich nie wieder gebunden hat. Er hatte keine Geschwister. Wahrscheinlich fällt das Haus mitsamt des Grundstücks an den Staat und wird abgerissen, um ein Haus zu bauen, das doppelt so hoch ist.« Katherina seufzte. »Und wieder verschwindet dann ein Teil des alten Treppenviertels.« Sie blinzelte, konnte jedoch eine Träne nicht aufhalten, die ihr die Wange hinunterlief. Stella überlegte, ob sie ihr Urteil über die Nachbarschaft noch mal überdenken sollte. Hastig wischte Katherina sich mit dem Ärmel über das Gesicht. Ihre Trauer schien echt zu sein. Aber weinte sie um ihren toten Nachbarn oder um eine weitere Enthistorisierung ihres geliebten Treppenviertels?

Katherina wandte sich zum Gehen. »Ich will Sie nicht von der Arbeit abhalten. Ich wünsche Ihnen einen schönen Tag.«

Stella verabschiedete sich ebenfalls und nahm ihr vibrierendes Diensthandy aus der Tasche ihrer Regenjacke.

»Hast du dich verlaufen?«, hörte sie die Stimme ihres Chefs, »Oder machen wir jetzt immer zwei Stunden Mittagspause?« Erschrocken stellte Stella fest, dass es bereits fast fünfzehn Uhr war. Sie schloss die Haustür ab und schlug den Weg zu ihrem Auto ein. Sie würde heute Abend ihren Patenonkel Tristan anrufen. Er drängte ihr jedes Mal förmlich sein Geld auf, wenn sie ihn sah. Sie selbst hatte auch einiges Geld auf ihrem Sparbuch, denn eigentlich lebte sie recht sparsam. Ihre Wohnung in Heimfeld war nicht teuer und ihre Urlaube in letzter Zeit eher bescheiden. Da sie außerdem Beamtin war und einen sicheren Job hatte, würde ihr die Bank ohne Probleme einen Kredit bewilligen. Alles in allem bestand also eine vage Möglichkeit, dass sie tatsächlich der Stadt Hamburg Friedjof Hansens ehemaligen Wohnsitz abkaufen und renovieren konnte. Oder waren diese Gedanken nur Spinnerei?

Als sie bei ihrem Auto war, sah sie, dass ein Strafzettel unter ihrem Scheibenwischer klemmte.

Abigail Dinsley hielt die Hand ihres Ehemanns fest umklammert, als sie die Eingangstür zum Polizeipräsidium aufstieß. Seit sie den Entschluss gefasst hatte, »reinen Tisch zu machen«, wie sie es John gegenüber geäußert hatte, hatte sie es sehr eilig.

»Nicht, dass ich es mir noch mal überlege.«

John Dinsley drehte die Hand seiner Frau um und gab ihr einen Kuss auf den Handrücken. »Ich unterstütze dich, Darling. Das weißt du. Auch wenn ich mir gewünscht hätte, dass du nicht all die Jahre geschwiegen hättest.« Er gab sich große Mühe, vorwurfsvoll zu klingen, aber in Wirklichkeit hatte er seiner Frau ihre Verschwiegenheit schon vergeben. Er konnte Abigail einfach nicht böse sein. Sie wusste das und blinzelte ihn kokett an. »Ich möchte das hier jetzt auch nicht überbewerten. Immerhin ist sie seit fast vierzig Jahren tot.« Sie hob ihren Zeigefinger. »Und ich habe mich damals ja bemüht, ihre Geschichte zu überprüfen.«

John Dinsley nickte. »Es ist gut, dass du es jetzt der Polizei erzählen willst. Hast du auch alles eingepackt?«

Abigail klopfte auf ihre Handtasche. »Natürlich!« Sie hatte heute extra die große Tasche von Armani mitgenommen, damit auch alles reinpasste. Abigail musste sich selbst loben, dass sie so ordentlich war und fast alle Unterlagen aus den Tagen ihrer Praxis aufbewahrt hatte. Dass John deshalb auf seinen Teil des Ankleidezimmers hatte verzichten müssen, war nicht weiter schlimm, denn im Gegensatz zu ihr legte er nicht viel Wert darauf, sich modisch zu kleiden. Dementsprechend kaufte er auch kaum neue Sachen.

Die Frau am Empfang musterte sie aufmerksam. Hier kam sicher keiner unbemerkt rein. »Kann ich Ihnen helfen?«

Abigail nickte und zog eine Visitenkarte aus der Tasche ihres Blazers. Dann setzte sie ihre Lesebrille auf, die an einer langen goldenen Kette um ihren Hals hing, und lächelte die Frau entschuldigend an. »Die Augen sind nicht mehr so wie früher. Ich möchte zu Frau K-U-R-T-O-Ğ-L-U. Es geht um den Mordfall Fröhlich.« Abigail las den exotischen Namen auf der Karte betont und langsam vor. Sie hatte ihn vorher noch nie gehört und wollte auf keinen Fall etwas falsch aussprechen.

Die Frau nickte und nahm einen Telefonhörer in die Hand. »Ich rufe mal schnell oben an, damit jemand kommt und sie abholt. Vom Mittagessen ist Frau Kurtoğlu auf jeden Fall schon zurück.«

Abigail warf verwundert einen Blick auf ihre Armbanduhr. Es war ja auch bereits halb vier. Aber vielleicht hatten die Mitarbeiter der Mordkommission ja sehr unregelmäßige Pausenzeiten. Sie griff nach der Hand ihres Mannes und wartete, bis die Frau wieder aufgelegt hatte. »Geht gleich los. Sie können sich so lange setzen.« Sie deutete auf eine dezente Sitzgruppe, die unter dem Treppenaufgang stand.

Abigail hob ihr Kinn und blieb stattdessen kerzengerade stehen. Sie schätzte sie doch hoffentlich nicht schon als so klapprig ein, dass sie sich bereits für ein paar Minuten Wartezeit hinsetzen musste. Abigail hasste es, wenn jemand in der Bahn ihr einen Platz anbot. Deshalb drängte sie auch John, möglichst überall mit dem Auto hinzufahren. Sie selber hatte ihren Führerschein vor rund zehn Jahren abgegeben, als sie merkte, dass ihr Sehvermögen stark nachließ.

Nur wenige Minuten später kam die blonde Kommissarin, mit der sie ebenfalls auf dem Treppenfest gesprochen hatte, die Treppe herunter. »So eine Überraschung, Herr und Frau Dinsley. Meine Kollegen haben schon versucht, Sie zu erreichen.« Freundlich gab die Kommissarin ihnen beiden die Hand. »Unsere Bereitschaft sitzt im dritten Stock. Wollen wir zu Fuß gehen? Sie sehen so fit aus. Und es dauert immer eine Weile, bis der Fahrstuhl kommt.«

Lächelnd winkte Abigail jedoch ab. Übertreiben sollte man es mit der Jugendlichkeit nun auch wieder nicht.

Die kleine Frau saß kerzengerade auf dem Stuhl, obwohl ihre Füße wahrscheinlich nicht mal den Boden berührten. Banu bewunderte ihr akkurat geschminktes Gesicht, das sie deutlich jünger aussehen ließ, als sie in Wirklichkeit sein musste. Stella saß neben ihr und tippte mit einem Kugelschreiber auf die Schreibtischunterlage. Ein Zeichen dafür, dass sie gespannt war, was jetzt kam. Und auch Banu konnte sich noch keinen Reim darauf machen, warum eine Frau, die vor wenigen Tagen noch behauptet hatte, sie habe die Fröhlichs gar nicht gekannt, etwas zur Lösung des Mordfalls betragen wollte. Abigails Ehemann John wurde von Armin und Gunnar im Nebenzimmer befragt. Zwar hatte Abigail bereits eingewendet, dass er ihnen nicht viel würde sagen können, aber es war wichtig, dass Abigail bei der Befragung von ihrem Mann getrennt war. Später würden sie sehen, ob es Diskrepanzen zwischen den Aussagen gab.

»Zunächst einmal möchte ich betonen, dass weder John noch ich die Fröhlichs oder gar Friedjof Hansen umgebracht haben.« Abigails blaue Puppenaugen wanderten von Stella zu Banu. Stella lächelte sie offen an. »Wir haben bisher auch gar nichts dergleichen behauptet.«

Banu schaltete das Diktiergerät an. Sie wollte dem Gespräch einen offiziellen Charakter geben. Abigail verstand sofort, dass sie sich nun in einem Verhör befand und räusperte sich.

»Frau Dinsley, Sie sind zu uns gekommen, um uns etwas über die im Januar 1976 ermordeten Fröhlichs zu erzählen.«

»Ja, leider muss ich Ihnen als Erstes mitteilen, dass ich am Samstag gelogen habe, als ich erzählt habe, dass ich die Fröhlichs nicht kannte.« Abigail schlug für einen Moment die Augen nieder, suchte danach jedoch sofort wieder den Blick von Banu. »Esther Fröhlich war meine Patientin.«

Banu versuchte, sich ihre Überraschung nicht anmerken zu lassen, konnte aber eine erfahrene Psychologin mit ihrer gespielt reduzierten Mimik nicht täuschen. »Ich sehe, damit haben sie nicht gerechnet.« Abigail machte eine Kunstpause. »Sie kam im April 1973 zum ersten Mal in meine Praxis. Allerdings unter falschem Namen. Sie nannte sich Lotte Körner. Später fand ich auch heraus, warum.«

Banu sah aus den Augenwinkeln, wie ihre Kollegin den Mund aufmachte, um etwas zu fragen. Sie holte unter dem Tisch mit dem Fuß aus und trat ihr gegen das Schienenbein. Als Stella sie empört anblickte, schüttelte sie mit dem Kopf. Sie wollte an dieser Stelle nicht unterbrechen, da sie gerade das Gefühl hatte, Abigail Dinsley würde sonst aus dem Redefluss kommen.

»Ich wusste zunächst nicht, wer sie war. Für mich war sie eine ganz normale Patientin. Sie hatte nicht einmal eine besonders seltene psychische Krankheit bei einer Person ihres Alters. Esther Fröhlich litt unter einer Dissoziativen Persönlichkeitsstörung. Sie dachte, sie hätte noch eine Zwillingsschwester, mit der sie sich ihr Leben teilen würde. Sogar ihren Ehemann.«

Nun unterbrach Stella aber doch. »Haben das tatsächlich so viele Menschen?«

Abigail nickte. »Gerade in der Kriegsgeneration findet man häufig so eine multiple Identitätsstörung. Viele Menschen wurden schon als Kinder traumatisiert, Esther zum Beispiel dadurch, dass sie so viel Elend in Auschwitz, wo sie geboren wurde, und Bergen-Belsen gesehen hat. Sie hat ja sogar miterlebt, wie ihre Mutter elendig gestorben ist. Die Erfindung einer anderen Identität hat eine Art Schutzfunktion. Ich hatte damals sehr viele Patienten, die darunter litten.«

Banu hatte den Eindruck, dass sie nun doch vielleicht nicht weit davon entfernt waren, diesen alten Fall aufzuklären. Momentan konnte sie allerdings noch keine Verbindung zur Tötung von Friedjof Hansen herstellen. Aber sie ermutigte Abigail durch ein Kopfnicken fortzufahren.

»Sie fragen sich sicherlich, warum ich nicht auf die Idee gekommen bin, dass an ihrer Geschichte etwas Wahres dran sein könnte. Wie gesagt, deutete alles auf eine psychische Erkrankung hin. Esther betonte immer wieder, dass ihre Schwester auf keinen Fall wissen dürfe, dass sie jemandem von ihrer Existenz erzählte. Sie kam zu mir, weil es ihr mit dem Versteckspiel immer schlechter ging. Sie hatte regelrecht Depressionen und Angst vor ihrer Schwester. Sie wurde auch von Sitzung zu Sitzung immer fahriger. Irgendwann erschien sie nicht mehr, und viel später erfuhr ich aus der Zeitung, dass sie ertrunken ist. Ich habe die Patientenakte also geschlossen. Seit ihre Leichen gefunden wurden, quäle ich mich damit herum, die Wahrheit zu sagen. Aber ich hatte zunächst Angst, dass man mich belangen könnte, weil ich damals nicht zur Polizei gegangen bin. Schließlich stand in der Zeitung, dass Friedjof Hansen ausgesagt hatte, die Tote kurz nach ihrem Ableben noch gesehen zu haben.«

Banu ärgerte sich über jeden, der bei einer Befragung nicht die Wahrheit sagte. Dieses Verhalten behinderte die Ermittlungen. Eine innere Stimme flüsterte ihr jedoch zu, dass das, was Abigail Dinsley ihnen noch zu sagen hatte, wahrscheinlich diesen Fehltritt aufwiegen würde. Deshalb verlor sie kein Wort darüber, sondern versuchte den Fokus des Gesprächs wieder auf Esthers Verhalten während der Therapiesitzungen zurückzulenken.

»Können Sie sich noch im Detail an die Sitzungen erinnern? Es wäre für uns wichtig, wenn wir möglichst genau erfahren, was Esther über ihre Schwester gesagt hat.«

In diesem Moment stand Abigail auf, hob ihre große Handtasche auf den Tisch und leerte sie aus. Zu Banus großem Erstaunen fielen mindestens zehn Audiokassetten heraus. Sehr zufrieden mit ihrem Auftritt, verschränkte Abigail Dinsley die Arme vor der Brust und schürzte ihre Lippen. »Ich habe damals alle Sitzungen aufgenommen, um sie mir mehrmals anhören zu können. Die Patienten wussten selbstverständlich davon.« Sie machte eine ausladende Geste mit der rechten Hand. »Ich lasse Ihnen dies alles erst mal hier. Wahrscheinlich werden Fragen aufkommen, wenn Sie die Bänder durchgehört haben. John und ich stehen sehr zeitig auf. Bitte scheuen Sie sich nicht, uns morgens schon früh aufzusuchen.«

Stella starrte den Berg an Tonträgern an. »Tja, Banu, ich fürchte, da haben wir eine lange Nacht vor uns. Falls noch jemand auf die Schnelle einen Kassettenrekorder auftreiben kann.«

Der kalifornische Rotwein stand bereits entkorkt auf dem festlich gedeckten Esstisch, damit er atmen konnte. Jan Domingo warf einen Blick auf die Bahnhofsuhr, die über dem Schrank mit den CDs hing. In etwa fünf Minuten würde seine Freundin Lucie die Haustür aufschließen. Er hatte sich viel Mühe mit der Tischdekoration gegeben. Vier schwarze Kerzen steckten in dem silbernen Kandelaber und die weißen Lilien in der schwarzen Vase, die Lucie von ihrer Oma geerbt hatte. Es sah ein bisschen aus wie in dem Schloss von Graf Dracula, doch Lucie mochte es nun mal so.

Zwar war der einundzwanzigste Geburtstag kein besonderer, aber es war der erste, den sie in der gemeinsamen Wohnung feierten. Deswegen sollte alles perfekt sein. Jan warf einen prüfenden Blick auf die Geschenke, die er auf der Anrichte drapiert hatte, und rückte den schmalen Gedichtband von Gustav Huber noch ein wenig in den Vordergrund. Er freute sich besonders, dass er neben den Saphir-Ohrringen und den Konzertkarten für die Oper »Die tote Stadt«, die in der Staatsoper aufgeführt wurde, noch dieses Geschenk gefunden hatte. Vor einiger Zeit hatten Lucie und er nämlich angefangen, sich abends Gedichte oder Kurzgeschichten vorzulesen, statt den Fernseher anzuschalten. Seine Freundin liebte traurige Liebesgedichte. Insofern würde »Stimmen der Nacht« genau das Richtige für sie sein.

Er hörte den Schlüssel im Schloss und stellte sich erwartungsvoll in den Türrahmen. Lucie war heute Morgen schon um sechs Uhr zu einer Studienfahrt nach Dessau aufgebrochen, um sich die Meisterhäuser der Mitglieder des Bauhauses anzusehen. Er hatte ihr im Morgengrauen natürlich bereits gratuliert, aber die Geschenkübergabe hatten sie auf den heutigen Abend verschoben. Lucie stellte ihre Tasche ab und hängte ihren Mantel an die Garderobe. Sie war wie immer ganz in Schwarz gekleidet, hatte jedoch knallroten Lippenstift passend zu ihren lackierten Fingernägeln.

»Noch mal alles Gute zum Geburtstag«, sagte Jan.

»Danke.« Lucie gab ihm einen langen Kuss. Er spürte, wie sich ihr Lippenstift auf seinen Mund übertrug, und schmeckte einen Hauch Kirsche. Sie klatschte in die Hände. »Und wo sind die Geschenke?«

Jan trat hinter sie und hielt ihr mit der linken Hand die Augen zu. Die rechte Hand legte er auf ihren Rücken und bugsierte sie zu der Anrichte. »Und nun: Augen auf!« Lucie ließ einen kleinen Freudenschrei hören, als sie die Ohrringe auspackte und hielt sie gegen das Kerzenlicht, um das Blau der Saphire funkeln zu sehen.

»So blau wie deine Augen«, flüsterte Jan.

»Die sind aber grün«, empörte sich Lucie gespielt. »Das müsstest du mittlerweile wissen.«

Jan führte ihre Hand an den Mund und küsste jeden Finger einzeln. Sie war wunderschön und irgendwie hatte er jetzt auf etwas ganz anderes Lust als das Rinderfilet, das er im Ofen hatte. »Du weißt, für mich zählen innere Werte.« Er öffnete den obersten Knopf ihrer Bluse. Lucie schüttelte seine Hand ab wie eine lästige Fliege und griff nach dem Umschlag mit den Opernkarten. »Da hast du ja mal richtig zugehört, als ich neulich die Veranstaltungshinweise aus der MOPO vorgelesen habe.« Dann strich sie mit dem Finger über das Cover von »Stimmen der Nacht«. »Ein unbekannter Dichter? Hört sich an, als wäre das genau mein Fall. Schön düster.« Sie drehte sich zu Jan um. »Vielen Dank, mein Schatz. Und wenn du schön brav bist, habe ich später auch noch ein Geschenk für dich.« Sie öffnete den zweiten Knopf ihrer Bluse. Zum Vorschein kam ein ziemlich aufregender roter BH, der nur aus Spitze zu bestehen schien.

»Warum später?« Jan merkte, dass seine Stimme heiser klang.

»Weil ich jetzt Hunger habe«, sagte Lucie und setzte sich auf den Küchentresen, wobei sie kokett ein Bein über das andere schlug, sodass ihr Rock hochrutschte und Jan rote Strapse sehen konnte. In diesem Moment klingelte es. Jan seufzte resigniert und Lucie rutschte vom Tresen herunter und ging zur Tür. »Aufgeschoben ist nicht aufgehoben«, hauchte sie Jan im Vorbeigehen zu und berührte ihn dabei leicht am Oberschenkel.

Jan musste sich eine ganze Menge toter Fische vorstellen, um einen einigermaßen klaren Eindruck zu machen, als die Nachbarin vor ihm stand.

»Ich wollte nur kurz gratulieren«, sagte Tine oder Trine. Er konnte sich nicht genau erinnern. Sie war eine Mittzwanzigerin mit dunkelblondem Haar und undefinierbarer Augenfarbe. Das einzig Bemerkenswerte war ihre Größe. Sie musste mindestens eins achtzig sein. Sie drückte Lucie eine Schachtel Pralinen in die Hand und wandte sich schon wieder zum Gehen. »Ich mache am Wochenende einen Spieleabend. Vielleicht habt ihr ja Lust zu kommen.«

»Ja, sicher«, flötete Lucie und schloss die Tür hinter ihr zu. Dann prustete sie laut los. »Ein Spieleabend? Bin ich fünfzig?«

Jan zuckte mit den Achseln. »Ich habe zum letzten Mal ein Brettspiel gespielt, als ich zehn war. Aber jetzt könnte ich mir gut Strip-Poker vorstellen.« Doch er merkte, dass der Moment sexueller Erregung bei Lucie fürs Erste vergangen war.

»Lass uns erst mal essen«, schlug sie vor und schenkte sich ein Glas Wein ein.

»Na gut. Du bist das Geburtstagskind.« Jan legte eine Nuance Enttäuschung in seine Stimme. Dann ging er zum Ofen und warf einen Blick auf das große Stück Rindfleisch. Er stach mit einer Fleischgabel hinein und roter Saft lief aus dem Filet heraus. »Ich glaube, das Fleisch ist gut so. Kannst du mir mal die Alufolie reichen, Lucie?« Als seine Freundin nicht reagierte, drehte er sich um und sah, dass sie »Stimmen der Nacht« in der Hand hielt. Es schien ihr zu gefallen, denn sie formte die einzelnen Worte mit den Lippen. Das tat sie immer, wenn sie sich auf etwas konzentrierte.

»Der arme Mann hat offensichtlich seinen Sohn verloren. Wie traurig!«, sagte Lucie und legte das Buch zur Seite.

»Das kann nicht sein«, erwiderte Jan. »Ich habe vorgestern mit seiner Frau gesprochen. Sie hat mir erzählt, dass ihr Sohn ein Engagement an der Oper in Kairo hat.«

Lucie stellte ihr Glas auf dem Tisch ab. »Es ist alles in Ich-Form geschrieben. Und es klingt sehr persönlich.« Sie griff wieder zu dem Gedichtband und rezitierte:

»Weißer Stein auf schwarzem Grund,
Marmor trifft auf Erde.
Ich wein um dich, mein Sohn,
So lang ich leben werde.
Warum gingst du in den Tod
Und ließest uns zurück?
Als dein Genick auf Stein zersprang,
Zerbrach auch unser Glück.«

»Es hört sich an, als hätte der Sohn Selbstmord begangen.«

»Das lässt sich ja leicht nachprüfen.« Jan war bereits auf dem Weg ins Arbeitszimmer, um seinen Laptop zu holen. Hatte Sara Huber ihn angelogen? Und wenn ja, warum?

Auszug aus den Aufzeichnungen vom 5. Juni 1973

– *Frau Körner, Sie sind ja völlig aufgelöst. Ich habe nicht erwartet, Sie vor Dezember wiederzusehen. Ist etwas passiert?*
– *Ich bin schwanger. Ich habe solche Angst. Das Spiel ist vorbei. Das war das Einzige, was nicht passieren durfte. Nun sind wir nicht mehr gleich! Eine Frau, die ein Kind geboren hat, kann nicht so tun, als wäre sie je wieder makellos.*
– *Beruhigen Sie sich erst mal. Haben Sie die Tabletten genommen?*
– *Ja, das habe ich. Aber nun nicht mehr, denn es könnte dem Baby schaden.*
– *Ich finde, es ist ein Glücksfall, dass Sie ein Kind bekommen. Das wird Sie beruhigen, und vielleicht verschwindet Luise dann aus Ihrem Leben.*
– *Ich habe Luise hintergangen. Ich bin schlecht. Ich habe sie nicht mehr verdient.*
– *Sie sind nicht schlecht. Luise ist der schlechte Teil von Ihnen. Luise hat das Spiel erfunden. Sie wollte lügen und betrügen. Sie waren bei mir, weil Sie es beenden wollten. Sie sind eine aufrichtige Person und werden bestimmt eine gute Mutter. Ich kann Ihnen dabei helfen, sich nun für immer von Luise zu verabschieden.*
– *Werden Sie mich noch immer für aufrichtig halten, wenn ich Ihnen sage, dass das Kind gar nicht von meinem Ehemann ist? Luise und ich haben ihn die ganze Zeit mit einem seiner besten Freunde hintergangen. Unser Ehemann ist ein jämmerlicher Liebhaber. Er wollte es immer nur machen, wenn das Licht aus war. Und es hat auch nie länger als zwei Minuten gedauert.*

– *Das ist in der Tat eine Überraschung. Und wie lange ging diese Affäre?*
– *Wir haben schon kurz nach der Hochzeit angefangen, uns zu treffen. Die Frau des Freundes von meinem Mann ist frigide, seit sie das zweite Kind bekommen hat. Aber er brauchte sexuelle Befriedigung und das brauchten Luise und ich auch.*
– *Haben Sie denn nicht verhütet?*
– *Doch. Wir haben immer Kondome genommen. Bis auf das eine Mal. Ich hatte gedacht, dass ich noch welche in meiner Tasche hatte, aber sie waren alle. Wir haben gedacht, das eine Mal passiert schon nichts. Mit meinem Ehemann hatte ich schon lange keinen Verkehr mehr. Luise auch nicht.*
– *Er wird also wissen, dass das Kind gar nicht von ihm ist.*
– *Ich habe überlegt, es noch einmal mit ihm zu machen und dann zu sagen, dass ich von dem einem Mal schwanger geworden bin. Ich bin ja noch ziemlich am Anfang der Schwangerschaft.*
– *Das können Sie machen, wie Sie meinen. Ich bin nicht hier, um moralische Urteile über Sie zu fällen. Aber ich denke, dass Sie unterbewusst immer ein Kind gewollt und deshalb auch den ungeschützten Geschlechtsverkehr hatten. Und zwar, um sich von Luise loszusagen.*
– *Aber ich liebe Luise. Dennoch möchte ich das Kind austragen. Ich habe schon so viel getan, das Gott nicht gutheißen wird. Ich werde nicht auch noch abtreiben.*
– *Und ich werde Ihnen dabei helfen. Ich schreibe Ihnen Tabletten auf, die anders dosiert sind. Nehmen Sie davon, aber statt einer zwei am Tag. Und dann würde ich sagen, wir sehen uns in zwei Wochen wieder.*

Auszug aus den Aufzeichnungen vom 19. Juni 1973

– *Ich kann nicht mehr schlafen. Ich träume ständig von Luise. Sie wird mich hassen.*
– *Hat sie sich denn bei Ihnen gemeldet? Sie muss sich doch gewundert haben, dass Sie nicht gekommen sind.*
– *Nein, aber so ist Luise auch nicht. Sie plant bestimmt etwas. Sie weiß, dass ich sie hintergangen habe.*
– *Ich bin mir sicher, dass das eine schwere Phase für Sie sein muss. Aber nach und nach wird Luise aus Ihrem Kopf verschwinden. Und Sie werden anfangen, sich auf das Baby zu freuen.*
– *Ich habe direkt nach unserer letzten Sitzung mit meinem Mann geschlafen und werde ihm sehr bald erzählen, dass ich schwanger bin.*
– *Weiß denn der biologische Vater schon etwas davon?*
– *Ja, ich habe es ihm gleich erzählt und er hat sich wahnsinnig gefreut. Ich glaube, dass er seine Frau und seine Kinder für mich verlassen wird, wenn das Baby da ist. Bis dahin muss mein Mann aber glauben, dass es von ihm ist. Aber ich weiß nicht, ob ich es so lange schaffe.*
– *Was schaffe?*
– *Ob ich noch so lange am Leben bin. Luise kann sehr böse werden. Wahrscheinlich wird sie erst mal gar nichts unternehmen und kommen, wenn ich nicht mit ihr rechne.*
– *Frau Körner, entspannen Sie sich. Dem Baby geht es gut. Ihr Mann wird Ihnen nichts vorwerfen und Luise wird nicht wiederkommen. Bestimmt nicht. Dass sie sich nicht bei Ihnen gemeldet hat, ist doch ein gutes Zeichen. Bald werden Sie sie ganz vergessen haben und sich vollkom-*

men auf Ihre Mutterschaft konzentrieren. Ich würde Ihnen empfehlen, vorerst nicht mit Ihrem Freund zu schlafen und sich nur auf sich zu konzentrieren.

– *Das würde ich sehr gern tun, aber Luise wird nicht zur Ruhe kommen. Und ich fühle mich gespalten. Ich vermisse sie, aber ich habe auch Angst vor ihr.*

MITTWOCH, DEN 22. AUGUST 2012

Ein Bündel vereinzelter Sonnenstrahlen fand den Weg durch die Rippen der Jalousie und kitzelte Stella an der Nase. Nur sehr zögerlich öffnete sie ihre Augen und bewegte ihren Kopf langsam hin und her. Ihr Nacken tat weh und auf der linken Seite ihres Kopfes hämmerte es hinter ihrer Schläfe. Sie kramte ihr Handy aus der Tasche und warf einen Blick auf das Display. Es war sechs Uhr morgens, und Banu und sie hatten gerade mal zwei Stunden geschlafen. Nun konnte man selbst zwei Stunden Schlaf durchaus als Erholung für den Körper nutzen, wenn man sie auf seiner schönen bequemen Kaltschaummatratze unter einer weichen Daunendecke verbrachte. Aber auf dem Boden des Vernehmungszimmers, eingewickelt in eine alte Decke aus lila Kunstfellimitat, die Armin aufgrund ihrer beginnenden Schäbigkeit zu Hause aussortiert hatte, hatten zwei Stunden Schlaf nicht den geringsten Erholungswert für Körper und Geist.

»Hast du mal ein paar Streichhölzer für meine Augen?«, fragte Banu.

Stella konnte sie kaum verstehen, denn das hintere Ende des Satzes ging in einem lauten Gähnen unter. Sie wusste nicht, wann sie das letzte Mal so müde gewesen war. Bis heute Morgen um vier Uhr hatten Banu und sie die Kassetten von Abigail Dinsley durchgehört. Spätestens nach der achten Kassette hatte sie es bereut, den Vorschlag von Gunnar und Armin abgelehnt zu haben, sie um ein Uhr morgens abzulösen. Zwar hatten Banu und sie sich darauf geeinigt, dass man zu viele Informationen des bereits gehörten an die Kollegen hätte weitergeben müssen und dies auch wieder einen zeitlichen Aufwand bedeutete. Stella hatte allerdings den letzten Protokollen kaum noch folgen können. Bei Esthers Visionen, wie sie ihr Baby in einem See aus Blut sah, hatte sie gemerkt, wie sie unaufhaltsam in Morpheus' Arme driftete und erst wieder aufwachte, als ihr Kopf auf dem Schreibtisch aufschlug. Sie hatte schon in der letzten Woche sehr wenig geschlafen. Seit Viktor mit ihr Schluss gemacht hatte, wachte sie häufig in der Nacht auf und dachte über ihre gescheiterten Beziehungen nach. Vielleicht war sie tatsächlich nicht in der Lage, jemanden richtig zu lieben. Oder der Zug in Richtung immerwährende Liebe war wirklich abgefahren und Stella konnte nur noch auf dem Gleis stehen und zusehen, wie er den Bahnhof verließ. Sie war jetzt Mitte dreißig. Mittlerweile waren fast alle Männer in ihrem Alter vergeben. Nur die Verrückten und die Quasimodos waren noch übrig. Wahrscheinlich musste sie noch ein paar Jahre warten, bis die erste Scheidungswelle rollte, und dann aufmerksam Augen und Ohren offen halten, wenn die gebrauchte Ware an ihren Strand gespült werden würde. Leider hatten diese Männer dann zwar bereits eine verkorkste Beziehung hinter sich und im schlimmsten Fall schon Kinder, aber momentan sah Stella in dieser Taktik ihre einzige Chance auf ein spätes Liebesglück. Das könnte klappen, denn schließlich war sie auch bereits geschieden. Und Minus mal minus ergab ja bekanntlich plus.

Mit langsamen Bewegungen angelte sie erneut nach ihrem Handy und rief WhatsApp auf. Auch Jupiter hatte ihr zu ihrer großen Enttäuschung seit ihrem gemeinsamen Frühstück im Café Elbgold nicht mehr geschrieben. Wahrscheinlich hatte er das Zeichen für »Beziehungsunfähig – Hände weg!« auf ihrer Stirn gesehen.

Die Emotionen, die der Besuch in Bergen-Belsen in ihr ausgelöst hatte, brachten sie ebenfalls um den Schlaf. Sie hatte damals in der Schule »Das Tagebuch der Anne Frank« gelesen. Es war ihr aber gar nicht mehr gegenwärtig gewesen, dass das jüdische Mädchen in Bergen-Belsen gestorben war. Ein Mordfall, in dem die Mordbereitschaft 5 vor zwei Jahren im Hamburger Süden ermittelt hatte, hatte Stella mit den grausamsten Misshandlungen im Dritten Reich konfrontiert. Nachdem sie es eine Zeit lang geschafft hatte, vieles auszublenden, geisterten die Bilder nun erneut in ihrem Kopf herum. Sie nahm sich vor, Abigail Dinsley um Rat zu fragen. Vielleicht war es auch für sie an der Zeit, eine Therapie anzufangen.

»Es gibt so viele offene Fragen«, sagte Banu und riss Stella aus ihren düsteren Gedanken. »Wir müssen uns noch einmal mit Abigail Dinsley unterhalten. Mir ist zum Beispiel nicht klar, warum sie der Geschichte mit der Zwillingsschwester nicht doch mal nachgegangen ist.«

Stella schlenderte zur Kaffeemaschine und schüttelte mit einem traurigen Gesicht die letzten beiden Kapseln aus der Pappstange. »Wollen wir gleich zu ihr hinfahren? Ich muss hier jetzt mal raus.«

»Es ist fast halb sieben. Sie hat gesagt, dass wir ruhig früh bei ihnen auftauchen können. Und auf dem Weg stoppen wir und holen uns irgendwo ein Brötchen.«

Stella nahm ihre Zahnbürste, Zahnpasta und Deo aus ihrem Schrankfach. Es kam zwar nicht so häufig vor, dass sie die Nächte durcharbeitete, aber Banu und sie waren gern vorbereitet, wenn der Fall eintraf. Hygieneutensilien gehörten genauso zum Notfall-Set wie eine frische Unterhose und ein paar Socken. Ein Blick aus dem Fenster auf den wolkenlosen Himmel sagte ihr jedoch, dass sie heute keine Socken brauchen würde. Sie warf noch einen letzten sehnsüchtigen Blick auf die Kaffeemaschine und griff nach ihrer Handtasche.

»Nun trenn dich mal von deinem Spiegelbild«, sagte sie zu Banu, die sich gerade in der kleinen Teeküche die Haare kämmte. »Je früher wir heute in die Ermittlungen starten, desto besser.«

Banu sah sie verwundert an. »Immer mit der Ruhe. Abigail läuft uns nicht weg.«

»Stimmt«, sagte Stella. »Aber je schneller wir mit der Arbeit fertig sind, desto eher kann ich in mein Bett.« Tatsächlich hatte sie jedoch große Zweifel daran, dass dieser Arbeitstag ein kurzer sein würde.

Katherina Lühne war durch ein leises Schluchzen aus ihrem leichten Schlaf aufgeschreckt. Sie warf sich ihren Morgenrock über und ging barfuß über die unebenen Holzdielen durch das Wohnzimmer. Ihr war aufgefallen, dass ihr Mann nicht ins Bett gekommen war. Aber das war leider nichts Ungewöhnliches. Er schlief in den letzten Monaten häufig in seinem Rollstuhl.

Fritz saß am Fenster. Sein Kopf war auf seine Brust gesunken und er weinte. Erst als Katherina bis auf zwei Schritte an ihn herangekommen war, erkannte sie, dass die Tränen auf die Fragmente eines Polaroidfotos tropften, die auf Fritz' Schoß lagen. Als ihr Mann bemerkte, dass er nicht mehr allein im Zimmer war, zuckte er zusammen, hörte jedoch nicht auf zu weinen.

»Sie hat unser Leben kaputt gemacht«, flüsterte er und zeigte auf einen Fotoschnipsel, der noch gut erkennbar das Antlitz von Esther Fröhlich zeigte. Darauf hatte sie eine Augenbraue hochgezogen und lachte den Fotografen an, wobei sie mit der Zungenspitze aufreizend ihre Oberlippe berührte. Katherina brauchte nicht lange zu überlegen, wer das Foto gemacht hatte. Es kam ihr so vor, als würde Esther Fröhlich nach all den Jahren und aus dem Jenseits heraus sie immer noch verhöhnen.

»Möchtest du einen Tee, Fritz?« Diese Frage zu stellen war ein Automatismus und sie stellte sie ohne jegliche Betonung. Sie wusste, dass Fritz sie wie immer verneinen würde. Gerade als sie sich umdrehen wollte, um für sich selber Wasser aufzusetzen, griff ihr Mann nach ihrer Hand und hielt sie zurück. »Geh bitte nicht!«

Katherina war so erschrocken, dass sie für einen Moment das Atmen vergaß. Fritz' Finger fühlten sich trocken und schwielig an. Seine Hand zu halten, war ein merkwürdiges Gefühl, und ein wunderschönes. Sie hatte gedacht, dass sein Händedruck schlapp sein müsste, da er kaum noch Körperspannung hatte, aber er war angenehm fest. »Ich habe so lange Zeit jemanden geliebt, der mich zum Narren gehalten hat. Verschwendete Jahre!« Fritz suchte Katherinas Blick. Sie erkannte nicht nur Flehendes in diesen Augen, sondern auch Bestimmtheit. »Und trotzdem hast du immer zu mir gehalten. Warum?«

»Ich habe es vor vielen Jahren geschworen«, gab sie zurück, zog ihren Ehering vom Finger und hielt ihn Fritz so dicht vor die Augen, dass er das Datum darin erkennen konnte. »In guten wie in schlechten Zeiten. Ich habe es vor Gott geschworen.«

Fritz schloss seine Augen und einen Moment lang dachte Katherina, dass er eingeschlafen wäre. Sie zog die Wolldecke auf seinem Schoß hoch, die ein wenig nach unten gerutscht war. Doch Fritz schlug die Augen auf und legte seine Hand wieder auf ihre. Katherina wurde ganz schwindelig. Seit vierzig Jahren war sie keinen zärtlichen Körperkontakt mehr gewohnt.

»Ich möchte nicht, dass du mir verzeihst. Denn ich weiß, dass keine Liebe der Welt das aushalten kann, was ich dir angetan habe. Ich kann es auch nicht wiedergutmachen.« Katherina merkte, wie eine Träne ihre Wange hinunterlief. Sie wischte sie nicht ab, da sie ihre Hände nicht unter denen von Fritz wegziehen wollte. »Aber ich hoffe, dass du auch die paar Jahre, die wir noch haben, an meiner Seite bleibst. Ich weiß, das ist mehr, als ich verlangen kann.«

Katherina ließ es geschehen, dass er ihre Hand an seine Lippen führte. Sie kniete sich auf den Holzboden und legte ihren Kopf auf seinen Schoß. Sie verharrten in dieser Haltung noch lange nachdem eine orangefarbene Sonne über Blankenese aufgegangen war und das Treppenviertel in einen Schleier aus verschiedenen Rot- und Gelbtönen gehüllt hatte.

»Boarding completed.« Linda Lühne sah aus dem Fenster des Flugzeugs auf die Landebahn, die von den ersten Sonnenstrahlen des Tages ausgeleuchtet wurde. Sie war froh, dass ihr Arbeitgeber seinem Führungspersonal den Flug in der Business Class gönnte. Wenn sie Economy flog, fühlte sie sich oft eher wie eine Sardine in einer Büchse, denn sie fand nicht ausreichend Raum für ihre langen Beine. Die dunkelhaarige Flugbegleiterin beugte sich lächelnd zu Linda herunter und kontrollierte, ob sie angeschnallt war. Dann wandte sie sich dem Anzugträger auf der anderen Seite des Ganges zu und wies ihn freundlich, aber bestimmt an, seinen Laptop zuzuklappen. Linda schloss für einen Moment die Augen und ließ die Ereignisse des Wochenendes noch einmal Revue passieren.

Letztlich hatte sich doch alles so gewendet, wie es für ihre Familie am besten war. Als Linda am Sonntag das Fitnesscenter verlassen hatte, war sie drauf und dran gewesen, zur Polizei zu gehen, den Erpressungsversuch anzuzeigen und damit die Affäre ihres Vaters mit Esther Fröhlich öffentlich zu machen. Aber dann kamen ihr Zweifel. Das Team, das den Neßsand-Fall bearbeitete, hatte mit Sicherheit keine zwei Wochenenden nacheinander Dienst. Sie müsste also Menschen, die noch gar nicht mit den Details des Falls bekannt waren, alles haarklein auseinandersetzen. Und wahrscheinlich würde sie dann am Montag sowieso noch mal vorgeladen. Also konnte sie auch gleich bis Montag warten. Den Besuch von »La Traviata« hatte sie jedoch nicht so genossen wie ihre Opernbesuche sonst. Auch Emilia, ihre Freundin, musste bemerkt haben, dass sie abgelenkt war. Sie fragte jedoch nicht nach, als Linda sagte, dass sie nach der Oper lieber nicht noch essen gehen wollte, obwohl dies unüblich war. Normalerweise besprachen die beiden Opernliebhaberinnen die Inszenierung im Restaurant »Blockhouse«, das nur einige Gehminuten von der Staatsoper entfernt war. Dazu tranken sie Rotwein und aßen Steaks.

Doch der Anruf ihrer Mutter hatte sie alle Rituale verwerfen lassen. Gegen einundzwanzig Uhr hatte sie Linda mitgeteilt, dass Friedjof Hansen tot sei. Wahrscheinlich ermordet. Linda hatte nie an göttliche Fügung geglaubt, aber nun war sie bereit, diese Einstellung noch mal zu überdenken. Hätte sie der Polizei alles erzählt, was sie wusste, wäre ihr Vater mit einem eventuellen Komplizen wahrscheinlich der Hauptverdächtige gewesen, und zwar sowohl im Mordfall Fröhlich als auch bei Friedjof Hansen. Es hätte alles gepasst.

Nun war natürlich interessant zu wissen, wer den alten Spinner umgebracht hatte. Es war ja nicht zu unwahrscheinlich anzunehmen, dass er vielleicht noch andere Personen erpresst hatte. Linda sah sich eher als jemand, der anderen Menschen generell positiv gegenüberstand. Aber sie musste zugeben, dass sie nicht allzu traurig gewesen war, als sie von Friedjofs Tod erfahren hatte. Niemand würde ihrer Familie jetzt Schaden zufügen. Sie wollte die Liebschaft, die ihr Vater gehabt hatte, am besten vergessen. Und sie würde sich alle Mühe geben, so zu tun, als hätte sie nie davon gehört.

Die Maschine befand sich inzwischen in der Luft und das Anschnallsignal war erloschen.

»Möchten Sie etwas trinken?«, fragte eine blonde Stewardess, deren Namensschild sie als »Anastasia« auswies.

»Ein Glas Moët & Chandon, bitte«, sagte Linda. In gewisser Weise hatte sie etwas zu feiern. Zwar gehörte Champagner um sieben Uhr morgens nicht gerade zu ihren Standardgetränken, aber bis ihre Sitzung in London beginnen würde, würde der Alkohol ihre Blutbahn bereits wieder verlassen haben.

Die Butter troff von dem noch warmen Croissant. Auf dem Bild des lustigen kleinen Hasen, das den Frühstücksteller mit dem Design der englischen Künstlerin Beatrix Potter zierte, bildete sich ein See von Fett. Abigail gab noch einen Teelöffel Orangenmarmelade auf das luftige Gebäck und nahm einen großen Bissen. Sie lehnte sich in die voluminösen Kissen ihres Stuhls zurück und schirmte ihre Augen gegen die gleißende Morgensonne ab. »Holst du mir bitte meine Sonnenbrille, Lieber?« John war bereits aufgestanden. Selbst nach vierzig Jahren Ehe war er nicht müde, ihr jeden Wunsch zu erfüllen.

Es war nur eine Frage der Zeit, bis die beiden Kommissarinnen bei ihr auftauchen würden. Dessen war Abigail sich sicher. Denn die Kassetten warfen mehr Fragen auf, als sie beantworteten. Abigail wusste allerdings nicht, ob sie ihnen würde weiterhelfen können. Sie mochte sich nicht gern an die Sitzungen mit Esther Fröhlich erinnern, denn sie hatte versagt. Damals hatte sie nur einen einzigen zögerlichen Versuch unternommen, Esthers Geschichte nachzuprüfen. Viel zu einfach war es gewesen, ihr eine Identitätsstörung zu attestieren und ihr die entsprechenden Psychopharmaka zu verschreiben. Ein wenig mehr als das Eingeständnis des medizinischen Versagens beschäftigte sie jedoch die Frage, ob Esther noch am Leben wäre, wenn sie sie damals darin bestärkt hätte, gegen ihre Zwillingsschwester vorzugehen. Anstatt ihr immer wieder einzureden, dass sie ein Teil von ihr wäre, den sie lernen müsse zu akzeptieren. Und der, dank der Hilfe der Medikamente, irgendwann wieder verschwinden würde. Natürlich konnte sie sich noch immer nicht sicher sein, dass die Zwillingsgeschichte stimmte, denn die Kommissarinnen hatten ihr natürlich nichts verraten, aber nach dem Mord an Friedjof Hansen war sie mehr und mehr überzeugt davon.

»Hier, Darling!« John legte die Brille vor sie hin. »Möchtest du noch einen Eistee?« Bevor Abigail nicken konnte, hatte er ihr Glas wieder gefüllt. Ihr Ehemann verwöhnte sie, und sie genoss es.

Da ihre Terrasse an der Seite des Grundstücks mit Blick auf die kleine Gasse lag, sah Abigail die beiden Frauen bereits, als sie noch einige Meter entfernt waren. Die blonde Kommissarin, Stella Brandes, schien ihr mit den knappen Shorts und dem Top etwas zu leicht bekleidet für jemanden, der ein seriöses Amt bei der Polizei ausübte. Mit einem Seitenblick auf ihren Ehemann sah sie, dass er die erfreuliche Erscheinung von Frau Brandes ebenfalls wahrnahm, jedoch nicht so kritisch beurteilte. Sie versetzte ihm einen leichten Stoß mit dem Ellenbogen. »Würdest du bitte die Pforte aufmachen, John?« Sofort stand John auf und tippte den Zahlencode in das Kästchen ein, das an der zwei Meter hohen und mit eisernen Spitzen bewehrten Gartentür angebracht war. Seit vor zwei Jahren in das Haus der Dinsleys eingebrochen worden war, waren sie lieber auf Nummer sicher gegangen und hatten ebenso wie viele andere ihrer Nachbarn elektronische und alarmgesicherte Gartenpforten einbauen lassen.

»Guten Morgen«, flötete Abigail betont gut gelaunt. »Ich habe bereits mit Ihnen gerechnet. John, legst du bitte noch zwei Gedecke auf?«

Banu Kurtoğlu winkte ab. »Das ist sehr nett, Frau Dinsley, wir sind aber nur hier, um Ihnen einige Frage zu stellen.« Die Kommissarin blickte demonstrativ zu John, der neben Abigails Stuhl stand. »Und zwar allein.«

Abigail zuckte mit den Achseln und machte eine Bewegung, als würde sie eine Fliege wegscheuchen. »Ich habe zwar keine Geheimnisse vor meinem Ehemann, aber du hast sie gehört, John. Du kannst ja schon mal die Liste für den Lieferservice schreiben.« Natürlich widersprach John ihr nicht. Er zögerte nur kurz und ging dann ins Haus.

Abigail brach noch ein Stück Croissant ab und steckte es sich in den Mund. Stella Brandes verfolgte jede ihrer Bewegungen. Sie schien hungrig zu sein. »Ich habe Sie schon erwartet. Natürlich werden Sie Fragen haben. Es war für Sie sicherlich anstrengend, die ganzen Kassetten durchzuhören.«

Banu Kurtoğlu nickte. »Esther Fröhlich hat sich als Lotte Körner ausgegeben. Können Sie uns sagen, warum?«

Abigail nahm einen Teelöffel und rührte versonnen in ihrer Tasse. »Sie kennen doch bestimmt ›Das doppelte Lottchen‹ von Erich Kästner? In dem Buch treffen sich Zwillinge nach einigen Jahren wieder, die nach der Geburt getrennt wurden. Das eine Mädchen heißt Lotte Körner. Esther Fröhlich wollte nicht, dass ich herausfinde, wer sie wirklich ist. Sie hat sich die Rechnungen für die Therapiesitzungen auch immer an ein Postfach schicken lassen oder in bar bezahlt. Erst als ich nach der Flut auf Neßsand ihr Foto in der Zeitung sah, wusste ich, wie sie wirklich hieß. Und dann recherchierte ich nach dem falschen Namen. Aber es schien mir sehr passend, denn in dem Buch ist Lotte auch die bescheidenere und höflichere von beiden. So hat Esther sich auch immer gesehen.«

Banu Kurtoğlu lächelte selbstzufrieden und ballte ihre rechte Hand zu einer Faust. »Das ›Doppelte Lottchen‹ war mir auch in den Sinn gekommen«, sagte sie, als sie merkte, dass Stella Brandes und Abigail sie verwundert anblickten.

Nach einer kurzen Pause ergriff die blonde Kommissarin das Wort. »Sind Sie denn nie auf die Idee gekommen, dass Esther wirklich eine Zwillingsschwester hatte? Ich meine, sie ist ja bei den Sitzungen nie davon abgewichen. Und hat Ihre ärztliche Meinung dazu auch nicht akzeptiert. Mich wundert, ehrlich gesagt, dass sie überhaupt so viele Sitzungen bei jemandem durchgezogen hat, der ihr nicht geglaubt hat.«

Abigail musste nun die Komfortzone verlassen und sich gedanklich in die Vergangenheit zurückbegeben. Sie dachte an den verregneten Junitag im Jahre 1973. Esther hatte ihr gesagt, dass sie schwanger sei und größere Angst vor ihrer Zwillingsschwester habe denn je. Es war das vorletzte Mal gewesen, dass sie Esther Fröhlich gesehen hatte. »Insgesamt waren es ja nur zehn Sitzungen und zunächst habe ich sie lediglich von sich erzählen lassen, um mir ein Bild zu machen.« Sie seufzte. »Wie ich Ihnen ja schon gesagt hatte, war ich sicher, dass Esther psychisch krank war und sich ihre Zwillingsschwester nur einbildete. Aber bei der letzten Sitzung war sie so voller Angst, dass ich Zweifel bekam.«

»Sie suchten Anna Witting auf, oder?«

Abigail war überrascht, dass Stella Brandes bereits darüber informiert war. Die Kommissarin musste ihr Erstaunen gesehen haben, denn sie fügte erklärend hinzu: »Wir haben Frau Witting ebenfalls zu der Zwillingshypothese befragt. Sie sagte, es wäre schon mal eine Frau deshalb da gewesen. Aber sie ist leider dement und konnte uns nicht mehr erzählen, wer das war.«

»Dann wissen Sie ja auch, dass Frau Witting nichts über eine Zwillingsschwester wusste. Ich habe es bei dieser Aussage bewenden lassen.«

»Und wie denken Sie jetzt darüber?«, fragte Frau Brandes. Abigail schnippte ein kleines Stück Croissant von ihrer Bluse auf die hellgrauen Granitsteine der Terrasse. Sofort kam eine Möwe angeflogen und schnappte sich die Leckerei. »Einiges spricht dafür, dass sie tatsächlich eine Zwillingsschwester hatte«, seufzte sie. »Meine Diagnose war falsch.« Sie bemühte sich, zerknirscht auszusehen. »Sie müssen mich jedoch auch verstehen. Wenn kurz nach Esther Fröhlichs Tod herausgekommen wäre, dass ich mich geirrt hatte, wären mir meine Patienten weggeblieben. Es gab nur wenige Praxen mit meinem Fachgebiet. Das hätte sich schnell rumgesprochen.« Abigail sah, wie Stella Brandes den Mund aufmachte, um etwas zu sagen, doch Banu Kurtoğlu war schneller. »Esther hatte tatsächlich eine Zwillingsschwester namens Elisabeth. Das steht fest. Es ist schon bedauerlich, dass Sie damals nichts gesagt haben, aber ich denke, wir sollten uns im Jetzt und Heute darauf konzentrieren, Esthers Zwillingsschwester zu finden. Sie waren wohl die Einzige, der Esther jemals von ihr erzählt hat.«

Abigail nickte. Es würde sie hier zwar niemand von ihrer Schuld freisprechen, aber vielleicht konnte sie etwas wiedergutmachen, indem sie ein paar Tipps gab, die helfen könnten, Elisabeth zu finden. »Ich gucke manchmal im Fernsehen Filme, in denen Profiler mithelfen, Straftäter zu fangen. So etwas kann ich natürlich nicht«, sagte sie. »Doch ich weiß, dass Elisabeth das Spiel mit dem Feuer liebt. Wie Sie nun auch wissen, war sie diejenige, die wollte, dass sie sich füreinander ausgeben. Esther war häufig drauf und dran, den Betrug zu beenden. Doch weil sie Elisabeth nicht enttäuschen wollte und auch zunehmend Angst vor ihr hatte, hat sie immer weiter mitgemacht.«

»Sie meinen also, dass Elisabeth durchaus keine Fremde ist, sondern sich die ganzen Entwicklungen schon länger aus der Nähe ansieht? Weil sie den Nervenkitzel braucht?«

Abigail nickte bedächtig. »Zumindest ist es im Bereich des Möglichen. Wahrscheinlich hat sie nach dem Mord an ihrer Schwester und ihrem Schwager erst mal Abstand gesucht. Das ist ja häufig so, wenn eine Beziehung zerbricht. Und ich glaube, so hat Elisabeth das gesehen. Nach einigen Jahren konnte sie es jedoch möglicherweise nicht mehr ohne ihre Schwester aushalten. Im Gegensatz zu allen anderen wusste sie ja, dass Esther noch auf der Insel lag. Ihr Grab jeden Tag nahe bei sich zu wissen, hat ihr Sicherheit gegeben, hat die Hälfte, die ihr nun fehlte, wieder ergänzt. Und Sie haben ja auf den Kassetten gehört, dass die beiden sich im Leben und im Tode nicht mehr trennen wollten.«

Abigail bemerkte den bewundernden Blick, den Stella Brandes ihr zuwarf und freute sich. »Es ist zwar schon so lange her, doch mein Gedächtnis funktioniert noch ganz gut.«

Im Kopf war Abigail in den letzten Tagen die Liste ihrer Nachbarn durchgegangen, um Parallelen zwischen Esthers möglicher Zwillingsschwester und einer hier im Viertel ansässigen Person zu finden. Bisher leider ohne Erfolg. Sie wusste zwar nicht von all ihren Nachbarn, wie alt sie waren, aber diejenigen, die in den letzten Jahren zugezogen waren, schienen ihr alle zu jung zu sein. Immerhin musste Elisabeth nun auch schon fast siebzig Jahre alt sein. »Es könnte also möglich sein, dass Elisabeth schon eine längere Zeit wieder im Treppenviertel lebt. Denn von hier aus hat man die beste Aussicht auf Neßsand. Vom Alter her kommt kaum eine infrage. Vielleicht passen noch Mina Teermann, die vor ungefähr fünf Jahren hergezogen ist, und Sara Huber. Auch wenn sie mir etwas zu jung scheint.«

»Und was ist mit dir, Darling? Du hast das richtige Alter und bist zugezogen.«

Abigail zuckte zusammen, als ihr Mann fast geräuschlos auf die Terrasse trat. Sie hätte ihm eine zeitaufwendigere Arbeit auftragen sollen. Mit Sicherheit wollte er nur witzig sein, seine Bemerkung war allerdings äußerst unpassend. Und noch schlimmer war, dass er schon einige Zeit gelauscht haben musste. Sie sah, wie Stella Brandes die Stirn runzelte und dann auf ihre Armbanduhr blickte. »Ich glaube, wir müssen los. Vielen Dank für Ihre Hilfe.« Abigail nickte den beiden zum Abschied zu und bedachte John mit einem strafenden Blick.

Als Stella gerade in dem kleinen Badezimmer verschwinden wollte, um sich ein zweites Mal zu deodorieren, summte das Telefon. Eine unverschämt muntere Tina meldete sich vom Empfang. »Hier sitzt ein junger Mann für euch«, sagte sie. »Er heißt Jan Domingo und hat einen Hinweis im Fall ›Esther und Hans Fröhlich‹, sagt er.«

Banu rollte mit den Augen. »Auf einmal rennen sie uns

hier mit ihren Hinweisen die Bude ein. Haben die sich abgesprochen?«

Stella grinste. »Die Hinweise von Jan Domingo waren bisher ja immer ganz brauchbar. Ich fahre runter und hole ihn ab.«

»Okay«, sagte Banu. »Und ich versuche, ob ich noch irgendwo ein paar Kekse auftreiben kann. Das Käsebrötchen vorhin war ja ganz nett, aber jetzt brauche ich was Süßes.«

Stella griff sich an die Schläfe. Sie hatte gehofft, dass der Ausflug zu den Dinsleys sie munter machen würde, doch das war leider nicht der Fall. »Können Sie das noch mal ganz langsam wiederholen, Herr Domingo? Irgendwie bin ich heute Morgen nicht so aufnahmefähig.«

Jan Domingo lächelte Stella an und sagte für sie eine Spur zu anzüglich: »Ich hoffe, Ihre Nacht war intensiv.«

Als sie sich auf dem Treppenfest erneut über den Weg gelaufen waren, hatte Stella eigentlich überlegt, ihm das Du anzubieten. Irgendwie fühlte sie sich sehr alt, wenn er sie siezte. Nach dieser anmaßenden Bemerkung war sie jedoch froh, es nicht getan zu haben.

Anstatt ihm eine Antwort zu geben, strafte Stella ihn lediglich mit einem bitterbösen Blick ab, öffnete die Schublade und platzierte das Diktiergerät vor Jan, damit er nicht auf die Idee kam, dass dies ein informeller Plausch war.

Banu schob die Tür zum Vernehmungszimmer mit dem Fuß auf. In der linken und rechten Hand hatte sie einen Becher mit Kaffee und im Mund einen Keks. Sie stellte einen Becher vor Stella hin und biss ein großes Stück von dem Gebäck ab. Eine Zehntelsekunde später machte sie ein schmerzverzerrtes Gesicht und fasste sich an die Wange. »Armin ist ein echter Keks-Messi. Diese Makronen sind bestimmt noch von Weihnachten. Ich glaube, ich habe mir ein Stück Zahn abgebrochen.«

Jan sah auf seine Armbanduhr. »Darf ich endlich loswerden, weshalb ich gekommen bin? Eigentlich müsste ich schon in der Schule sein.«

Stella nickte und startete die Aufnahme.

»Ich denke, ich weiß, wer Esther und Hans Fröhlich getötet hat.«

Stella war sofort hellwach und sah aus den Augenwinkeln, dass auch ihre Kollegin vergaß, sich die Wange zu halten und sich langsam auf den Stuhl neben Stella setzte. Beide ließen den jungen Mann nicht aus den Augen. Jan genoss diesen Auftritt ganz offensichtlich.

»Und wie kommen Sie auf die Idee?«

Sehr langsam schlug Jan ein Bein über das andere und lehnte sich zurück. Dann öffnete er seine Tasche und holte ein schmales Buch heraus. Er legte es vor Stella hin, ohne etwas zu sagen.

»Stimmen der Nacht«, las sie vor.

»Ein Gedichtband?«, fragte Banu.

Jan nickte. »Die Gedichte stammen von Gustav Huber, dem Mann von Sara Huber.«

Stella fuhr mit dem Finger über den Einband.

»Öffnen Sie es auf Seite fünfundzwanzig«, sagte Jan.

Stella schob das Buch ein Stück zu ihrer Kollegin hin, damit sie mitlesen konnte. Momentan fragte sie sich allerdings, was ein Gedicht von Gustav Huber mit dem Tod der Fröhlichs zu tun haben könnte, doch Jan sollte seine Chance bekommen, sie zu überzeugen. Sie las den kurzen Text einmal und dann ein zweites Mal. Anschließend wandte sie sich an Jan. »Könnten Sie uns bitte mit Ihrem Genie erleuchten?« Dies war normalerweise natürlich nicht die Sprache, die bei einem offiziellen Gespräch mit einem Zeugen benutzt wurde. Aber Stella war genervt von Jans Art, ihnen quasi Bonbons vor die Füße zu werfen, sie jedoch nicht auszupacken. Banu schien heute allerdings schneller zu denken als sie.

»Der arme Mann betrauert seinen Sohn«, sagte Banu. »Armin und Gunnar haben die Blankeneser Anwohner nach Friedjofs Tod befragt. Im Zuge dessen haben einige erwähnt, dass Sara Hubers Sohn ein recht talentierter Geiger ist. Das habe ich mir deswegen gemerkt, weil ich als Kind auch Geige spielen wollte. So wie die Spinne Thekla bei ›Biene Maja‹. Das war so ziemlich die einzige Serie, die ich damals sehen durfte.«

Jan zeigte sich beeindruckt. »Ganz genau, Frau Kurtoğlu. Und Frau Huber hat auch mir gegenüber von ihm in der Gegenwart gesprochen. Mit keiner Silbe hat sie erwähnt, dass er sich umgebracht hat.«

Stella stand auf und ließ Wasser in ihren leeren Kaffeebecher laufen. Dann nahm sie einen großen Schluck. Ihr Kopf dröhnte zwar noch immer, aber der Schleier der Müdigkeit wich einem Gefühl der Erkenntnis. Ganz langsam begannen sich in ihrem Kopf verschiedene Puzzleteile aufeinander zuzubewegen. »Sie hat gelogen«, sagte sie. »Warum?«

Jan kramte schon wieder in seiner Tasche und zog seinen Laptop heraus. Er stellte ihn so auf den Tisch, dass alle drei auf den Bildschirm sehen konnten. Dann rief er Google auf und gab den Namen »Damian Huber Selbstmord« ein. Es erschienen eine Handvoll Einträge, die alle den Tod des Musikers im Titel hatten. »Eine ganz große Welle hat das nicht geschlagen. Damian hat wohl doch eher in der zweiten Garnitur gespielt. Aber dieser Bericht ist recht ausführlich«, sagte Jan und klickte auf einen Artikel aus der »Zeit« vom vierundzwanzigsten Januar 2000.

»Talentierte junger Geiger springt in den Tod«, las Stella. Ihr lief ein Schauer über den Rücken, als bereits in der ersten Zeile des Artikels eine äußerst interessante Information geliefert wurde. »Damian Huber beging am 23.01.2000 Selbstmord, indem er aus dem fünfundzwanzigsten Stock seines Wohnhauses in Kairo sprang. An seinem sechsundzwanzigsten Geburtstag.« Sie wandte ihre Augen vom Monitor ab und suchte den Blick von Jan Domingo. »Damian Huber ist Stefan Fröhlich«, flüsterte sie.

Banu kniff die Augen zusammen und schüttelte verwirrt den Kopf. »Ich verstehe überhaupt nichts. Wie kommst du darauf?«

»Als Gunnar und ich am Tag, nachdem die Leichen gefunden wurden, auf Neßsand waren, haben wir in dem Haus vom Inselwart die Taufkerze von Stefan Fröhlich gefunden. Er wurde am dreiundzwanzigsten Januar 1974 geboren. Genau wie Damian Huber.« Jan klappte den Laptop zu. »Für mich gibt es nur zwei Schlussfolgerungen bei der ganzen Geschichte. Die erste ist erst mal relativ weit hergeholt, aber wenn Sara Huber lügt, könnte es damit zu tun haben, dass sie etwas über ihren Sohn verbergen will. Und zwar gegenüber ihren Nachbarn. Und dass von Stefan Fröhlich jegliche Spur fehlt, nachdem die Leichen seiner Eltern gefunden wurden, ist doch sehr merkwürdig.«

»Das lässt den Schluss zu, dass er damals noch lebend die Insel verlassen haben könnte«, unterbrach Banu, die nun offenbar auch auf der richtigen Fährte war.

Jan nickte. »Ich habe mir auch sofort Gedanken darüber gemacht, dass der verschwundene Sohn der Fröhlichs auch in dem Alter gewesen sein müsste. Das genaue Geburtsdatum von Stefan Fröhlich habe ich heute Nacht nicht herausfinden können. In einem Artikel war jedoch die Rede davon, dass Stefan kurz nach der Sturmflut zwei Jahre alt geworden wäre.«

»Das Geburtsdatum habe ich mir gemerkt, weil ich auch am dreiundzwanzigsten Januar geboren bin. Aber was ist die zweite Schlussfolgerung?«

»Dass Sara Huber ganz einfach verrückt ist und Damian Huber trotz desselben Geburtsdatums nichts mit Stefan Fröhlich zu tun hat«, sagte Jan. »Vielleicht hat sie den Tod ihres Sohnes einfach nur verdrängt. So etwas gibt es ja auch.«

»Nein«, Stella schüttelte heftig den Kopf, »das wäre schon ein zu großer Zufall, dass Stefan und Damian dasselbe Geburtsdatum haben.« In Banus Blick erkannte sie jedoch noch einen Hauch von Skepsis. »Aber warum hat Gustav den Nachbarn nichts vom Tod seines Sohnes gesagt?«

»Als Damian sich umgebracht hat, haben die Hubers noch in Bayern gewohnt. Kurz danach sind sie nach Blankenese gezogen. Sara hat Gustav möglicherweise gesagt, dass sie einen Neuanfang wolle und er Damians Tod deshalb nicht erwähnen solle. Sie könnte ihm glaubhaft versichert haben, dass das Gerede über den Selbstmord ihres Sohnes sehr wehtun würde. Wahrscheinlich war es ja auch so. Egal ob sie Stefan nun entführt hat oder nicht. Nach vierundzwanzig Jahren hat sie natürlich so empfunden, als wäre er ihr leiblicher Sohn.«

»Sie hätte dann aber auch seine Existenz komplett verschweigen können«, sagte Banu.

»Ich denke, Gustav hätte es wenig nachvollziehbar gefunden, seinen Sohn ganz verleugnen zu müssen. Denn er war ja auch sicher stolz darauf, was Damian erreicht hat. Und auch Sara hat ja wohl immer gern mit seiner Musikalität angegeben.« Banu schien überzeugt zu sein und Stella fuhr fort: »In dem Artikel über Damians Tod steht auch, dass er zeit seines Lebens psychisch instabil und in Therapie war.« Stella nahm noch einen großen Schluck Wasser.

»Und nun kommen wir noch mal zum Anfang des Gesprächs, Herr Domingo. Wer hat denn Ihrer Meinung nach die Fröhlichs umgebracht?«, fragte Banu.

Jan sah sie entgeistert an. »Ich dachte, darüber hätten wir jetzt die ganze Zeit gesprochen. Es war Sara Huber. Vielleicht damals unter anderem Namen. Sie hat Stefan Fröhlich entführt und als ihren Sohn ausgegeben. Warum sie das tat, weiß ich nicht, aber wenn ich ausführlich darüber nachdenke, fällt mir bestimmt etwas ein. Soll ich dann noch mal wiederkommen? Oder können Sie den Fall jetzt allein lösen?«

Stella mochte Jans hochmütige Art nicht. Trotzdem wäre sie ihm in diesem Moment gern um den Hals gefallen. Zwar hatten sie durch ihren Besuch in Bergen-Belsen und den DNA-Abgleich bereits Kenntnis davon, dass Esther eine Zwillingsschwester hatte. Auch die Kassetten von Abigail Dinsley waren diesbezüglich sehr aufschlussreich gewesen. Aber Jans Entdeckung war das kleine Puzzleteil, das ihnen noch gefehlt hatte, denn nun hatten sie eine Verdächtige: Sara Huber. War Sara Huber Elisabeth Rubinstein? Hatte sie ihre Schwester und ihren Schwager umgebracht und den kleinen Stefan entführt, um ihn als ihren Sohn auszugeben? Sie musste sich sehr beherrschen, um nicht laut zu denken.

Stella stellte das Diktiergerät aus und legte es in die Schublade zurück. »Vielen Dank, Herr Domingo. Das war sehr aufschlussreich. Ich bin jetzt voller Tatendrang und möchte am liebsten sofort zu Sara Huber fahren.«

Banu warf Stella einen warnenden Blick zu, den sie sofort richtig zu deuten wusste. Stella musste aufpassen, damit sie Jan Domingo gegenüber nicht zu viel ausplauderte. Er trat so souverän und selbstbewusst auf, als wären ihm alle Details des Falles bekannt. Zu diesem Zeitpunkt konnte er allerdings weder wissen, dass Esther einen Zwilling hatte, noch ahnen, dass Esther Sitzungen bei Abigail Dinsley gehabt hatte. Zumindest glaubte Stella, dass Jan nichts davon wusste. Aber wer konnte bei ihm schon sicher sein? Wahrscheinlich waren sie ihm dieses Mal um einige Zentimeter voraus. Es wäre schön, wenn es so bliebe. Sie stand auf und verabschiedete ihn. »Wir halten Sie auf dem Laufenden.«

Jan lächelte sie betont freundlich an. »Warum sollten Sie das tun?«

Stella lächelte hilflos zurück und stammelte irgendetwas von »Eine Hand wäscht die andere«. Jan warf einen Blick aus dem Fenster, legte sich seine Jacke über den Arm und nahm seine Tasche. Als er an Stella vorbei zur Tür ging, blieb er stehen. »Wir wissen beide, dass Sie mir keine Polizeigeheimnisse anvertrauen dürfen, Frau Brandes. Das würde mein Bild der Hamburger Polizei auch total durcheinanderbringen. Ich mache mir allerdings so meine eigenen Gedanken über den Fall.« Dann nickte er Banu zum Abschied zu und verschwand durch die Tür in Richtung Aufzug. Gerade als Stella den Edding in die Hand nahm, um die neuesten Erkenntnisse auf das Flipchart zu schreiben, summte die Klingel erneut.

»Ich habe noch was vergessen. Sara Huber hat mir Fotoalben von dem jüdischen Kinderheim in Blankenese geliehen. Angeblich hatte der Vorbesitzer des Hauses sie da gelassen. Und wer war noch in diesem Heim? Die gute Abigail, aber natürlich auch Esther. Na, klingelt es jetzt? Sara ist übrigens ein jüdischer Name. Er steht auf der Liste der Namen, die jüdische Eltern ihren Kindern nach 1938 geben durften. Esther war also eventuell nur ihr Ruf- oder ein hinzugefügter Zweitname.«

Natürlich hatte Jan Domingo seinen Abgang mal wieder perfekt inszeniert, und selbstverständlich hatte er das letzte Wort.

Armin betrat das Besprechungszimmer und machte mit Zeige- und Mittelfinger das Victory-Zeichen. »Der Besuch beim Standesamt in Blankenese war sehr aufschlussreich. Stefan Fröhlich ist der Sohn von Hans Fröhlich und Esther Sara Fröhlich, geborene Rubinstein. Er hieß tatsächlich mit Zweitnamen Damian. Nur schien das, bis auf die Eltern, keiner gewusst zu haben.«

»So war es deutlich leichter für Elisabeth Rubinstein. Sie hat seinen Ausweis einfach mitgenommen, nachdem sie seine Eltern umgebracht hatte. Es musste also kein Papier gefälscht werden. Als sie geheiratet hat, hat Gustav Huber ihn adoptiert und ihm seinen Namen gegeben.« Banu überlegte laut. »Und als sie nach Bayern gekommen ist, hat sie auch die Identität ihrer Schwester angenommen. Eine Sara Fröhlich hätte ja bestimmt dort niemand mit einer Toten aus Norddeutschland in Verbindung gebracht. So konnte sie Stefan einfach als ihren Sohn ausgeben. Wenn Mutter und Kind denselben Nachnamen haben, fragt keiner nach.«

Stella wusste, dass Banus Kinder mit Nachnamen Bergmann hießen, wie ihr Mann Tim. Sie hatte ihr mal erzählt, dass sie zuerst immer selbstbewusst beim Kinderarzt aufgetreten war und die Arzthelferin jedes Mal verbessert hatte, wenn sie mit »Frau Bergmann« angesprochen wurde. Irgendwann hatte sie jedoch kapituliert und einfach auf die Anrede gehört.

»Was es mit den Familienverhältnissen auf sich hat, werden wir später in aller Ruhe nachprüfen. Jetzt geht es darum, die Täterin möglichst schnell dingfest zu machen«, sagte Thorsten Fock.

Glücklicherweise war Gunnar im Nespresso-Geschäft am Neuen Wall vorbeigefahren und hatte neue Lungo-Kapseln besorgt. Stella war zwar müde, aber aufgeputscht durch den fünften Becher Kaffee. Und endlich war ihr Jagdinstinkt geweckt. Sie sah zu, wie ihr Chef den Edding über das Papier tanzen ließ, um die Mutmaßungen, die sie eben geäußert hatte, festzuhalten. Es war irgendwie paradox, dass ein Mann, der so ungern las, so begeistert vom Schreiben war.

»Die Beweislast ist ziemlich erdrückend«, sagte Gunnar.

Banu nickte. »Das i-Tüpfelchen ist noch die letzte Bemerkung von Jan Domingo mit den Fotoalben und dass Esther tatsächlich eigentlich Sara heißt. Domingo weiß ja noch gar nichts davon, dass Esther einen Zwilling hatte. Er ahnt nur irgendeine Beziehung zwischen Sara Huber und Esther Fröhlich, weil er denkt, dass beide zusammen in dem Kinderheim waren.«

Stella schüttelte den Kopf. »Da wäre ich mir bei Jan nicht so sicher.«

»Ist ja auch egal, was er weiß oder nicht. Wir wissen jetzt, dass Sara Huber höchst verdächtig ist, zumindest Stefan Fröhlich entführt und Friedjof Hansen getötet zu haben, da er sie wahrscheinlich doch wiedererkannt und ihr das signalisiert hat.« Thorsten Fock kämpfte mit den Papierbögen auf dem Flipchart, fand dann jedoch das passende und blätterte es auf. Er zeigte auf die Zeilen: »DNA bei der Leiche von Friedjof Hansen identisch mit der von Esther Fröhlich. Täterin also Zwillingsschwester.«

»Ich denke auch, dass sie Elisabeth Rubinstein ist. Es passt zu den Vermutungen von Abigail Dinsley, dass es sie nach einigen Jahren Abwesenheit wieder nach Blankenese gezogen hat.« Banu gähnte und griff in die Packung Schokokekse, die sie eben beim Kiosk gekauft hatte. »Abigail meint zwar, sie wäre zu jung, laut eigener Aussagen ist sie jedoch tatsächlich neunundsechzig Jahre alt.«

»Und wir dürfen nicht vergessen, dass sie für die Tatzeit kein Alibi hatte«, warf Gunnar ein und ergänzte jedoch gleich: »So wie ungefähr fünfundsiebzig Prozent ihrer Nachbarn.«

»Am Aussehen kann man ja einiges drehen«, sagte Armin. »Das hätte ich an Elisabeths Stelle sowieso getan. Denn sie wollte ja wohl nicht, dass jemand sie erkennt. Auf den Fotos von damals war sie schlank und sie hatte dieses große Muttermal.«

Stella merkte, dass sie immer ungeduldiger wurde. Endlich waren sie so weit, das Rätsel um die Leichen, die fast vierzig Jahre lang unter dem Elbsand gelegen hatten, zu lösen. Sie fand, dass nun genug Papierbögen vollgeschrieben worden waren. Sara Huber war offensichtlich eine kluge Frau, die all die Jahre verborgen hatte, wer sie wirklich war. Doch nach dem Tod von Friedjof Hansen musste sie darauf gekommen sein, dass sie nun im Fokus der Ermittlungen stand. Eventuell war sie schon über alle Berge.

Endlich legte Thorsten Fock den Stift auf die Ablage des Flipcharts. »Angesichts dessen, dass Frau Huber vielleicht bewaffneten Widerstand leistet, ist heute die volle Montur angesagt. Und dann geht's los. Eine DNA-Probe wird ergeben, dass sie die Zwillingsschwester von Esther Fröhlich ist. Da bin ich sicher.«

»Das brauchen wir gar nicht. Elisabeth hat haargenau dieselbe Tätowierung wie Esther. Wir müssen uns nur ihren linken Oberarm angucken. Selbst wenn sie versucht haben sollte, sie zu entfernen, wird man bestimmt noch einen Teil der Zahlen erkennen können.«

Banu griff zum wiederholten Mal zur Dienstwaffe. Da die Walther P99 Q ihr täglicher Begleiter war, wenn sie das Präsidium verließ, müsste sie eigentlich bereits ein Teil von ihr geworden sein. Heute jedoch kam sie ihr wie ein Fremdkörper vor.

Natürlich nahm sie regelmäßig an den Schießübungen teil und sie war eine gute Schützin. Aber in ihrer Dienstzeit als Kriminalkommissarin hatte sie die Waffe bisher nur einmal einsetzen müssen. Und das war ein Warnschuss gewesen. Nachdem der Täter gemerkt hatte, dass sie tatsächlich schießen würde, hatte er sich sofort umgedreht und widerstandslos festnehmen lassen.

Banu hoffte, dass auch Sara Huber alias Elisabeth Rubinstein keine Gegenwehr leisten würde. An ihrer Schuld gab es jedenfalls nach den Hinweisen von Abigail Dinsley und der Entdeckung von Jan Domingo kaum noch einen Zweifel.

Zwischen ihren Schulterblättern fing es auf einmal an zu jucken. Es gestaltete sich jedoch als äußerst schwierig, mit der Hand unter die Weste zu gelangen, um sich zu kratzen. Unglücklich bewegte Banu die Schultern hin und her und hoffte, dass der feste Stoff an der richtigen Stelle reiben würde, um den Juckreiz zu lindern. Aber es half nicht.

Banu nahm sich jeden Tag vor, die Schutzweste häufiger zu tragen, auch wenn sie ziemlich unbequem war. Zweitrangig war, dass Stella behauptete, sie sähe damit aus wie ein zwergenwüchsiges Michelin-Männchen.

Stellas Weste hing auch die meiste Zeit im Schrank. Obwohl Banu ein wenig neidvoll sagen musste, dass ihre Kollegin so recht nichts entstellen konnte. Wenn sie in voller Montur unterwegs war, so wie heute, war von Unförmigkeit keine Rede. Sie wirkte eher wie Barbie, die in den Irakkrieg zog.

Banu schüttelte den Kopf über sich selbst. Eigentlich sollte sie schlauer sein und vor allem an die Verantwortung denken, die sie ihren Kindern gegenüber hatte. Egal ob unbequem oder Figurkiller: lieber ein lebendiges Michelin-Männchen als eine wegen Fahrlässigkeit getötete Kommissarin, der der Polizeipräsident oder nur sein

Stellvertreter bei der Trauerfeier ein paar warme Worte hinterherschickte.

Stella trat vor und drückte auf die Klingel.

»Da tut sich nichts«, bemerkte Gunnar überflüssigerweise. Seit etwa fünf Minuten hatte keiner etwas gesagt. Das Schweigen kam Banu genauso erdrückend vor wie die zum Schneiden dicke Luft des schwülen Spätsommertages. Und das hatte weniger damit zu tun, dass sie gleich jemanden festnehmen würden, sondern vielmehr mit den Geschehnissen um Esther und Elisabeth, von denen sie gestern um diese Zeit noch nichts gewusst hatten.

Thorsten ergriff das Wort. »Armin und Gunnar. Ihr geht um das Haus herum und guckt durch die Fenster. Stella und Banu, ihr fragt die Nachbarn, ob sie einen Zweitschlüssel für das Haus haben. Bestimmt gießt hier jemand mal die Blumen, wenn Sara Huber im Urlaub ist.« Banu nickte Stella zu.

Die erste und Erfolg versprechendste Station war das Häuschen direkt nebenan. In dem kleinen, sehr akkurat gestalteten Garten stand eine Frau vor ihrer Haustür, die Banu bereits beim Treppenfest gesehen hatte. Banu meinte sich zu erinnern, dass sie Gesa Reimann hieß. Sie hatte bei Sara Hubers Kuchenstand geholfen. Vielleicht war das Verhältnis so vertrauensvoll, dass sie tatsächlich einen Haustürschlüssel für das Nachbarhaus hatte.

Die Frau beäugte das Schauspiel misstrauisch. Neben ihr lag ein riesiger Hund, der träge blinzelte, jedoch Anstalten machte, aufzustehen, als Banu und Stella sich näherten. Instinktiv verlangsamte Banu ihren Schritt, da sie vor jedem Hund Angst hatte, der größer war als ein Rehpinscher.

»Was machen Sie denn hier mit so vielen Leuten?«, fragte Gesa Reimann. »Ich hoffe, Sara ist nichts passiert.«

Banu grüßte mit einem Nicken, ging jedoch über die Bemerkung hinweg. »Wir müssen Sara Huber dringend sprechen. Aber sie scheint nicht im Haus zu sein. Haben Sie einen Zweitschlüssel?«

»Sara ist doch nicht verdächtig, oder?« Gesa Reimann blinzelte überrascht und starrte unverhohlen auf die Ausbeulung unter Banus Shirt, die von der Dienstwaffe herrührte.

Banu richtete sich zu ihrer vollen Größe auf und war so mit Gesa Reimann fast auf Augenhöhe. »Ich verstehe, dass Sie aufgeregt sind, aber wir können Ihnen jetzt keine Auskunft darüber geben. Haben Sie nun einen Schlüssel?«

Gesa leinte den Hund an einem Baum an und langte in die Tasche ihrer Jacke. Sie zog einen großen Schlüsselbund hervor, griff sich den Schlüssel mit der blauen Plastikkappe heraus und reichte ihn Banu. »Nicht dass Sara überhaupt mal in den Urlaub gefahren wäre. Sie hat zwar immer davon gesprochen, dass sie ihren Sohn in Ägypten besuchen wollte, aber dazu ist es bisher nicht gekommen. Ich glaube, sie hat Angst, Gustav hier allein zu lassen.« Banu und Stella wechselten einen langen Blick, als Gesa Reimann Damian Huber erwähnte.

»Vielen Dank, Frau Reimann.« Stella überlegte einen Moment. »Haben Sie Frau Huber heute schon gesehen?«

Gesa legte ihre Stirn in Falten und schüttelte langsam den Kopf. »Nein. Ich habe sie Montagabend das letzte Mal gesehen. Elises Schule veranstaltet ein Konzert, bei dem sie mitspielt. Ich habe ihr die Einladung dazu rübergebracht und ein paar Minuten mit ihr geklönt. Sie war wie immer.«

Stella bedankte sich und wandte sich zum Gehen. Banu zeigte auf den knurrenden Hund. »Und lassen Sie dieses Tier bitte erst dann frei, wenn wir die Gartenpforte zugemacht haben.« Gesa nickte und schien darüber nachzudenken, was mit ihrer Nachbarin passiert war.

»Und?«, Banu blickte von Armin zu Gunnar. Es war jedoch ihr Chef, der antwortete. »Scheint keiner zu Hause zu sein.«

Banu nahm den Schlüssel zwischen Daumen und Zeigefinger und schwenkte ihn in der Luft. »Aber wir waren zum Glück erfolgreich.« Sie sah ihren Chef fragend an. Er hatte hier das Kommando und musste seinen Trupp jetzt dirigieren. Thorsten schluckte trocken. Schließlich war so ein Einsatz auch für ihn nicht alltäglich. In diesem Moment war Banu froh, nicht in Thorstens Haut zu stecken. Denn sie mussten bei einer Festnahme mit allem rechnen.

»Nun möchte ich mal eine geordnete Formation sehen. Ich gehe als Erster rein und sofort ins Badezimmer. Danach Stella und Banu. Ihr bleibt im Wohnzimmer. Gunnar und Armin steigen gleich die Treppe hoch und sehen sich im Schlafzimmer um. Es kann sein, dass Sara Huber nicht im Haus ist. Es kann genauso gut sein, dass sie sich irgendwo versteckt und auf einmal hervorgesprungen kommt. Also seid auf jeden Fall vorsichtig.«

Banu konnte förmlich sehen, wie eine Ladung Adrenalin durch Stellas Körper schoss. Bisher hatte sie noch einen ziemlich lockeren Eindruck gemacht, doch auf einmal wirkte sie angespannt und fokussiert. Sie begann, sich die Handflächen an ihrer Jeans abzuwischen und verlagerte ihr Gewicht von einem Bein aufs andere.

»Bereit?«, flüsterte sie ihr zu. Stella formte aus Daumen und Zeigefinger einen Kreis, um zu signalisieren, dass alles okay war. Sie blickte Banu jedoch nicht an, sondern hielt ihren Blick auf die Tür gerichtet, die in diesem Moment von Thorsten aufgeschlossen wurde.

Banu zog ihre Waffe und folgte ihrem Chef ins Innere des Hauses. Das kleine Fischerhäuschen war genauso geschnitten wie das von Friedjof Hansen, mit dem Unterschied, dass es hier sehr sauber und aufgeräumt war. Fast steril. Nirgendwo war ein Staubkorn oder eine Schliere auf den glatten Oberflächen zu sehen. Die Zierkissen auf dem Sofa waren akkurat drapiert, und die Bücher im Regal standen alle exakt im gleichen Abstand vom Rand entfernt nebeneinander. Stella schaute hinter das Sofa, während Banu zur Anrichte lief und den Winkel dahinter unter die Lupe nahm. Nach kurzer Zeit waren sie sicher, dass sie allein in der unteren Etage waren.

»Guck mal, Banu, das ist bestimmt«, Stella zögerte, wahrscheinlich weil sie nicht wusste, welchen Namen sie nennen sollte, »Damian. Und daneben ihr Mann.« Stella zeigte auf eine Fotografie, auf der zwei Männer zu sehen waren, der eine jung, der andere deutlich älter, beide lächelten in die Kamera. Banu betrachtete das Foto genau. Sie meinte, in dem Lächeln des jungen Mannes etwas Verkrampftes auszumachen. Sofort musste sie an ihren eigenen Sohn denken. Über Can ärgerte sie sich momentan jeden Tag, mal mehr und mal weniger. Er brachte sie zur Weißglut, aber er war ein fröhliches, lebenslustiges Kind. Und dafür war sie dankbar.

»Er war nicht glücklich«, konstatierte sie. »Irgendwie muss er etwas von dem Verbrechen mitgekriegt haben. Aber was?«

Banu hörte die Schritte ihrer Kollegen über sich, die sich langsam wieder in Richtung Treppe bewegten.

»Hier ist nichts«, hörte sie Thorsten aus dem Badezimmer rufen. »Außer jede Menge Desinfektionsmittel und Scheuermilch.«

Armin kam die Treppe herunter, gefolgt von Gunnar, der sich bücken musste, um nicht mit dem Kopf an die Decke zu stoßen. »Bei uns auch Fehlanzeige. Das Bett ist gemacht, die Decke sogar aufgeschlagen. Und im Kleiderschrank liegt alles streng nach Farben sortiert. Aber Sara Huber fehlt.«

Banu lockerte ihr Handgelenk und steckte die Pistole zurück. »Und nun?«

Die Zigarette schmeckte ihr. Dabei wusste Sara gar nicht mehr, ob es nun sie gewesen war, die in einer längst vergangenen Zeit geraucht hatte oder ihre Zwillingsschwester. Manchmal verschwamm die Erinnerung. Glücklicherweise war anscheinend nie jemand auf die Idee gekommen, das Schloss an der Haustür auszutauschen. Der Schlüssel, den Sara seit vierzig Jahren an ihrem Schlüsselbund trug, passte noch immer.

Sie inhalierte tief und merkte, wie sie langsam ein wohliger Schwindel erfasste. Sie blickte aus dem Fenster und schätzte, dass es etwa siebzehn Uhr sein musste. Sara war gespannt, wann sie kommen würden.

Seit gestern war ihr klar, dass ihre Zeit gekommen war. Gesa Reimann hatte ihr erzählt, dass Abigail der Polizei angeblich etwas vollkommen Neues erzählen wollte. Aber das war nicht so schlimm. Ihr Fehler war eindeutig gewesen, Friedjof getötet zu haben. Sie war sich sicher, dass die Polizei den Neßsand-Fall bald zu den Akten gelegt hätte. Danach hätte sie ihr Leben als freundliche, Kuchen backende bayrische Zugezogene weiterführen können. Doch war es wirklich das, was sie wollte? Oder war sie einfach müde?

Gustav, die Liebe ihres Lebens, würde bald sterben. Die Ärzte sagten, dass er maximal noch ein halbes Jahr hatte.

Ihr kleiner Stefan war schon vorgegangen. Er hatte einfach nicht überwunden, dass der Mann, den er für seinen Vater hielt, von einer Frau erwürgt wurde, die aussah wie seine Mutter. Aber was danach kam, hatte ihn sicherlich noch mehr verstört. Kein Psychologe der Welt hatte ihm helfen können und so hatte er seinem Leben schließlich selbst ein Ende gemacht.

Sie drückte die halb aufgerauchte Zigarette in einem alten Aschenbecher aus. Vielleicht hatte sie früher doch geraucht.

Ob sie überhaupt hier nach ihr suchen würden?

Mittlerweile hatten sie bestimmt herausgefunden, dass die Tote eine Zwillingsschwester gehabt hatte. Zumindest, falls Abigail wirklich zur Polizei gegangen war.

Vielleicht hatte auch Friedjof bereits jemandem von seinem Verdacht erzählt. Als sie zu dem alten Narren zurückgehen wollte, um sich zu vergewissern, ob er nach dem Sturz überhaupt tot war, hatte sie Katherina Lühne vor seinem Haus gesehen. Ob Friedjof ihr gegenüber Andeutungen gemacht hatte? Erst lange Zeit nachdem Katherina geklingelt, geklopft und dann unverrichteter Dinge wieder gegangen war, war Sara zu Friedjofs Haus gelaufen und hatte eine schauspielerische Bestleistung gezeigt. Die nette Frau aus Bayern, die ihren Nachbarn, den früheren Säufer, tot aufgefunden hatte. Sie glaubte nicht, dass die beiden Kommissarinnen Verdacht geschöpft hatten. Aber Friedjofs Tod hatte alles durcheinandergebracht.

Sie hätte das Spiel auch weiterspielen können. Es wäre wahrscheinlich sehr spannend gewesen, zu warten, wie lange es dauern würde, bis sie herausfanden, dass sie nicht die war, die sie vorgab zu sein. Spätestens, wenn die Polizei bei Friedjofs Nachbarn DNA-Proben genommen hätte, um sie mit der des Täters zu vergleichen, hätten sie sie überführt. Beim Kampf hatte er sie ordentlich gekratzt. Bestimmt waren Spuren ihrer Haut unter seinen Fingernägeln.

Aber sie war ausgelaugt vom Lügen. Sie wollte nicht mehr so tun, als wäre sie jemand anderes. Ihr Sohn wartete auf sie. Und obwohl sie sie erschossen hatte, vermisste sie zeit ihres Lebens niemanden mehr als ihre Schwester.

Thorsten winkte sie alle wieder ins Freie und schloss die Haustür ab. Banu atmete einmal tief durch. Sie hatte so ihre eigenen Ideen, wo Elisabeth sein könnte, wollte jedoch zunächst hören, was die anderen zu sagen hatten.

Armin meldete sich als Erster zu Wort. »Mir fällt als erste Anlaufstation ihr Mann ein. Die Nachbarn haben uns erzählt, dass er in einem Altenheim hier in Blankenese auf der Pflegestation ist.«

»Stimmt«, bekräftigte Gunnar, »in der Hans-Albers-Residenz! Das habe ich mir gemerkt, weil unser Hochzeitstanz ›Auf der Reeperbahn nachts um halb eins‹ war.«

»Und sonst noch?«, fragte Thorsten.

Stella nahm eine Flasche Wasser aus dem Rucksack, den sie vorhin neben der rustikalen Gartenbank abgestellt hatte. »Also, Gesa Reimann schien jedenfalls überrascht, als sie uns gesehen hat. Ich glaube nicht, dass Elisabeth sich bei ihr versteckt.«

»Oder sie war schockiert, dass wir aufgetaucht sind, und hat fieberhaft überlegt, wo sie ihre Nachbarin verstecken kann.«

»Sehr weit hergeholt«, sagte Stella.

Gunnar nahm sein Diensthandy aus der Tasche. »Ich rufe beim Altenheim an.« Er entfernte sich ein Stück und fing an, leise zu sprechen. Nach kurzer Zeit gesellte er sich wieder zu seinen Kollegen. »Die Mitarbeiter der Seniorenresidenz haben Sara Huber am Sonntag zum letzten Mal gesehen. Montags war sie ja sowieso nie da. Dass sie gestern und heute nicht da war, fanden sie zwar ungewöhnlich, doch sie dachten, sie würde wahrscheinlich später am Nachmittag noch kommen. Die diensthabende Schwester hat sogar eben noch mal in das Zimmer von Gustav Huber geguckt. Er war allein und schlief.«

Thorsten nahm einen Stock in die Hand und zeichnete ein Kreuz in die dunkle Erde des kleinen Gemüsebeets. »Erster Versuch: Fehlanzeige. Hat noch jemand eine Idee?«

»Bei Abigail Dinsley hat Esther doch erzählt, dass Elisabeth ein sehr abgelegener Hof in der Nähe von Lüneburg gehörte. Vielleicht versteckt sie sich dort«, sagte Armin. »Wir wissen allerdings die Adresse nicht und haben nur sehr ungenaue Angaben.«

Banu war sich zwar bewusst, dass ihre Gedanken recht abwegig klangen, aber sie hatte versucht, sich in Elisabeth Rubinstein hineinzuversetzen und fand ihre Idee aus dieser Sicht stimmig. »Oder sie ist vielleicht nach Neßsand gefahren.«

Gunnar lächelte. »Der Mörder kehrt immer zum Tatort zurück? Jetzt wären wir wieder bei Miss Marple.«

Stella, der wohl Ähnliches durch den Kopf gegangen war wie Banu, schüttelte heftig den Kopf. »Das hat mit dem Tatort nichts zu tun, sondern mit Emotionalität. Ihr Lebensmittelpunkt ist die Insel gewesen. Sie hat diesen Ort gleichzeitig geliebt und gehasst. Wahrscheinlich ist sie deshalb damals aus Bayern hierher zurückgekommen.«

»In Sachen Emotionalität seid ihr Frauen ja die Experten«, sagte Armin und grinste, als hätte er etwas besonders Lustiges gesagt. Banu nahm sich vor, ihn in einer stillen Minute mal beiseitezunehmen, denn sie hasste solche Chauvi-Phrasen. Möglicherweise war es aber auch seine Art, so ein wenig Anspannung abzubauen. Denn immerhin war eine mutmaßliche Dreifachmörderin auf der Flucht, und sie wussten nicht, wo sie war und ob sie bewaffnet war.

Thorsten legte den Stock zur Seite. »Ich finde es nicht so abwegig. Und habe so etwas Ähnliches auch schon in einem anderen Fall erlebt. Ich rufe jetzt im Präsidium an und lasse eine Fahndung herausgeben. Dann bestelle ich ein Polizeiboot, das Banu, Stella und mich auf die Insel bringt. Es schadet nichts, dort nachzugucken. Armin und Gunnar, ihr klappert die Nachbarn ab. Vielleicht hat ja jemand eine Idee, wo die Verdächtige sein könnte. Natürlich ist der Hof bei Lüneburg eine Option. Aber das checken wir erst als Letztes.«

Armin schüttelte noch immer den Kopf. »Wann und wie soll sie denn nach Neßsand gekommen sein? So einfach ist das nicht, dort einfach ungesehen rüberzuschippern.«

»Ich habe doch neulich im Strandhotel übernachtet«, sagte Stella. »Da ich nicht schlafen konnte, bin ich nachts noch mal kurz nach draußen gegangen. Es war echt tote Hose. Man hätte ohne Weiteres mit einem Schlauchboot oder Kajak nach Neßsand übersetzen können. So weit weg vom Festland ist die Insel ja nun nicht. Und es ist mitten in der Woche. Also sind wohl eher keine nächtlichen Spaziergänger zu erwarten.« Sie machte eine kleine Pause und fuhr dann fort: »Außerdem hat es zumindest in der Nacht von Montag auf Dienstag gegossen wie aus Eimern. Da wird der Elbstrand nicht gerade gut besucht gewesen sein. Vielleicht ist sie ja nicht erst gestern gefahren.«

Armin zuckte mit den Schultern und schien sich geschlagen zu geben. »Na gut, dann los! Aber sagt hinterher nicht, ich hätte euch nicht gewarnt, dass das Zeitverschwendung ist.«

Banu sah ihren beiden Kollegen nach, die die Breckwoldtstraße entlang Richtung Strandtreppe gingen. Das Haus von Friedjof Hansen auf der rechten Seite sah aus wie ein fauler Zahn inmitten eines strahlend weißen Gebisses. Bestimmt würde es abgerissen werden. Wer sollte so ein heruntergekommenes Haus noch renovieren wollen?

Das Polizeiboot wartete bereits am Anleger Blankenese. Die Gewitterwolken hatten sich verzogen und waren nur noch als dunkelgraue Wand weit entfernt am Horizont zu sehen. Die leichte sommerliche Brise zauberte kleine Schaumkronen auf die türkisblaue Elbe. Ein perfekter Hamburger Sommertag. Doch leider war das blau-weiße Boot, in das sie einstiegen, kein Ausflugsdampfer. Thorsten hatte dem Fahrer wohl die Dringlichkeit geschildert, denn er gab ordentlich Gas. Banu hatte heute keinen Sinn für den grandiosen Anblick der immer kleiner werdenden

Skyline von Blankenese. Sie hoffte, dass sie recht hatte und Elisabeth Rubinstein tatsächlich auf Neßsand war. Dann hätte dieser Fall mit seinen vielen tragischen Geschichten endlich ein Ende und die Welt wäre wieder ein Stück weit gerechter. Banu hatte immer ein schlechtes Gefühl, wenn ein Täter auf freiem Fuß war. Sei es nach Verbüßung seiner Strafe oder weil sie ihm nichts hatten nachweisen können. Dass einer von ihnen Rache üben könnte an den Polizisten, die ihn ins Gefängnis gebracht hatten, war in ihre Augen nicht abwegig. Seit sie Kinder hatte, nagte dieser Gedanke noch mehr an ihr als zuvor. Trotz der warmen Sommerluft war ihr auf einmal kalt und sie zog den Reißverschluss ihrer leichten Regenjacke bis zum Kinn zu.

Stella zog verwundert eine Augenbraue hoch »Du siehst aus, als würde dir irgendwas in den Knochen stecken«, sagte sie. »Komm, wir sind da.«

Banu nahm ihre Hand von der Reling und sprang auf den steinigen Strand. Dieses Mal hatten sie an einer anderen Stelle auf der Insel angelegt. »Das Haus vom Inselwart ist gleich hinter dieser Baumreihe. Wir gehen von hinten ran.«

Thorsten wies auf das kleine Holzhaus, das in den Strahlen der Nachmittagssonne warm schimmerte.

»Achtet auf die Fenster. Wenn sie wirklich da drin ist und eine Waffe hat, könnte sie möglicherweise auf uns schießen.« Banu schirmte ihre Augen gegen die Sonne ab. Das Haus hatte zwei kleine quadratische Fenster auf der Hinterseite. Kurz meinte sie, eine Bewegung hinter einem der Vorhänge wahrzunehmen. »Vorsicht«, flüsterte sie mehr zu sich selbst. Thorsten und Stella waren einige Schritte hinter ihr und konnten sie sicher nicht hören.

Aber sie würden jede Geste Banus konzentriert verfolgen. Sie suchte hinter einem der Bäume Deckung. Aus den Augenwinkeln erkannte Banu, dass ihre Kollegen sich hinter einen großen Findling warfen, der ungefähr fünfzig Meter vom Haus entfernt lag. Banu dachte an die Nachricht, die Esther Fröhlich in der Tasche ihres Regenmantels stecken hatte. Möglicherweise war genau von diesem Stein die Rede gewesen.

Sie wartete einige Minuten und ließ das Haus nicht aus den Augen. Erst als sie ganz sicher war, nichts mehr am Fenster zu sehen, verließ sie den Schutz des Baumes. Sie wischte sich den Schweiß von der Stirn und vom Griff ihrer Waffe. Vielleicht hatte sie sich die Bewegung nur eingebildet. Im Allgemeinen hielt sie sich zwar für ziemlich stressfest, sonst wäre sie nicht Mutter zweier Kinder und zudem noch Mitarbeiterin bei der Hamburger Mordkommission. Aber die ungewohnte Hitze, gepaart mit dem Schuss Adrenalin, der in ihrer Blutbahn kreiste, schärfte ihre Sinne bis aufs Äußerste.

Die ganze Szenerie erinnerte sie irgendwie daran, dass Can, als er klein war, immer nur verstecken spielen wollte und das am liebsten rund um die Uhr. Wenn sie bei schönem Wetter mit den Kindern auf dem Spielplatz Lindenpark waren, versteckte Can sich stets in dem roten Spielhaus aus Holz, dem Häuschen der Fröhlichs nicht unähnlich. Zwar wurde das mit der Zeit für die Suchenden langweilig, aber Can zuliebe taten sie so, als wüssten sie nicht, dass er in der Ecke des kleinen Hauses kauerte. Sie ließen bei der Suche einige Zeit verstreichen, bis sie in die Hütte gingen. Wenn Can gefunden wurde, quietschte er erfreut und fragte erwartungsfroh: »Noch mal?«

Banu war bei dem Anblick des kleinen lachenden Jungen immer das Herz aufgegangen. Damals war er noch so niedlich gewesen. Lange Zeit später hatte sie ihn mal gefragt, warum er sich immer in dem Haus versteckt hatte und nie irgendwo anders. Die Antwort, die er gab, war ungewöhnlich. Für ihn war das Beste am Versteckspiel gewesen, dass er gefunden wurde. Er hatte immer Angst gehabt, dass er in einem Versteck vergessen würde und alle nach Hause gingen und ihn allein zurückließen. Deshalb hatte er immer die Holzhütte ausgewählt, denn da würden sie auf jeden Fall nach ihm suchen.

Banu erlaubte sich diesen kurzen Moment des Abschweifens, dann konzentrierte sie sich wieder auf die beiden kleinen Fenster. Versteckte sich hier vielleicht jemand, der auch gefunden werden wollte? Oder lagen Stella und sie komplett falsch?

Stella und Thorsten warteten ihr Zeichen ab und verließen den sicheren Platz hinter dem Stein.

Banu zählte im Kopf bis zehn und rannte los. Zwischen ihr und dem Haus war jetzt keine Deckung mehr, hinter der sie hätte verschwinden können. Der Sand knirschte unter ihren Schuhen. Sie hörte direkt hinter sich das laute Atmen ihrer Kollegen. Kurz vor dem Haus bremste Banu ab und lehnte sich an das von der Sonne aufgeheizte Holz.

»Nur eine kurze Atempause«, sagte Thorsten leise, »dann gehen wir um das Haus herum bis zum vorderen Eingang. Stella links und Banu und ich rechts. Haltet euch geduckt, damit ihr unbemerkt unter den Fenstern durchkommt.« Stella nickte stumm. Banu atmete einmal tief ein. Dann setzten sie sich wieder in Bewegung. Da das Haus des Inselwarts sehr klein war, gelangten sie schnell zur Vorderseite. Vor der Haustür blieben sie stehen. Stella und Banu richteten ihre Waffen auf die Haustür, während Thorsten den Türklopfer betätigte. Nach wenigen Sekunden öffnete sich die Tür. Sara Huber alias Elisabeth Rubinstein erschien im Türrahmen und blinzelte gegen die tief stehende Sonne. Bei ihrer letzten Begegnung im Haus von Friedjof Hansen hatte sie zunächst derangiert und fassungslos gewirkt, sich jedoch schnell wieder gefangen. Wie Elisabeth nun in der Tür des kleinen Häuschens stand und in die Gruppe von Polizisten lächelte, die sie gleich festnehmen würden, wirkte sie erleichtert und müde zugleich. Aber ihr schauspielerisches Talent war beachtlich. Das hatte sie mehrfach in Vergangenheit und Gegenwart unter Beweis gestellt. Deshalb war Banu weiter hoch konzentriert.

Nach all dem, was Banu über Elisabeth gehört hatte, schätzte sie sie nicht so ein, als würde sie sich anstandslos festnehmen lassen. Eher hatte sie das Gefühl, als würde sie dafür sorgen, den Polizisten noch einmal zu entkommen.

»Elisabeth Rubinstein, hiermit verhafte ich Sie. Sie stehen unter dringendem Tatverdacht, Esther und Hans Fröhlich sowie Friedjof Hansen ermordet zu haben. Außerdem haben Sie Stefan Fröhlich entführt und ihn jahrelang als Ihren Sohn ausgegeben. Heben Sie die Hände über den Kopf und kommen Sie ganz langsam raus.«

In Elisabeths Gesicht zuckte kein Muskel. Sie streckte die Hände nach oben, rührte sich jedoch nicht von der Stelle. »Sehen Sie, ich habe keine Waffe«, rief sie und drehte ihre Handflächen nach vorne. »Gern möchte ich meine Geschichte erzählen. Aber nicht auf dem Polizeirevier, sondern hier, wo ich mich nach so vielen Jahren noch zu Hause fühle. Ich werde alles gestehen.«

Thorsten schüttelte zweifelnd den Kopf. »Das entspricht nicht unserer normalen Vorgehensweise. Verdächtige werden im Präsidium verhört.«

Die alte Dame verzog ihren Mund zu einem Lächeln, das seltsam freudlos wirkte. »Dann werde ich gar nichts sagen und sofort meinen Anwalt anrufen. Es wird sich alles in die Länge ziehen. Und dann werde ich mich auf folgende Version berufen: Friedjof wollte mich vergewaltigen und ich habe ihn gegen die Anrichte geschubst. Notwehr!«

»Und wie kommt dann Ihre Haut unter seine Fingernägel?«, fragte Stella. Elisabeth zuckte mit den Schultern. »Er hat sich im Fallen an mir festgekrallt. Und meine Schwester hat ihren Mann selbst erwürgt und sich dann erschossen. Ich habe Stefan mitgenommen, der alles mit angesehen hat, und geschwiegen, um ihm die Schmach zu ersparen, dass seine Mutter jahrelang ein Doppelleben geführt hat.«

»Sehr dünn«, sagte Banu, die sich nicht auf Elisabeths Spiel einlassen wollte.

»Ich sage ja nur, es würde länger dauern«. Elisabeth lehnte sich gegen den Türrahmen, die Hände noch immer erhoben. Banu sah Thorsten an, dass er nachdachte. Genau wie sie wollte er den Fall am besten heute zu den Akten legen. »Stella, taste Frau Rubinstein nach Waffen ab. Wenn du nichts findest, gehen wir ins Haus. Besser ein Geständnis heute als in einem halben Jahr, egal wo.« Er würde die Vernehmung mit seinem Smartphone aufnehmen. Das war besser als nichts.

Da die Verdächtige keine Waffe bei sich trug, gingen sie hinein.

Elisabeth zeigte auf die Stühle, die um einen alten Esstisch mit gemusterter Resopalplatte herumstanden. Auf jedem der Stühle lag ein kleines braunes Sitzkissen.

»Danke, wir stehen lieber.« Thorsten legte sein Smartphone auf dem Tisch ab.

»Darf ich mich dann setzen?«, fragte Elisabeth. »Die Geschichte dauert doch etwas länger und ich kann nicht mehr so lange stehen.« Thorsten nickte und Elisabeth ließ sich mit einem Seufzer auf einem der Stühle nieder. »Sie haben das mit Damian herausgefunden?«, fragte sie, wartete die Antwort jedoch nicht ab. »Der arme Junge. Er hat sich nie von diesem Tag erholt.«

»Bitte sprechen Sie Richtung Aufnahme«, wies Thorsten sie an. Banu hatte sich an der rechten kurzen Seite des Tisches positioniert, Stella stand auf der anderen Seite. Sie war erleichtert, dass sie die alte Frau hier aufgefunden hatten, jedoch auch skeptisch. Elisabeths Auftreten wirkte irgendwie inszeniert. Sie wusste aber nicht genau zu sagen, woran das lag. Vielleicht war das auch nur ihre Art. Elisabeth hatte gemeinsam mit ihrer Schwester Hans Fröhlich monatelang zum Narren gehalten. Und war nach der Tat in die Rolle einer anderen geschlüpft. Offensichtlich war ihr ganzes Leben eine Inszenierung gewesen.

»Ich habe meine Schwester umgebracht und auch Friedjof Hansen. Er hat mich erkannt und wollte meine Tätowierung sehen. Hans habe ich kein Haar gekrümmt.« Banu sah die fragenden Blicke ihrer Kollegen.

»Und wer hat dann Hans Fröhlich erwürgt?«

Elisabeth fuhr sich mit der Hand durch das kurz geschnittene schweißnasse Haar. »Meine Schwester. Sie hat mir mein Leben nicht gegönnt. Vielleicht haben Sie schon herausgefunden, dass wir uns das Leben mit Hans geteilt haben.« Sie blickte in die Runde. Als sie keine Verwunderung in den Gesichtern der Polizisten sah, fuhr sie fort. »Als ich schwanger wurde, war das allerdings vorbei. Mit einer Nachricht lockte sie mich zu dem großen Stein vor dem Haus. Wir haben uns die Namen aus dem Buch ›Das doppelte Lottchen‹ gegeben, weil die Zwillinge sich darin auch erst wiederfinden mussten. Das war für uns ein Geheimcode. Ich war Lotte, und meine Schwester Luise.«

Banu bemühte sich, der Geschichte zu folgen, aber irgendwie lief hier gerade komplett etwas in die falsche Richtung. Die Puzzleteile, die sie sich in ihrem Kopf so schön zurechtgelegt hatte, schienen nicht mehr zusammenzupassen.

»Nachdem Stefan geboren war, hatte ich alles Hans erzählt, denn ich wollte nicht mehr mitspielen und hatte Angst vor Elisabeth. Er ging also zu dem Stein. Dann kam es zu einem Kampf, und meine Schwester erwürgte ihn. Er war ja nicht sehr kräftig. Sie stand mit dem Rücken zu mir, aber ich war mir sicher, dass sie sich umdrehen würde, um mich im Haus zu suchen. Wir hatten eine Waffe, um uns vor Einbrechern zu schützen. Ich richtete sie, ohne zu zögern, auf sie und drückte ab. Ich musste das tun, denn ich hatte Angst, sie würde meinem Sohn etwas antun. Leider sah ich zu spät, dass Stefan sich hinter einem der Bäume versteckt und alles mit angesehen hatte. Er hat das nie verwunden. Natürlich konnte ich bei der Sturmflut nicht von der Insel kommen. Als sich das Wetter zwei Tage später wieder aufklarte, verschwand ich nachts mit Stefan. Vorher arrangierte ich alles so, als hätten die Fröhlichs zu

Abendbrot gegessen und wären dann von dem Hochwasser überrascht worden.«

Banu schluckte und blickte zu Thorsten. Sie erkannte, dass auch er mit dieser Wendung nicht gerechnet hatte. »Dann sind Sie gar nicht Elisabeth?«

Die alte Frau antwortete nicht gleich. Sie richtete ihren Blick auf einen Gegenstand hinter Thorsten und lächelte. Es war das Foto der Familie Fröhlich, das an der Wand hing. Dann griff sie unter ihr Sitzkissen und zog blitzschnell eine Pistole hervor. Das Ganze dauerte nur Bruchteile einer Sekunde. »Nein, ich bin Esther«, sagte sie, steckte die Waffe in den Mund und drückte ab. Gehirn spritzte auf die blank geputzten Kacheln über der Spüle. Stella warf sich auf sie und riss der bereits toten Frau die Pistole aus der Hand.

»Zu spät«, flüsterte Banu und merkte, wie ihre Beine unter ihr nachgaben.

NEUN MONATE SPÄTER, MAI 2013

Jupiter hauchte ihr im Vorbeigehen einen Kuss auf die Wange. »Ich geh dann mal duschen.«

Stella nickte und strich ihm leicht mit den Fingerspitzen über den Oberarm. Sie warf einen kritischen Blick auf ihr frisch renoviertes Wohnzimmer und ging zu ihrem neuen dunkelroten Sofa, um zum x-ten Mal an diesem Tag eines der Zierkissen aufzuschütteln. Dann griff sie nach dem Glasreiniger und verpasste dem Couchtisch eine letzte Politur. Dabei fiel sie fast über ihren Kater Shir Khan, der sich mit seinem neuen Freund, dem schwarzen Kerry-Blue-Terrier-Welpen Chester, auf dem Läufer neben dem Esstisch breit gemacht hatte. Das kleine Fellknäuel war anscheinend mal wieder durch das Loch im Zaun seines Herrchens geschlüpft, um seinen getigerten Kumpel zu besuchen. In der Regel trafen sich die beiden auf Stellas Terrasse und Chester folgte Shir Khan durch die Katzenklappe. Noch war der Hundewelpe klein genug, um sich gerade noch durchzwängen zu können. Shir Khan selbst war ein schmaler Kater, aber Stella hatte wegen der Wuchtbrumme Caveman eine XXL-Katzenklappe einbauen müssen. Sie nahm ihr Handy vom Küchentresen und schrieb eine Nachricht an ihren Nachbarn Enno, dass er sich keine Sorgen um Chester machen musste. Sie würde ihn gleich rüberbringen.

Zugegebenermaßen war Stella ziemlich aufgeregt. Zu ihrer Einweihungsparty hatte sie nicht nur ihre besten Freundinnen Olivia und Bounty eingeladen, die sich gerade im Außenbereich nützlich machten, sondern auch die engsten Familienmitglieder und die ganze Mordbereitschaft 5. Thorsten Fock fehlte leider. Er hatte entschieden, Sara Huber nicht auf das Präsidium mitzunehmen. So hatte sie sich das Leben nehmen können. Auch hatte er durch seine Entscheidung Banus, Stellas und auch sein Leben in Gefahr gebracht. Denn Sara hätte genauso auch auf sie schießen können. Es hatte ein internes Ermittlungsverfahren gegeben. Er wurde zwar von seinen Vorgesetzten von jeglicher Schuld freigesprochen, aber Thorsten fühlte sich für Saras Tod verantwortlich. Seitdem hatte er sich verändert. Er kam zwar nach wie vor zuverlässig zur Arbeit, mied jedoch jegliche Gesellschaft. So hatte er auch Stellas Einladung abgelehnt. Sie wusste von Banu, dass er mittlerweile einen Psychologen aufsuchte. Deshalb glaubte Stella, dass sich sein Zustand wieder bessern würde, sie konnte aber keine Prognose abgeben, wie lange die depressive Phase anhalten würde.

Ihre Kollegen hatten das kleine Haus im Blankeneser Treppenviertel beim letzten Besuch in einem deutlich anderen Zustand gesehen. Sie hoffte, dass ihnen der neue Look gefiel, in den sie sehr viel Geld und ihren Jahresurlaub investiert hatte. Vor allem war sie gespannt darauf, wie Jupiter Jones ankam. In den letzten Monaten hatte er sich quasi auf Zehenspitzen in ihr Leben geschlichen. Es begann mit losen Treffen in Cafés und Restaurants, wenn Jupiter gerade beruflich in Hamburg zu tun hatte. Und das war nicht so selten der Fall gewesen, denn es mussten zum

Teil Szenen von »Elbe, Michel, Tod« nachgedreht werden. Außerdem wurden die Schauspieler für Zeitschriften an den Drehorten fotografiert oder für kurze Berichte zum Filmstart von Journalisten interviewt. Insgesamt war der Film von den Kritikern sehr positiv aufgenommen worden. Bei »Rotten Tomatoes« erreichte er dreiundachtzig Prozent. Stella hingegen fand ihn grauenvoll. Denn obwohl sie sich so viel Mühe bei der Bearbeitung des Drehbuchs gegeben hatte, war die Handlung noch immer sehr weit von der Realität der Polizeiarbeit entfernt. An einem Samstag im Februar, als sie mit Jupiter in Tim Mälzers »Bullerei« saß, hatte er ihr eröffnet, dass er dieses Mal keinen beruflichen Grund gehabt hatte, nach Hamburg zu kommen. Er hatte sich in London, wo er lebte, einfach ins Flugzeug gesetzt, um sie zu sehen. In dieser Nacht schliefen sie zum ersten Mal miteinander. Bisher hatte sie Jupiter sowohl ihrer Familie als auch ihren Kollegen vorenthalten. Dies würde sich mit dem heutigen Tag ändern. Es würde also nicht nur eine Einweihungsparty werden, sondern auch ein Beziehungs-Coming-out.

»Machst du mir einen Hugo?«, hörte sie Bounty von der Terrasse rufen. »Das Mineralwasser kannst du gerne weglassen.« Anscheinend hatte ihre Freundin aufgehört, sich nützlich zu machen, und war dabei, den gemütlichen Teil einzuläuten. Stella ging zu dem neuen knallgelben Kühlschrank und holte den Sekt aus dem Eisfach.

»Und mir einen alkoholfreien«, rief nun auch Olivia. Sie stand im Türrahmen mit einem großen Strauß Rosen in der Hand, die sie aus dem verwilderten Busch geschnitten hatte. Die weite Latzhose, die sie trug, kaschierte kaum ihren Babybauch, den sie vor sich herschob.

Bounty hatte sich bäuchlings auf die neue und einzige Sonnenliege gelegt, denn mehr als eine passte nicht auf die winzige Terrasse. Sie war bis auf einen Bikinistring unbekleidet. In ihren jungen wilden Jahren und unter Alkoholeinfluss hatte Bounty sich Charlie Brown von den »Peanuts« auf die linke Pobacke tätowieren lassen. Leider machte die Schwerkraft jedoch auch vor Bountys Hintern nicht halt. Und so war im Laufe der Zeit aus »Charlie Brown« eine Art stelzengliedriger »Jack Skellington« aus »Nightmare Before Christmas« geworden. Deshalb zeigte Bounty sich im String nur noch, wenn sie unter sich waren.

Stella stellte den Hugo neben ihr auf dem Boden ab und setzte sich im Schneidersitz auf das Bangkiraiholz. Sie hatte ihren Alkoholkonsum sehr gedrosselt, seit sie mit Jupiter zusammen war. Er trank nämlich gar nichts, außer gelegentlich einen Single Malt Whisky.

»Bei dir sieht es ja nun tatsächlich nach einer ernsthaften Beziehung aus«, sagte Bounty und drehte sich auf den Rücken, wobei sie nach ihrem Bikinioberteil griff und es sich über den Busen legte. »Zumindest ist es etwas anderes als deine üblichen ›Erst vögeln, dann vorstellen‹-Romanzen.«

»Und ich freue mich wie immer über deine wohl gewählten Worte«, grinste Stella und bewarf ihre Freundin mit einem Handtuch.

»Aber mal ganz im Ernst«, mischte Olivia sich in die Unterhaltung ein, »habt ihr irgendwas in Planung?«

Stella schüttelte sehr bestimmt den Kopf. »Ach was. Ich mache jetzt keine großen Pläne. Mal sehen, was kommt. Nun habe ich erst mal dieses Häuschen erworben und bin für den Rest meiner Tage verarmt.«

»Ich würde nicht zu lange damit warten«, sagte Olivia und kämpfte sich aus dem Liegestuhl hoch, wobei sie sich am Ständer des Sonnenschirms hochziehen musste. Dann ging sie zu Bounty und flüsterte ihr etwas ins Ohr. Diese nickte begeistert.

»Du kannst dich doch bestimmt noch an den Deutschunterricht bei Meyer-Tolstorf erinnern, oder?«, fragte Olivia in Stellas Richtung. »Wir mussten in der sechsten Klasse immer Begriffe und Redewendungen anhand von Rollenspiel darstellen. Bounty und ich spielen dir jetzt was vor und du musst herausfinden, was wir meinen.« Olivia stellte sich gerade hin und presste die Arme auf ihre Oberschenkel. Dazu sagte sie laut »Tick Tack!«, während Bounty in gekrümmter Haltung imitierte, wie sie auf einen Stock gestützt und mit gequältem Gesicht auf- und abging.

»Hm. Lasst mich raten: Der Wal hat eine Zeitbombe verschluckt und Methusalix eilt zur Hilfe.«

Olivia schüttelte resigniert den Kopf. »Nein! Ich bin die Uhr des Lebens, und Bounty ist das gramgebeugte Alter. Das Standbild heißt: ›Die biologische Uhr tickt‹.«

Stella brach in lautes Gelächter aus. »Ich glaube eher, ihr hört Bountys biologische Uhr, denn sie müsste noch lauter ticken. Bounty ist fast zwei Jahre älter als ich.«

Bounty, die mittlerweile ein T-Shirt übergezogen hatte, drehte sich zu Stella um und sah sie mit leicht zerknirschtem Gesicht an. »Na ja, um ganz ehrlich zu sein, haben Tammo und ich in letzter Zeit schon mal darüber gesprochen, dass es vielleicht mal an der Zeit wäre, über Kinder nachzudenken.«

Stella verschränkte die Arme über der Brust und versuchte, beleidigt auszusehen. Immerhin war sie Bountys beste Freundin. Eigentlich hätte sie von einem möglichen Kinderwunsch als Erste erfahren müssen, sogar noch vor ihrem Lebensgefährten. Andererseits war es ja auch schön, wenn so etwas vorher mit dem möglichen Kindsvater besprochen wurde. Und wenn sie ehrlich war, traf Stella diese Bemerkung nicht aus heiterem Himmel. In der letzten Zeit hatte Bounty schon mal die eine oder andere Andeutung gemacht. »Na, da hat Tammo ja Glück gehabt, dass er vorerst nicht wegevolutioniert wird«, sagte sie und nahm ihre Freundin in den Arm. »Darauf trinke ich jetzt doch einen Sekt.« Stella drehte sich in Richtung Haustür und wischte sich eine Träne aus den Augenwinkeln. Sie sah, dass auch Olivia ergriffen wirkte. Als Schwangere war sie im Moment sowieso ziemlich nah am Wasser gebaut.

Eine Stunde später war jeder Quadratzentimeter im Erdgeschoss des kleinen Fischerhauses von Menschen besetzt. Und ohne dass Stella den Entertainer machen musste, hatten sich die Grüppchen aus den Personen ihrer unterschiedlichen Lebensbereiche gemischt. Jupiter schien gut anzukommen. Er saß auf dem Sofa und unterhielt sich angeregt auf Englisch mit Stellas Schwester Susanne. Sie hatte im Rahmen ihrer Ausbildung ein Jahr in Manchester gelebt und schien froh darüber, ihre Sprachkenntnisse mal wieder herauskramen zu können.

Bounty und Olivia standen mit Gesa Reimann am Küchentresen. Sie und Stella hatten sich angefreundet, kurz nachdem sie angefangen hatte, Friedjofs Haus zu renovieren. Ihre Kollegen hatten Stellas Mutter und ihren Patenonkel Tristan in ihrer Mitte aufgenommen.

Gegen einundzwanzig Uhr fing die Party langsam an, sich aufzulösen. Die allermeisten mussten am nächsten Tag arbeiten. Jupiter zündete das Holz in der Feuertonne an und der harte Kern versammelte sich auf der Terrasse.

»Ich sehe, ich habe mein Geld gut angelegt.« Onkel Tristan lächelte Stella anerkennend an. »Dass mein Patenkind mal im vornehmen Blankenese wohnen würde, hätte ich mir auch nie träumen lassen.«

Jupiter stupste Stella an. »Wolltest du deinem Onkel nicht noch etwas zeigen?«

Stella tippte sich an die Stirn und ging ins Haus. Den größten Teil an Krimskrams, den Friedjof fast messimäßig gehortet hatte, hatte sie weggeworfen. Das zusammengesuchte Porzellan war zum größten Teil angeschlagen gewesen, die alten Seekarten verschimmelt und die vielen antiken Möbel wurmstichig. Aber die Tischuhr hatte sie gerettet und Jupiter hatte sie repariert. Nun wollte Stella wissen, wie alt das dekorative und ungewöhnliche Stück war. Sie stellte sie vor Onkel Tristan, der früher mit Antiquitäten gehandelt hatte. In diesem Moment rückte der große Zeiger auf die zwölf vor. Ein helles Glockengeläut ertönte und aus einer kleinen Luke, die aussah wie ein Fenster, kam Gevatter Tod mit Sense heraus. Nachdem die Glocke zehnmal geschlagen hatte, fuhr der Tod wieder ins Innere der Uhr zurück.

»Außergewöhnlich«, sagte Tristan und schob seine Brille hoch, um die Details der Uhr genauer erfassen zu können. »Ich würde sagen, frühes neunzehntes Jahrhundert. Vermutlich in Süddeutschland hergestellt. Pass gut auf sie auf. Sie ist bestimmt zwei- bis dreitausend Euro wert.« Bounty gab einen erstaunten Laut von sich.

»Ich freue mich, dass du das Haus von Friedjof wiederbelebt hast, Stella. Es wäre schlimm gewesen, wenn es abgerissen worden wäre«, sagte Gesa Reimann. »Und Friedjof hätte sich bestimmt darüber gefreut, wenn er gesehen hätte, dass sogar der Pflaumenbaum wieder blüht.« Sie nickte in Richtung des merkwürdig verwachsenen Baumes, der zwar etwas spärlich, aber deutlich sichtbar anfing, Blüten auszutreiben.

»Das erinnert mich an ›Das Gespenst von Canterville‹. Ganz kriege ich es zwar nicht mehr zusammen, aber in der Prophezeiung heißt es dort, dass erst Friede auf Canterville herrscht, wenn der verdorrte Mandelbaum blüht und die zerstörte Glocke wieder die richtige Stunde schlägt.«

Tristan erhob sich und griff nach seiner Jacke, die er über die Stuhllehne gehängt hatte. »Ich habe ›Das Gespenst von Canterville‹ vor Kurzem in Wien auf der Bühne gesehen. Tolle Inszenierung. Modern und sehr gelungen. Stella, meine Hübsche, du würdest eine fantastische Virginia Otis abgeben. Ich wünsche allen noch einen schönen Abend.« Stella verabschiedete ihren Onkel mit einem Kuss auf beide Wangen und geleitete ihn zu der leider noch immer ziemlich rostigen Gartenpforte.

»Geisterstunde«, hauchte Bounty und zog die Stola, die sie trug, fester um ihre Schultern. Stella hörte, wie die Tischuhr zwölfmal schlug. Jupiter war gerade ins Bett gegangen, denn er musste morgen den ersten Flug nach London nehmen. Nur Banu, die keinerlei Anzeichen von Müdigkeit zeigte, Bounty und Susanne saßen noch um das knisternde Feuer herum.

»Ein bisschen unheimlich ist das ja schon mit der Uhr und dem Pflaumenbaum. Wie in der Gespenstergeschichte«, sagte Susanne. Der Feuerschein wirkte wie eine Art Weichzeichner und ließ sie um Jahre jünger aussehen.

»Ach was«, erwiderte Bounty«, da ist nichts Mystisches dabei. Stella hat literweise Pflanzendünger auf den Baum gekippt. Und Jupiter, der in Schottland ja auf so eine freie Schule gegangen ist, wo man nichts lernt, außer etwas mit seinen Händen zu tun, hat die Uhr repariert.«

Stella nahm einen Feuerhaken und stach in die Glut. Einzelne Funken flogen von den glimmenden Holzscheiten hoch. »Aber Friede ist tatsächlich hier eingekehrt, nachdem Esther fort ist. Die Lühnes sprechen wieder miteinander. Fritz hat sich total verändert. Gesa Reimann hat erzählt, dass sie übers Wochenende mit den Dinsleys nach Travemünde an die Ostsee gefahren sind. Sie werden allerdings ihr Haus hier verkaufen und in eine Seniorenwohnanlage ganz in der Nähe ziehen.«

»Irgendwie schon merkwürdig, wie Esther hier alle zum Narren gehalten hat. Und ich bin mir absolut nicht sicher, ob sie nun Esther oder vielleicht doch Elisabeth war.« Banu starrte in die Flammen. Stella wusste, dass ihre Kollegin nicht ganz zufrieden mit der Aufklärung des »Neßsand-Falles« war. Um die Akte im Mordfall Fröhlich und Hansen zu vervollständigen und dann auch schließen zu können, hatten sie die bayrischen Kollegen um Amtshilfe gebeten. Tatsächlich hatten Gustav Huber und Esther Fröhlich nie offiziell geheiratet. Dennoch wurde Esther von allen »Frau Huber« genannt. Da sie erst nach ihrer Heirat ein gemeinsames Haus in einem abgelegenen Teil Bayerns bezogen hatten, das allein Gustav gehörte, hatte nie jemand Anstoß daran genommen. Gustav hatte nur einen einzigen engen Freund gehabt, der etwas darüber sagen konnte. Als sie sich ernsthaft ineinander verliebten, hatte Esther gesagt, dass sie niemals heiraten könne, weil sie mit einem brutalen und kriminellen Mann verheiratet sei. Sie würde ihn nie und nimmer um die Scheidung bitten, da er dann ja wüsste, wo sie sich mit Stefan befände und sie dann bestimmt zur Rechenschaft ziehen würde. Andererseits wäre es ihr lieb, wenn ihr Sohn und sie unter »falschem Namen« untertauchen könnten. Nach einiger Zeit konnte Esther sogar eine offizielle Namensänderung herbeiführen, da sie die verantwortliche Standesbeamtin davon überzeugen konnte, sie und ihr Sohn würden seelische Schäden davontragen, wenn sie den Namen ihres brutalen Ehemannes behalten müssten. Nachweise der psychischen Störungen, die Stefan ja bereits als Kind gehabt hatte, hatten ihr sicherlich dabei geholfen. Und auch ihr Schauspieltalent hatte sie ja mehrfach unter Beweis gestellt.

Der wahre Grund dafür, dass Esther mit Gustav in wilder Ehe gelebt hatte, lag natürlich darin, dass Esther sonst jede Menge Urkunden hätte fälschen müssen, denn ganz offiziell war sie ja mit Hans Fröhlich verheiratet. Gustav und Esther hatten aber einen sehr ausführlichen Partnerschaftsvertrag geschlossen, der ihre Beziehung auf eine eheähnliche Stufe hob, vor allem, was Vormundschaft und Erbschaft anging. Und so gab es einiges, was die Hamburger Mordkommission abhaken konnte, aber dennoch existierten weiterhin eine Menge blinder Flecken. Und nicht jeder von ihnen konnte sich damit abfinden.

Und tatsächlich fing Banu wieder damit an, über die Geschehnisse in der Nacht der Januar-Sturmflut 1976 zu sprechen. »Es ist noch so vieles unklar. Wir wissen zum Beispiel nicht, wie sie nach dem Mord mit dem kleinen Stefan wieder aufs Festland gekommen ist.«

»Vielleicht hatte sie doch einen Komplizen?«, warf Bounty ein, die eigentlich so gut wie keine Ahnung von dem Fall hatte, denn Stella war sehr verschwiegen, was ihren Beruf anging. Aber da sie ihren »Tatort« sonntags fast nie verpasste, hatte sie ein solides polizeiliches Halbwissen erworben. Und in fast jedem zweiten Tatort hatten die Täter eben Komplizen.

»Möglicherweise. Aber wir werden es wohl nicht mehr aufklären, denn es warten jede Menge andere Fälle auf uns. Und die meisten sind weit aktueller.« Stella war müde und fing an, den Terrassentisch abzuräumen.

Banu seufzte und erhob sich. »Du hast recht, Stella. Es ist nun mal nicht immer so wie im Fernsehen, dass alles lückenlos aufgeklärt werden kann. Es fällt mir nur schwer zu akzeptieren, dass wir nicht alle schwarzen Löcher stopfen können.« Sie grinste. »Und das wird immer schwieriger, je älter ich werde.«

Auch Susanne und Bounty standen auf. »Danke für die schöne Feier. Vielleicht trägst du auf der nächsten Party ja weiß.« Susanne blinzelte ihrer Schwester zu.

Stella boxte ihr scherzhaft in die Seite. »Mach dich vom Acker!«

Als alle weg waren und die Spülmaschine lief, zog Stella die oberste Küchenschublade auf und holte eine kleine Schachtel heraus. Der schmale goldene Ring, der auf einem dunkelblauen Samtkissen in dem Kästchen lag, trug auf der Innenseite die Gravur »Für Esther. In Liebe Friedjof, September 1971«. »Manchmal liegen Liebe und Hass so dicht zusammen«, flüsterte Stella. Sie hatte den Ring ganz hinten in Friedjofs Kleiderschrank unter einem Stapel Unterhemden gefunden. Sie würde niemandem von seiner Existenz erzählen. Das war sie dem Mann schuldig, in dessen Haus sie jetzt lebte. Natürlich hatte Stella sich Gedanken gemacht, ob ihre Entdeckung möglicherweise noch ein anderes Licht auf den Mordfall werfen könnte. Aber die Schuldige war gefunden und die Akte geschlossen. Und niemand ihrer Kollegen, auch nicht Banu, hatte Lust, den Fall wiederaufzurollen.

Als Stella den Ring zurück in die Schachtel legte, hatte sie das Gefühl, dass jemand hinter ihr stand. Sie meinte, warmen Atem in ihrem Nacken zu spüren. Vielleicht hatte Jupiter sich ein Glas Wasser geholt. Doch als sie sich umdrehte, war niemand da.

Stella warf einen Blick auf ihre beiden Kater, die zusammengerollt auf dem Sofa schliefen. Caveman hatte die Pfote auf Shir Khans Nacken gelegt. Seine Hinterbeine zuckten. Wahrscheinlich träumte er von der Jagd auf die Ratte, die Elise Reimann angeblich in ihrem Garten gesehen hatte. Seit sie von Stubentigern zu Steppenkatzen geworden waren, machten sie einen deutlich ausgeglicheneren Eindruck. Offensichtlich hatten sie, genau wie Stella, das Gefühl, zu Hause angekommen zu sein.

ÜBER DAS BUCH

Die kleine Insel Neßsand hat wirklich eine traurige Vergangenheit. Bei der großen Sturmflut, die Hamburg 1962 heimsuchte, ertranken die Ehefrau und der kleine Sohn des ehemaligen Inselwarts. Den Angehörigen dieser Tragödie gehört mein Mitgefühl. Meine Geschichte hat jedoch nichts mit den furchtbaren Ereignissen von 1962 zu tun. Sie ist rein fiktiv. So wie das Aussehen und die Einrichtung des kleinen Häuschens auf der Insel.

Nach dem Lesen meines ersten Hamburg-Krimis »Falkenberg« haben mich viele Leute gefragt, welche Orte nun eigentlich real sind. Dem möchte ich hiermit vorgreifen. Die in »Elbleichen« genannten Orte, Straßen und Sehenswürdigkeiten gibt es, bis auf ganz wenige Ausnahmen, wirklich. Für meine Story habe ich sie allerdings zum Teil etwas angepasst. So war »Das Fischerhaus« im Treppenviertel bis zu seiner Renovierung 2017 wie im Buch eine Seniorenbegegnungsstätte und ein Museum. Es gibt jedoch kein jährlich stattfindendes Treppenfest, wie es in meinem Buch beschrieben wird. Real ist natürlich auch die Gedenkstätte Bergen-Belsen, jedoch besitzt sie innerhalb der Ausstellung keine Abteilung, in der man Zeitungsartikel von der Eröffnung des ersten Dokumentenhauses einsehen kann.

Das ehemalige Warburg-Kinderheim ist heute ein Seminarhaus. Viele jüdische Waisenkinder haben hier nach dem Krieg ein vorübergehendes Zuhause gefunden. Mittlerweile heißt es Elsa Brändström Haus. Eine große Gedenkfeier hat allerdings hier 2005 stattgefunden, nicht wie in meinem Buch 1971.

Im Konzentrationslager Auschwitz wurden Häftlingen Nummern auf den linken Unterarm eintätowiert. Bei Kindern war auf den Unterarmen jedoch nicht immer genug Platz für die Nummer. Deshalb wurde sie zum Teil auch auf die Oberschenkel oder Oberarme tätowiert.

DANKSAGUNG

Es gibt Freunde, mit denen man nicht ständig telefonieren oder sich treffen muss, um das enge Verhältnis zu erhalten. So geht es mir mit meiner »dienstältesten« Freundin Linda, die ich seit fast 50 Jahren kenne.

Linda hat sich »geopfert«, als eine der Testleserinnen für »Elbleichen« zu fungieren. Ebenso wie Blanka, Julia, Paddy, Sandra, Neele und Petra B. sowie natürlich der beste Ehemann von allen, Christoph. Für eure Ergänzungen, wohlmeinende Kritik und Korrekturen, aber natürlich auch euer Lob möchte ich mich an dieser Stelle bedanken.

Der Gmeiner-Verlag hat sich dankenswerter Weise dazu bereit erklärt, nach »Falkenberg« auch meinen zweiten Hamburg-Krimi zu veröffentlichen. Vielen Dank an die Mitarbeiter des Verlags für das mir entgegengebrachte Vertrauen.

Und zu guter Letzt möchte ich mich bei meiner Mutter Anna und meiner Tante Gude bedanken, die mich immer in allen Lebenslagen unterstützt haben.

Weitere Titel finden Sie auf den folgenden Seiten und im Internet:

WWW.GMEINER-VERLAG.DE